프로방스에서의

완전한 휴식

프로방스에서의
완전한 휴식

정수복 지음

문학동네

프로방스의 아름다운 풍경은

오직 빛을 통해서만 살아 있다.

— 알퐁스 도데

책을 열어 상상의 여행을 떠나며

우리 모두의 몸속에는 유목민의 피가 흐르고 있다

모든 사람의 일상생활에는 이미 정해진 궤도가 있다. 정해진 시간표에 따라 고정된 자리에서 해야 할 일을 하면서 살아간다. 그건 대통령이나 대기업의 사장이나, 선생이나 학생이나, 군인이나 상인이나, 노동자나 재소자나 다 마찬가지다. 궤도가 반복되는 질서를 만들어준다. 그러나 인간의 마음속에는 때로 일상의 정해진 틀을 깨고 나와 자유롭게 떠돌아다니고 싶은 마음이 숨어 있다. 우리 모두의 몸속에는 유목민의 피가 흐르고 있다. 의무와 구속, 억압과 권태, 압박과 설움에서 벗어나 새로운 곳으로 떠나고 싶다는 충동이 문득문득 '자기통제'의 수면 위로 불쑥불쑥 머리를 내민다. 그럴 때면 지금 여기를 떠나 다른 곳으로 가야 한다. 그래서 여행이 시작된다. 일상을 탈출하여 모험과 발견, 만남과 감동이 시작된다. 삶의 자리를 바꿈으로써 눈에 보이는 풍경과 귀에 들리는 소리와 코끝으로 느끼는 향기와 피부에 와 닿는 공기의 감촉과 입속으로 들어오는 음식의 맛이 달라진다. 그래서 온몸으로 세상을 새롭게 느끼고 새롭게 생각하며 평소에 소홀히 방치해두었던 자신의 참모습을 들여다보기도 한다. 참다운 여행은 장소의 변화에서 시작하여 나 자신의 변화로 나아간다. 장소의 변화는 평소에 생각하지 않았던 과거의 기억들을 되살려주고 미래의 새로운 일을 구상하게 한다. 지난날들의 삶에 대한 반추와 성찰이 일어나면서 다가올 날들에 대한 새로운 계획들이 떠오른다. 그러기에 수많은 작가와 사상가 들이 유랑의 길을 떠났고 수많은 종교인과 성직자 들이 순례의 길에 올랐다. 그들은 붙박이 생활을 통해서 굳어진 타성적 사고의 틀을 벗어던지고 새로운 활기를 얻고 새로운 눈으로 세상을 보기 위해 길을 떠났다.

세상을 살아가다보면 어떤 사람이나 장소와 만나 하나의 이야기가 만들어진다. 설명할 수 없고 알 수도 없는 힘에 의해 누군가를 만나고 어느 곳에 이르러 이야기가 시작될 때 우리는 '우연'이라는 말을 떠올린다. 나의 의도가 전혀 개입되지 않고 무방비 상태에 있는데 가슴을 울리는 풍경이 나타나기도 하고, 영혼을 흔들어 그 이전과는 다른 정신 상태로 이끌어가는 사람과 만나기도 한다. 그러나 잘 살펴보면 그 만남은 우연이 아닐 수도 있다. 우리들 각자는 오랫동안 알게 모르게 만들어진 자신의 취향과 취미에 따라 누군가를 만나게 되고, 자신의 내적 요구에 부응하는 어느 장소에서 무언가 특별한 느낌을 갖게 되는지도 모른다. 특정 사람이나 장소와 만나 받게 되는 특별한 인상은 그와 나 사이에 '선택적 친화성'이 작동하여 만들어지기 때문이다. 선택적 친화성은 우연도, 필연도 아니다. 그것은 알게 모르게 서로가 서로를 끌어 잡아당기는 힘이다. 어떤 선택적 친화성에 이끌려 1980년대에 프랑스 파리Paris에서 유학 시절을 보냈고 1990년대에는 프랑스의 남쪽 프로방스Provence 지방에 매혹되어 그곳을 여러 차례 여행하게 되었다. 그래서 지구상에서 내가 가장 많은 시간을 보낸 장소의 순위를 매기자면 서울과 파리에 뒤이어 곧바로 프로방스가 온다. 그러나 서울과 파리가 나의 일상이 이루어지는 공간이라면 프로방스는 나에게 언제나 새로운 탈출과 발견의 공간이다.

여행 체험은 언제나 직접적이고 일차적이며 구체적이다. 체험으로서의 여행은 구체적 장소, 구체적 사람, 구체적 음식, 구체적 풍경과의 직접적 만남을 통해서 이루어진다. 현장이 없는 체험은 없다. 이 책의 현장은 프랑스의 남쪽 지방 프로방스이다. 많은 사람들이 그렇듯 프로방스에 대한 나의 관심은 알퐁스 도데가 쓴 양치기 소년 이야기 「별Les étoiles」에서 시작한다. 고등학교 국어 교과서에 실렸던 그 순수한 사랑 이야기는 프로방스 뤼베롱Luberon 산의 분위기와 어우러져 나의 가슴 깊숙한 곳에 각인되었다. 청소년 시절 나는 반 고흐가 아를Arles과 생-레미-드-프로방스Saint-Rémy-de-Provence에서 그린 그림들 속에 나오는 프로방스의 작열하는 태양볕에 감명을 받았으며 오페라 〈카르멘〉을 작곡한 비제의 모음곡 〈아를의 여인〉을 통해 프로방스의 정열을 느끼기도 했다. 대학 시절 읽은 김화영과 곽광수의 프로방스 체험기들은 햇빛과 더불어 미스트랄mistral이라는 바람의 존재를 알게 해주었다. 그러니까 프로방스라는 장소는 일찍부터 내 감수성의 한 뿌리를 이루고 있었던 셈이다. 꿈을 오래 꾸면 언젠가는 현실이 된다. 드디어 1980년대 유학 시절과 2002년 이후 두번째 파리 체류 기간 동안 열 차례 가까이 뤼베롱 산과 방투Ventoux 산이 펼쳐지고 론Rhône 강이 유유하게 흐르는 프로방스 지방을 여행하면서 아를과 루르마랭Lourmarin과 퐁텐-드-보클뤼즈Fontaine-de-Vaucluse라는 세 도시를 깊이 느낄 수 있는 행복한 기회를 누렸다. 그래서 이 책은 1980년대 이후 지금까지 내가 프로방스를 만나 발견하고 느끼고 사귀어온 개인적 이야기와 그 과정에서 경험한 느낌과 인상을 다룬 글로 시작한다.

이 책은 내가 파리를 떠나 프로방스에서 지낸 여름 한 달 동안 쓴 일기이다. 여행 안내서는 아니지만 일종의 '여행기'이니만큼 이야기는 프로방스의 자연 풍경과 오래된 도시의 역사 유적 등을 보고 듣고 느낀 것에서 시작한다. 그러나 이 책은 '일기'이기도 하다. 일기는 바쁜 일정 속에서 등한시했던 나 자신과 대화의 시간을 갖기 위한 글쓰기 형식이다. 그래서 이 책은 내가 내 안의 또 다른 '나'와 나눈 대화의 기록이다. 여행은 낯선 자연과 도시뿐만 아니라 모르던 사람과의 만남이기도 하다. 이 책에도 내가 프로방스 여행길에서 만난 사람들이 등장한다. 이 책은 이런저런 경우에 만난 프로방스의 현재를 살고 있는 사람들은 물론이려니와 지금은 이 세상에 없는 사람들의 영혼과 만나 세상 사는 방식과 삶의 의미에 대해 나눈 대화의 기록이기도 하다. 지금 이 세상에 없는 사람 가운데서 가장 많이 등장하는 사람은 반 고흐다. 그래서 그와 나눈 대화의 자초지종을 설명하기 위해 이 책의 맨 마지막에 내가 청소년 시절부터 지금까지 반 고흐와 나눈 대화의 과정을 간단하게 요약한 글을 덧붙였다.

여행을 하다보면 꼭 계획대로만 되지 않듯이 책의 출판도 계획대로만 이루어지지 않는다. 여행이나 책 출판이나 상황과 심경의 변화에 따라 일의 순서나 내용이 뒤바뀌기도 한다. 이 책의 출판은 두 가지 의미에서 당초의 생각과 달라졌다. 이 책에 실린 글들은 애초에는 그저 나 자신을 위해 쓴 글이었다. 2005년 여름 새로 산 가벼운 휴대용 소형 컴퓨터에 익숙해지기 위해 프로방스에 와서 보고 듣고 느끼고 생각한 내용들을 일기 형식으로 쓰기 시작했다. 그러다가 나의 프로방스 체험을 독자들과 함께 나누어도 좋겠다는 생각이 들었다. 그래서 '프로방스 일기'는 나만을 위한 일기에서 독자들과 함께 읽는 일기가 되었다. 사실 나는 이 책에 앞서 2002년 초 파리에 도착한 이후 2004년 말까지 새로운 삶을 모색하던 시기에 쓴 '파리 일기'를 출판할 계획을 가지고 있었다. 둘 사이에는 어떤 연속성이 있지만 '파리 일기'가 파리의 일상생활을 배경으로 하고 있다면 '프로방스 일기'는 햇볕 내리쪼이는 남불의 여름 분위기에서 쓴 글이다. 어떻게 보면 2005년 여름에 쓴 '프로방스 일기'는 그 전에 썼던 '파리 일기'의 후속편이라고도 할 수 있다. 그렇다면 후편이 전편보다 먼저 출간된 셈이다.

나는 인생의 빛나는 미래를 꿈꾸는 젊은 독자들이 이 책을 통해 나와 함께 프로방스로 상상의 여행을 떠나기를 기대한다. 그리고 언젠가는 프로방스의 땅을 밟으며 함께 이야기 나눌 기회가 오기를 바란다.

프로방스에서

정수복

차례

프로방스 일기

반 고흐의 '장소'들을 찾아서

나를 사로잡은 프로방스

삶을 사랑하는 사람에게는
모든 일의 시작, 첫번째 경험이 아름답게 느껴진다.
첫 경험이 아름다운 이유는 무한한 가능성이
아직 하나의 정해진 운명으로 바뀌지 않았기 때문이다.

— 장 그르니에

프랑코필,
마음의 피난처를 찾다

제2외국어로 불어를 배우기 시작한 청소년 시절부터 친다면 30년 이상의 세월을 프랑스를 좋아하는 '프랑코필francophile'로 살아왔다. 이제 나이가 들면서 프랑스의 매력과 강점만이 아니라 약점과 문제점까지도 보는 비판적 프랑코필francophile critique이 되었지만 프랑스와 프랑스 문화는 여전히 나의 지적 예술적 영감을 자극하는 샘물이며 갈증이다. 프랑스 문화에는 서로 모순적으로 보이는 '과학적 합리성'과 '예술적 감수성'을 묘하게 배합하는 특성이 있다. 대학에 들어와서도 계속 프랑스어를 익히면서 프랑스 문화와 프랑스 사람들에 대한 관심이 푸른 나무처럼 자라기 시작했다. 그러다가 드디어 1982년에서 1988년까지 프랑스 파리에서 유학하는 특혜를 누릴 수 있었다. 변화를 추구하는 뜨거운 열정 속에서 얼음같이 차가운 지성을 추구하던 내 젊은 시절의 지향성과 프랑스 문화 사이에는 서로가 서로를 끄는 선택적 친화성이 있었던 모양이다. 어쩌면 당시 한국 사회를 짓누르던 군사문화의 억압과 통제의 분위기가 미국이나 일본이 아닌 좀 더 먼 나라의 문화에서 마음의 피난처를 찾게 했는지도 모른다.

몸과 마음을 흔들어 깨우는 휴식과 영감의 장소, 프로방스를 만나다

1982년 파리에 도착한 지 얼마 안 되었을 때의 일이다. 같은 기숙사에 살던 프랑스 친구에게 프랑스의 어느 지역이 가장 가볼 만하냐고 물은 적이 있다. 그때 그 친구는 "각각의 지역은 다 자기 나름의 매력을 가지고 있다Chaque région a son charme"고 대답했다. 그 후에 다른 친구들에게 물어보아도 다 비슷한 대답을 하는 것이었다. 나는 왜 프랑스에는 설악산이나 제주도같이 누구에게나 추천할 수 있는 지역이 없을까라는 질문을 던지면서 부활절 휴가, 여름방학, 만성절 휴가 등을 이용해 프랑스의 여러 지역을 여행하기 시작했다. 파리 14구의 주르당Jourdan 거리에 있는 국제학생기숙사 시테 위니베르시테르Cité Universitaire에 살면서 크루스CROUS라는 학생 복지기관에서 저렴한 가격으로 제공하는 프랑스 체험 여행 기회를 십분 이용했다. 노르망디Normandie에서 시작하여 방데Vendée, 브르타뉴Bretagne, 부르고뉴Bourgogne, 알자스-로렌Alsace-Lorraine, 쥐라Jura, 페리고르Périgord, 일-드-프랑스île-de-France, 프로방스 등 여러 지역을 돌아보았다. 그렇게 프랑스의 여러 지역들을 다녀보면서 프랑스 친구들이 한 말의 참뜻을 차츰 이해하게 되었다. 모든 만남은 상호 간의 교감에 의해 이루어지는 것이고 그 교감의 내용은 한 지역을 방문하는 사람이 어떤 사람이며 무엇을 원하고 있는가에 따라 달라진다. 객관적으로 존재하는 어느 지역의 특성이 그 지역을 좋아하게 만드는 것이 아니라 그 지역과 '나' 사이에 '들리지 않는 대화'와 '보이지 않는 교감'이 일어나야 그 지역을 사랑하게 되는 것이다. 대화와 교감은 그냥 스쳐 지나감을 만남으로 전환한다. 이제 나는 프랑스 친구들에게 '어느 지역이 가장 여행하기 좋으냐?'라는 질문은 더 이상 하지 않는다. 그 질문에 대한 답을 스스로 찾았기 때문이다. 프랑스의 여러 지역들이 다 자기 나름의 매력을 가지고 나에게 다가왔지만 프로방스야말로 나의 몸과 마음을 흔들어놓는 힘을 가진 특별한 지역임을 알게 되었다.

시간에 쫓기는 여행에서는 어느 지역과도 깊고 진하게 만날 수 없다. 적어도 한 지역에 며칠을 머무르면서 그 도시의 장소들과 이야기를 나누어야 진정한 만남이 이루어질 수 있다. 그 지역 사람들이 많이 모이는 광장과 시장과 카페와 식당을 가보고, 이곳저곳을 할 일 없이 걸어 다니며 우연히 만나게 되는 사람들과 이야기를 나누어보아야 그 지역을 느낄 수 있다. 프로방스는 내가 그렇게 해서 만난 지역이다. 유학 시절 한 번 지나간 적이 있지만 주마간산走馬看山의 관광여행에서 큰 영감을 받지 못했다. 그저 한번 가보아야 할 곳을 다녀왔다는 느낌이었다.

내가 프로방스를 '나의' 프로방스로 만나게 된 것은 1996년 여름의 일이다. 파리에서 자동차를 빌려 타고 남쪽 방향으로 차를 몰아 리옹Lyon과 아비뇽Avignon을 거쳐 퐁텐-드-보클뤼즈에 있는 친구 미셸의 별장에 도착했다. 그곳에서 일주일가량 머무르면서 보니외Bonnieux, 고르드Gordes, 카바용Cavaillon, 압트Apt, 메네르브

Ménerbes 등 그 근처의 작은 마을들을 순례한 다음 내친김에 지중해의 코르스Corse(코르시카)까지 차를 몰아 여행했던 기억은 지금도 빛바래지 않은 생생한 기억으로 남아 있다. 그 이후 프랑스에서 여행할 기회가 오면 나는 늘 프로방스를 찾게 되었다. 그렇게 해서 그냥 거기 있던 프로방스가 '나의 프로방스'가 되었다. 프로방스는 이제 나에게 서울과 파리 다음으로 친숙한 장소가 되었다. 서울과 파리가 생활의 공간이라면 프로방스는 나에게 정신적 휴식과 영감의 장소가 되었다. 그래서 삶이 지루하거나 피곤할 때면 프로방스의 기억들이 겹쳐져 만들어내는 이미지들을 머릿속에 떠올리곤 한다.

2010년 6월, 루르마랭. 멀리 뤼베롱 산이 편안하게 펼쳐져 있고 가까이에는 올리브 나무가 군데군데 서 있다. 그 사이에 오랜 세월 동안 뜨거운 햇볕을 받아 색이 바랜 돌로 지은 집이 보인다.

빛에 홀리다
—프로방스의 화가들

프로방스를 다른 지방과 구별시키는 첫번째 특징이 빛이라면, 19세기 후반부터 오늘에 이르기까지 수많은 화가들이 빛과 색을 찾아 이 지역으로 몰려든 것은 당연한 일이다. 나에게도 프로방스 하면 먼저 아를과 생-레미-드-프로방스의 햇빛 아래서 그림을 그린 반 고흐가 자연스럽게 떠오르고 카뉴-쉬르-메르Cagnes-sur-Mer에서 만년을 보낸 르누아르가 생각나기도 한다. 이후 프로방스는 20세기에 들어서 마티스와 피카소, 샤갈과 뒤피, 페르낭 레제와 니콜라 드 스탈 등 수많은 화가들이 인생의 어느 한 시기를 보내는 회화의 산실이 되었다. 100여 장의 생트-빅투아르Sainte-Victoire 산 연작을 그린 세잔은 원래 엑상-프로방스Aix-en-Provence 사람이었다고 하지만 마티스는 빛을 따라 타히티와 모로코, 알제리와 코르시카를 전전하다가 1917년 남불의 휴양도시 니스Nice에 정착했다. 그가 살던 집은 오늘날 마티스 미술관이 되었다. (그런데 마티스를 사로잡은 것은 여름날의 작열하는 태양이 아니라 1월의 투명한 은빛 햇살이었다. 그는 여름이 오면 관광객으로 번잡해지는 니스를 떠나 다른 곳으로 여행했다.) 라울 뒤피는 1920년 프로방스의 생-폴-드-방스St. Paul-de-Vence에 정착한 이후 그 이전과 확연히 구별되는 그림을 그리기 시작했다. 그는 방스에서 "내가 이곳에서 빛에 대해 개안하지 못했다면 인상파나 야수파의 아류 화가에서 한 걸음도 더 나가지 못했을 것"이라고 고백했다. 1939년 프로방스에서 여름 한철을 보내며 〈앙티브에서의 밤낚시〉를 그린 적이 있는 피카소는 전쟁 기간 동안 파리를 지키다가 1946년 프랑수아즈 질로와 프로방스로 내려와 그녀와 결별하는 1953년까지 앙티브Antibes와 보브나르그Vauvenargues를 거점으로 작업했다. 유태인이었던 샤갈은 나치의 위협을 피해 1941년 미국으로 망명했다가 1945년 다시 프랑스로 돌아와 1951년 프로방스로 내려와서 방스에 정착했다. 니스에는 그가 성서의 이야기를 주제로 그린 성화들만 전시하는 미술관이 있다. 1953년 프로방스의 란뉴Lagnes에 정착한 니콜라 드 스탈은 1953년 앙티브에 새로 마련한 아틀리에로 자리를 옮겨 그곳에서 인생의 마지막 순간을 그림에 불태웠다. 그는 1955년 42세의 나이에 그리다 만 그림 앞에서 스스로 목숨을 끊었다.

알퐁스 도데, 장 지오노
—별과 나무를 사랑한 프로방스의 문인들

2010년 여름 프로방스의 작은 마을 루르마랭의 언덕길에 있는 작은 서점에 들렀을 때 가장 눈에 띄는 서가에 프로방스를 대표하는 작가들의 책이 줄지어 꽂혀 있었다. 장 지오노, 알베르 카뮈, 앙리 보스코, 마르셀 파뇰 등이 그들이다. 그러나 그들에 앞서 르네상스 시대로 거슬러 올라가자면 인문주의자 페트라르카가 있었고,

시인으로는 프로방스 지역 언어로 시를 써 노벨문학상을 받은 프레데릭 미스트랄, 르네 샤르와 샤를 줄리에 등이 있다. 그러나 그 모든 작가와 시인 들에 앞서 청소년 시절 내가 프로방스를 알게 된 것은 고등학교 국어 교과서에 실린 알퐁스 도데의 「별」이라는 단편소설을 통해서다. "뤼베롱 산정에서 가축을 돌보던 시절, 나는 혼자 목장에서 나의 개 라브리와 양떼를 데리고 사람 그림자 하나 구경하지 못한 채 여러 주일을 지내곤 했었다"로 시작하고 "무언가 상쾌하고 부드러운 것이 어깨 위에 가볍게 얹히는 것을 느꼈다. 리본과 레이스 그리고 물결치는 머리카락을 다소곳이 대면서 내게 기대어온 것은 슬며시 잠들어 기울어진 그녀의 머리였다. (…) 나는 그녀가 자는 모습을 바라보았다. (…) 우리들 주위로는 별들이 소리 없이 마치 거대한 양떼처럼 순하게 궤도를 운행하고 있었다. 나는 그날 밤 이 별들 가운데서 가장 가냘프고 빛나는 별 하나가 길을 잃고 내 어깨 위에 내려앉아 잠들어 있다고 생각했다"로 끝나는 그 소설을 청소년 시절에 읽지 않은 사람은 거의 없을 것이다. 양치기 소년의 순수한 사랑 이야기는 나의 마음을 움직였고 아마도 그때부터 지구상에 프로방스라는 고장이 존재한다는 것을 알게 되었을 것이다.

꿈을 계속 꾸면 그 꿈이 언젠가 현실이 된다고 1996년 여름 나는 드디어 그 소설에 나오는 뤼베롱 산정을 올라가보고 도데의 단편소설 「코르니유 영감의 비밀」에 나오는 오래된 풍차가 있는 퐁비에유Fontvielle 마을에 가보게 되었다. 풍차박물관 아래층 유리 진열장 속에는 세계 각국어로 번역된 도데의 작품들이 전시되고 있었는데 거기에는 『행복의 충격』을 쓴 김화영이 번역한 『풍차 방앗간 편지Lettres de Mon Moulin』 문고판이 놓여 있었다. 알퐁스 도데 다음으로 우리에게 프로방스를 알리는 데 기여한 작가로 마르셀 파뇰을 빠뜨릴 수 없다. 『마농의 샘』 『장 드 플로레트』 『파니』 『어머니의 성』 등 그가 쓴 작품들은 영화로 만들어져 프로방스의 이미지를 널리 퍼뜨렸다. 또 환경운동을 하거나 환경문제에 관심이 있는 사람치고 장 지오노가 쓴 『나무를 심은 사람』을 읽지 않은 사람은 없을 것이다.

2010년 7월, 루르마랭.
한낮의 프로방스. 햇볕은 뜨겁고 공기는 건조하다.
가벼운 바람이 마당 빨랫줄에 걸어놓은 빨래들을 고들고들하게 만든다.
프로방스의 햇빛과 바람에 말린 셔츠를 입을 때의 상쾌함이란……

2005년 9월, 에갈리에르. 멀리 왼편으로 알피유 산이 보이고 황량한 올리브밭이 펼쳐져 있다. 시청에서 결혼식을 마친 신랑신부가 1930년대 구형 자동차를 타고 와 기념사진을 촬영하고 있다.

프로방스에서
인생이 아름다운 이유

프로방스에 가면 인생이 아름답게 생각된다. 왜일까? 프로방스에서의 삶이 아름다운 까닭은 무엇보다도 햇빛 때문이다. 노랗고 투명한 햇빛 없는 프로방스는 상상할 수가 없다. 여름의 메마른 대지와 건조한 대기 속에 그야말로 부서져 터지는 햇살 속에서 인생은 아름다울 수밖에 없다. 햇빛은 프로방스의 그 맑고 건조한 대기 속에서 밝음과 따뜻함을 글자 그대로 부스러뜨리고 터뜨려서 흩뿌려놓는다. 그런 햇빛에는 우울한 마음을 치유해주는 효과가 있을 뿐만 아니라 반 고흐처럼 햇빛에 굶주린 음산한 북쪽 나라 사람들이나 나같이 서울이라는 대도시의 혼잡함에 지친 사람들에게 아직도 아름다운 삶이 가능하다는 생각이 들게 한다.

프로방스 사람들은 여름철 더운 날씨에 나무그늘 아래서 매미소리를 들으며 독하고 차디찬 우윳빛 알코올 파스티스를 마시거나 '페탕크pétanque'라는 이름의 쇠공 굴리기 놀이를 즐긴다. 여름에는 누구라도 시원한 바람을 기대한다. 프로방스에서는 미스트랄이라고 불리는 남불 특유의 바람이 더위를 식혀준다. 프로방스의 들판에는 보랏빛 라방드lavande(라벤더)가 눈부시게 펼쳐지며 은은한 향기를 풍긴다. 햇빛과 비바람에 시달려 표면이 헐벗은 석회석으로 이루어진 알피유Alpilles 산맥 주변에는 올리브 나무들이 자란다.

수확한 올리브 열매는 매년 옛날식 방앗간에서 질 좋은 올리브 기름으로 바뀐다. 햇빛이 좋은 이 고장에서는 자연히 코트-뒤-뤼베롱, 코트-뒤-론, 코트-뒤-프로방스, 프로방살-로제, 지공다스, 샤토뇌프-뒤-파프 등 질 좋은 포도주가 생산되고 다양한 천연꿀이 대량으로 생산되기도 한다. 압트라는 도시에서 열리는 국제농산물 시장에 가보면 이 고장이 얼마나 풍요로운 농산물 산지인지 대번에 알 수 있다. 그렇게 큰 시장이 아니더라도 이 마을 저 마을의 시골장marché de paysans에만 가보아도 이 고장의 흙냄새와 더불어 온갖 농축산물을 구경할 수 있다. 프로방스 사람들은 이런 시골장에서 구입한 싱싱한 농산물, 축산물, 해산물로 맛있는 음식을 만들어 즐긴다. 그들에게는 신토불이가 공기처럼 당연하다. 프로방스의 숲속 군데군데 숨어 있는 송로버섯truffe과 산에서 자라는 향기로운 풀들은 프로방스 음식에 들어가 프로방스의 맛을 만든다.

침침하고 지루해질 수도 있는 인생이 아름다운 까닭은 축제가 있기 때문이다. 프로방스는 축제의 고장이다. 마을마다 매년 전통 축제가 열리고 2차대전 이후 세계적으로 알려진 여러 문화예술 축제들이 프로방스에서 열린다. 먼저 매년 5월에는 빛의 예술인 영화 축제가 열린다. 1946년부터 시작된 칸Cannes 영화제가 그것이다. 7월 중순이면 아비뇽 연극 축제가 시작되어 8월 중순까지 계속된다. 1947년 제라르 필리프Gérard Philipe와 장 빌라르Jean Vilar에 의해 시작된 아비뇽 연극 축제 기간에는 교황청 안마당을 비롯하여 여러 공연장에서 수백 편의 연극이 공연된다. 프로방스를 사랑했던 미국의 소설가 스콧 피츠제럴드가 살았던 앙티브 곶에서는 재즈 페스티벌이 열리고 몽펠리에Montpellier에서는 무용 축제가 열린다. 엑상-프로방스에서는 고전 가곡 축제가 열리고 아를에서는 사진 축제가 열린다. 한국에도 가끔 방문하여 연주회를 갖는 재불 피아니스트 백건우가 참여하던 라 로크 당테롱La Roque d'Anthéron 피아노 페스티벌도 빼놓을 수 없다. 서늘한 여름밤의 공기 속에서 눈앞에 펼쳐지는 각종 공연을 보고 있노라면 세상의 걱정은 어느 순간 다 사라져버린다.

관광지의 분주함을 벗어나
한적해지는 법

흔히들 남프랑스 하면 지중해변의 코트-다쥐르Côte d'Azur(청색 해안)를 떠올린다. 유학 시절의 나도 그랬다. 니스, 칸, 모나코Monaco, 생-트로페St. Tropez, 망통Menton, 앙티브…… 그 가운데서 니스는 우리에게 가장 잘 알려진 휴양도시이다. 그러나 니스는 프랑스보다는 이탈리아 분위기가 더 나며 프랑스 사람들보다는 외국인들을 위해 개발된 도시이다. 이곳을 영미 사람들은 '프렌치 리비에라'라고 부른다. 1830년대부터 휴양도시로 개발된 니스에는 '프롬나드 데 장글레Promenade des Anglais'(영국인의 산책로)와 '케 데 제타쥐니Quai des

Etats-Unis' (미국 해안로)가 있다. 코트-다쥐르는 앵글로색슨 사람들만이 아니라 혁명이 일어나기 전 러시아 귀족들이 즐겨 찾던 휴양지이기도 하다. 공산주의 붕괴 이후 시장경제로 바뀌면서 전환기에 단번에 큰돈을 번 러시아의 신흥부호들이 그런 전통을 따라 이 지역을 찾고 있다. 코트-다쥐르는 여름철이면 세계 각지에서 온 관광객들이 북적대어 번잡해진다. 소란스러움을 벗어나 한적함을 즐기려면 빨리 해안을 벗어나야 한다. 내륙지방으로 조금만 올라가면 중세의 성벽과 빨간색 지붕의 고풍스러운 건물들이 줄지어 서 있는 생-폴-드-방스가 있다. 그곳에서 멀지 않은 곳에 페르낭 레제 미술관과 마그 재단Fondation Maeght 미술관이 있다. 마그 재단 미술관의 테라스 정원에는 자코메티의 조각작품들이 줄지어 서 있다.

발소리를 낮출 것,
프로방스의 작고 한적한 마을들

그러나 프로방스를 정말 깊숙하게 알려면 서북쪽 내륙으로 올라가야 한다. 뤼베롱 산과 알피유 산 그리고 방투 산을 중심으로 펼쳐진 내륙의 프로방스야말로 내가 좋아하는 프로방스다. 알퐁스 도데의 「별」의 배경이 되는 산이 바로 이 뤼베롱 산이다. 멀리서 바라보면 산정이 평평한 뤼베롱 산은 소가 휴식을 취하듯 편안한 모습으로 길게 늘어서 있어 보는 이로 하여금 편안한 마음을 갖게 한다.

1125미터의 거대한 화강암 산 뤼베롱 산맥 내부와 주변에는 오래된 중세의 성벽이 남아 있는 보니외, 독특한 황토빛 흙이 산을 이루는 루시용Roussillon, 영국의 작가 피터 메일이 『프로방스에서의 일 년Une année en Provence』이라는 책을 써서 세계적으로 유명해진 메네르브 등의 마을이 둥지를 틀고 있다. (피터 메일의 책에 나오는 뷔욱스Buoux라는 작은 마을에 있는 프로방스식 살라드salade(샐러드) 전문 식당 오베르즈 드 라 루브Auberge de la Loube에 갔을 때 식당 주인에게 피터 메일 이야기를 하니까 별로 달가워하지 않았다. 웬 영국놈이 엉뚱한 소리를 했느냐는 식이다.)

뤼베롱 산과 짝을 이루는 방투 산에는 센 바람이 많이 분다. '방투'는 프로방스어로 '바람 부는'이라는 뜻인데 1336년 시인 페트라르카가 처음으로 해발 1909미터의 정상에 올랐다는 기록이 전해진다. 뤼베롱 산과 방투 산 사이로 소르그Sorgue 강이 흐른다. 그 강의 발원지가 바로 퐁텐-드-보클뤼즈이다. 이곳의 깊이를 알 수 없는 수원지에서는 초당 9만 리터의 맑고 투명한 물이 뿜어져나온다. 여름에는 그곳에서 흘러나온 얼음처럼 차가운 소르그 강물에서 수영하는 사람도 있고 카누를 즐기는 사람도 있다. 퐁텐-드-보클뤼즈에서 시작된 소르그 강이 끼고 도는 릴-쉬르-라-소르그L'Isle-sur-la-Sorgue와 퐁텐-드-보클뤼즈는 플라타너스 터널 길로 연결되어 있다.

아를에서 엑상-프로방스로 가는 길에는 들러야 할 곳이 많다.

중세에 지어진 몽마주르Montmajour 수도원과 알퐁스 도데 소설의 소재가 된 풍차가 광야의 한복판에 서 있는 퐁비에유 마을을 지나면 엄청난 규모의 바위산 레-보-드-프로방스Les Baux-de-Provence가 나온다. 그곳을 지나 계곡의 언덕길을 내려가면 반 고흐가 입원해 있던 생-레미-드-프로방스의 정신병원 앞과 고대 로마 유적지를 지나게 된다. 그곳에서 카바용을 향해 가다가 헐벗은 석회석 덩어리 알피유 산 중간에 자리 잡은 에갈리에르Eygalières로 들어서면 황량한 벌판에서 생-식스트St. Sixte 성당을 만난다. 아침 나절에 아를을 출발했다면 생-식스트 언덕에서 붉은 황혼을 맞이할 수 있을 것이다. 그곳을 떠나 카바용을 지나면 드디어 뤼베롱 산 속의 마을들이 하나둘 그 모습을 나타내기 시작한다.

소르그 강의 발원지이며 페트라르카의 은둔처가 있었던 퐁텐-드-보클뤼즈, 무명의 향토 사학자가 자기가 만든 지역 소개 책자를 자랑스럽게 팔고 있는 오페드Oppède, 사드 후작의 성이 일부 남아 있는 라코스트Lacoste, 중세 유태인의 본거지였던 카르팡트라Carpentras, 깎아지른 절벽 위에 위치한 아름답고 평화로운 고르드 등이 우리의 발길을 기다린다. 고르드 마을 옆에 있는 세낭크Sénanque 수도원 앞에 펼쳐진 보라색 라방드 밭은 장관을 이룬다. 그곳을 떠나 뤼베롱에 더욱 가까이 접근하면서 만나는 작은 마을이 루르마랭이다. 이곳은 알베르 카뮈가 1958년부터 1960년 1월 4일 46세의 나이에 교통사고로 사망할 때까지 살았던 작은 마을이다. 그는 조용한 마을 공동묘지에 영원히 잠들어 있다. 햇볕 쏟아지는 여름날 루르마랭에 간다면 로르모L'Ormeau 광장에 있는 카페 가비Café Gaby의 테라스에 앉아 카뮈의 책을 읽으며 여유 있게 한나절을 보낼 수 있을 것이다. 루르마랭에서 조금 떨어진 카드네Cadenet라는 마을에서 퀴퀴롱Cucuron, 보진느Vaugines, 앙쉬Ansouis, 마노스크Manosque로 이어지는 한적하고 평온한 마을들은 프로방스의 분위기를 마음껏 느끼게 해준다.

2010년 7월, 루르마랭. 중앙광장에 있는 가비 카페의 아침 풍경이다. 빨간 바지에 파나마모자를 쓰고 있는 남자와 그 옆의 은발에 검은색 선글라스를 쓴 여성의 모습이 한가롭다.

2010년 7월, 루르마랭. 라셰즈 부인과 그의 손자의 모습이다. 손자는 날씨가 너무 더워 윗옷을 벗어버렸다. 창고에 무엇을 찾으러 들어가는 할머니의 뒤를 따라가는 손자의 뒷모습이 정겹다.

자동차를 버릴 것,
인간적인 규모의 프로방스 도시를 걷다

프로방스에는 전통을 잘 보전하고 자연과 조화를 이루며 문화와 교육이 살아 있는 작은 규모의 도시들이 진주알처럼 박혀 있다. 뭐니 뭐니 해도 프로방스에서 내가 가장 잘 알고, 그러기에 가장 좋아하는 도시는 아를이다. 아를은 서울, 파리에 이어 나의 인생에서 세 번째로 중요한 도시이다. 1998년 여름 7월 한 달을 꼬박 지내면서 알게 된 아를에는 로마 시대의 유적인 원형경기장과 고대 극장, 전차경기장의 흔적, 석관묘가 늘어서 있는 알리스캉Alyscamps, 생-트로핌St. Trophime 대성당과 회랑, 반 고흐가 그린 '밤의 카페' '별빛이 빛나는 론 강' '오래된 풍차' 등이 거의 원형 그대로 남아 있다. 아를에는 크고 작은 여러 개의 광장이 있는데 시내 중심에 위치한 포럼 광장은 제일 화려하고 사람들이 많이 모이는 장소다. 파블로 피카소, 마리아 칼라스 등 유명인사들이 머물렀던 호텔도 이곳에 있다. 나는 아를 원형경기장에서 조금 떨어진 곳에 있는 볼테르 광장과 아를 역에서 멀지 않은 곳에 있는 라마르틴 광장을 좋아한다. 플라타너스가 우거진 볼테르 광장에는 고갱 호텔이 있고 라마르틴 광장에는 반 고흐가 살았던 '노란 집'의 자취가 남아 있다. 아를에서는 자동차를 버리고 제 발로 걸어 다니면서 모든 일을 볼 수 있다. 아를에 얼마 동안 살다보면 인간적인 규모의 도시가 갖는 장점이 무엇인지 몸으로 느낄 수 있다.

프로방스의 도시들에 대해 이야기하면서 아비뇽과 엑상-프로방스를 빼놓을 수는 없을 것이다. 아비뇽은 로마 교황청이 일시적으로 이주해왔던 곳이다. 나는 1997년 여름 아비뇽 근교에 위치한 알텡-데-팔뤼Althen-des-paluds에 있는 민박집chambre d'hôte에 사나흘 정도 머물면서 부근의 작은 마을들과 각별히 친숙해질 수 있는 기회를 누렸다. 그때 아비뇽 맞은편의 샤토뇌프-뒤-파프Chateauneuf-du-Pape에 있는 샤르트뢰즈Chartreuse에 갔을 때 마치 감옥처럼 작은 방에서 수도사들이 염결하고 금욕적인 생활을 하던 모습들을 상상해보기도 했다. 엑상-프로방스는 프로방스의 문화도시이다. 엑상-프로방스의 심장 쿠르 미라보Cours Mirabeau에는 플라타너스 나무들이 초록 터널을 이루고 곳곳에서 분수대가 시원한 물줄기를 뿜어댄다. 해방광장이었다가 시청광장으로 이름을 바꾼 유서 깊은 광장에 즐비하게 늘어선 야외 식당에는 오늘도 수많은 사람들이 모여 햇살을 받으며 점심식사를 즐기고 있을 것이다. 엑상-프로방스에서 멀지 않은 곳에 세잔이 그려서 유명해진 생트-빅투아르 산이 있다.

2005년 8월, 아를. 원형경기장 위쪽의 골목길 풍경이다. 양지와 음지의 구별이 선명하다. 저녁이면 왼쪽 집 대문 앞 디딤돌에 앉아 담배를 피우는 여자가 있다.

2010년 8월, 아를. 생-트로핌 성당 회랑 2층 한구석의 모습이다. 나는 이곳에 앉아 책을 읽거나 명상을 했다.

분주함에 현재의 삶을 저당 잡힌 한국인, 당신은 지금 프로방스로 가야 한다

지난 반세기 동안 고속 경제성장을 계속해온 한국 사회의 가장 큰 병은 '빨리빨리' 병이다. 그것은 짧은 시간 안에 너무 많은 것을 이루려고 애쓰다가 걸린 병이다. 한국 사람들은 느리고 여유 있게 살 수 있는 능력을 잃어버렸다. 조급증에 걸려 삶을, 시간을, 풍경을, 음식을, 포도주를, 사람을, 햇빛을, 바람을, 정적을 음미하지 못하게 되었다. 프로방스는 그런 조급증을 치료하는 요양의 장소가 될 수 있다. 그곳에서 일정 기간을 지내다보면 무엇이든 깊이 느끼고 음미하고 교감할 줄 아는 능력을 회복하게 된다. 프로방스는 결코 능률과 실질과 효율을 숭상하는 바쁜 사람들을 위한 장소가 아니며 무언가를 배우고 견문을 넓히려는 사람들이 찾아갈 곳도 아니다. 더 많은 돈과 더 많은 소유 그리고 안락함을 꿈꾸는 사람은 크고 화려한 도시로 갈 일이다. 돈을 쓰고 싶어 안달난 사람들은 결코 프로방스가 지닌 아름다움과 비밀을 발견하지 못할 것이다. 세속의 허영을 뒤로하고 느리게 살려는 사람들이라야 숨어 있는 프로방스의 진면모를 발견할 수 있을 것이다. 프로방스는 소유한 것이 많지 않아도 이 땅 위에 사는 것을 즐길 줄 아는 사람들이 사는 고장이다. 프로방스 사람들은 한가롭고 여유 있게 즐기며 사는 방법savoir-vivre을 안다. 프로방스는 미래의 행복을 위해 현재의 삶을 저당 잡힌 사람들이 아니라 지금 여기에서 행복을 누리는 사람들이 사는 곳이다. 분주함과 부산함 속에 자신을 잃어버리지 않고 자신의 삶을 스스로가 주관하며 느린 속도의 삶을 살고 싶은 사람들은 지금 프로방스로 가야 한다.

시간은 빠르게 달아나기도 하고 천천히 흐르기도 한다. 그런데 프로방스에 가면 뜻하지 않게 아주 느리게 가는 시간을 체험하게 된다. 1984년 유학 시절 가을 어느 날 나는 멀리 푸른 지중해의 물결이 내려다보이는 생-폴-드-방스 부근의 언덕에 앉아 있었다. 함께 여행하던 사람들은 다른 구경거리들을 찾아 다 떠나고 난 다음이라 그 언덕은 고요했다. 처음에는 눈을 뜨고 멀리 지중해 쪽을 바라보다가 언제부터인가 온몸에 햇빛을 받으며 눈을 감고 그 자리에 그대로 미동도 없이 앉아 있었다. 눈을 감았지만 지중해의 물결은 계속 눈앞에 어른거렸고 붉은 태양빛은 더욱 밝게 느껴졌다. 시간이 흐르면서 머릿속에 있는 생각들이 하나씩 빠져나가고 머릿속이 서서히 환해지면서 결국은 아무것도 쓰이지 않은 백지장이 떠올랐다. 한참 뒤에 눈을 떴을 때야 나는 비로소 내가 어디에서 무얼 하고 있는지 잊어버리고 있었음을 알았다. 그때 그곳에서 경험한 시간은 일상의 시간과는 질이 다른 것이었고, 그 경험을 통해 나는 명상체험이라는 것이 무엇인지를 어렴풋이나마 알게 되었다. 시간과 공간을 초월하여 무언가 영원한 것과 연결되어 있는 듯한 그때의 그 느낌은 아직도 지워지지 않고 내 마음속에 살아 있다.

그로부터 14년 뒤 1998년 여름 아를에서 있었던 일이다. 그때 나는 돌로 만든 석관묘들이 줄지어 늘어서 있는 로마 시대의 유적 알리스캉의 바윗돌 위에 앉아 있었다. 오후 3시경이라 기온은 30도를 웃돌았을 것이다. 더운 날이라 나 말고는 아무도 없었다. 알리스캉의 끝자락에 위치한 생-토노레St. Honoré 성당 앞에 발굴 현장처럼 여러 크기의 돌들이 무질서하게 늘어선, 움푹 파인 사각형 가장자리에 앉아 땀을 식히고 있는데 산들바람이 불기 시작했다. 그러자 햇빛을 받으며 줄지어 서 있는 나무들이 미스트랄 바람에 유유하게 흔들리는 모습이 보이기 시작했다. 남불의 흰 구름이 떠가는 푸른 하늘을 배경으로 바람과 나무가 주고받는 들리지 않는 대화가 내 귀에 들려오기 시작했다. 간간이 푸른 하늘에 희고 긴 꼬리를 남기며 비행기가 지나가기도 했다. 큰 나뭇가지가 흔들리면서 작은 가지도 흔들리고 나뭇잎까지 전해지는 그 바람의 파동을 바라보면서 나는 점차 내가 어디에서 무얼 하고 있는지를 잊어버리게 되었다. 그 이후 나는 가끔 나무와 바람이 나누는 대화를 호기심을 가지고 엿듣곤 한다.

1998년 여름 아비뇽에서 버스를 타고 루르마랭으로 갈 때도 특별한 시간 체험을 했다. 가랑비는 계속 내렸고 안개가 무럭무럭 피어올랐고 버스에는 사람이 거의 없었고 사방은 고요했다. 차창 왼쪽에는 뤼베롱 산맥이 계속 따라왔다. 모든 정거장마다 다 서는 완행버스 안에서 나는 미지의 세계 속으로 점점 더 깊게 빠져들어가는 듯한 느낌이 들었다. 발에서 시작해서 발목 정강이 무릎 배 가슴에 이르도록 부드럽게 천천히 내 몸이 모래 속도 아니고 물속도 아닌 뭔가 신비한 미궁 속으로 빠져들어가는 느낌이었다. 그러면서 나는 다른 어느 때 어느 곳에서도 느껴보지 못한 마음의 평화를 느꼈고, 어딘지 모를 고요 속으로 푹 침잠하는 느낌을 가졌으며, 이대로 시간이 계속 흐르면 더 이상 바랄 것이 없겠다는 생각을 했다. 그러다가 문득 나는 '나비의 꿈'에서 깨어났다.

속세에 살면서 속된 생활을 하고 있지만 프로방스를 여행하면서 체험한 그런 순간들은 내 몸과 마음을 정화시킨다. 고르드의 세낭크 수도원에서 수도사들이 부르는 그레고리안 성가를 들을 때나 루르마랭에서 멀지 않은 곳에 있는 실바칸느Silvacane 수도원의 회랑을 천천히 돌 때나, 아비뇽에서 론 강을 건너 빌뇌브-레-자비뇽Villeneuve-lès-Avignon에 있는 샤르트뢰즈에 가서 수도사들이 살던 작고 정결한 방을 보고 있노라면 언젠가 속세를 떠나 수도원에서 보내고 싶다는 마음이 생기기도 한다.

2007년 7월, 고르드. 해가 진 직후 고르드 성당의 모습이다. 종탑에 걸려 있는 종의 모습이 뚜렷하다. 그곳에서 기도 시간을 알리는 종소리를 듣는 것은 축복이다.

아직도 새로운 발견을 기다리는 프로방스의 장소들

내가 체험한 프로방스는 프로방스 전체가 아니다. 프로방스 동쪽에는 니스, 칸, 생-트로페로 대표되는 해안가가 있고 동북쪽으로 난 나폴레옹 도로를 따라 그라스Grasse, 디뉴Digne, 시스테롱Sisteron, 안시Annecy로 이어지는 산악도시나 호반도시도 있다. 그러나 나의 프로방스는 그쪽이 아니다. 이 책에 나오는 나의 프로방스는 뤼베롱과 알피유 산을 중심으로 하여 동쪽으로는 아를과 아비뇽, 서쪽으로는 마노스크, 남쪽으로는 엑상-프로방스와 마르세유Marseille로 이어지는 프로방스의 서쪽 지역이다. 거기에 지중해에 떠 있는 코르시카 섬을 덧붙일 수 있을 것이다. 프로방스가 수많은 점들로 이루어져 있다면 나는 그곳의 동쪽 부분에서 몇 개의 점을 발견했을 따름이다. 아직도 새로운 발견을 기다리는 프로방스의 구석구석은 무한할 것이다. 그러나 나는 내가 발견한, 아니 내가 체험한 '나의 프로방스'를 사랑한다. 나는 이미 알고 있는 나의 프로방스만으로도 행복하다. 아를의 반 고흐 센터, 퐁텐-드-보클뤼즈에 있는 미셸의 작은 별장, 카드네에 있는 드 콜롱그 가문의 영지와 저택, 루르마랭의 라셰즈 가족의 정원이 있는 단독주택에서 보냈던 여름 바캉스의 기억은 언제 떠올려도 신선한 느낌을 준다. 앞으로 프로방스의 또 다른 곳을 발견하고 싶은 마음이 생긴다면 한 번에 아주 조금씩만 발견하고 싶다. 천천히 결코 서두르지 않고. 새로운 발견도 좋지만 나는 이미 아는 구석들을 더욱 그윽한 눈빛으로 더 깊이 바라볼 수 있기를 바란다. 마르셀 프루스트가 말했듯이 "진정한 발견의 길은 새로운 땅을 찾는 데 있는 것이 아니라 새로운 눈을 가지고 보는 데 있다". 나는 거기에다가 "사랑이 있어야 보인다"는 말을 덧붙인다. 이제 나의 사랑스러운 프로방스로 떠날 시간이다.

프로방스 일기

7/21
JEU

타는 듯한 햇빛과 강한 미스트랄 바람

파리에서 루르마랭으로

"현재 햇빛의 상태는
매우 특이하다"

2007년 8월, 루르마랭. 어느 저택의 테라스 풍경이다. 철제의자보다는 긴 벤치가 앉기에 훨씬 편하다. 덧문을 열어놓은 유리창에 앞쪽 정원의 모습이 반사되어 있다. 유리창 안쪽으로는 이 집의 거실이 있다.

먼 길을 떠나기 전날 저녁은 언제나 준비와 기대로 긴장되고 흥분된다. 밤잠을 설치고 새벽 5시 30분에 일어나 짐가방을 마지막으로 점검하고 6시 15분경 집 앞에 도착한 택시에 짐을 싣고 리옹 역으로 향했다. 대부분의 파리지앵들이 바캉스를 떠나 여름날 파리의 새벽 거리는 한산하고 조용했다. 남불로 내려가는 기차가 출발하는 리옹 역 가까이 다가가자 '반 고흐 거리'라고 적힌 작은 표지판이 눈에 들어왔다. 그렇다. 반 고흐가 1888년 2월 아를로 내려갈 때도 이 역에서 남행 열차를 탔을 것이다. 그에게 남쪽 지방은 새로운 삶이 시작될 꿈의 나라였을 것이다. 이런 생각을 하고 있는데 택시가 기차역 시계탑 앞에 도착했다. 6시 40분이었다. 역 안의 대합실에는 햇빛이 풍성한 남쪽 나라를 연상시키는 키 큰 야자수 화분들이 플랫폼 입구에 배치되어 있었다. (불어로 남불을 미디Midi라고 하는데 미디는 정오를 뜻하기도 한다. 정오는 해가 중천에 뜬 시간이다. 그러니까 결국 남불에는 햇빛이 넉넉하다는 뜻을 암시하고 있다.) 대합실의 차가운 철제의자에 앉아 아를행 고속열차 TGV가 출발하는 플랫폼 번호가 나오길 기다렸다. 7시가 되어서야 출발열차를 알리는 정보가 게시판 위에 나왔다. 플랫폼 H였다. 고속열차의 6번 객실에 올라가 자리를 잡고 앉으니 얼마 되지 않아서 곧 열차가 출발했다.

대합실에서 내 옆에 앉았던 젊은 영국 여자는 『해리 포터』를 들고 있었고 내 앞 자리에 앉은 젊은 프랑스 여자는 『다빈치 코드』를 읽고 있었다. 책은 지루하게 기다리는 시간을 빨리 가게 해준다. 누군가가 읽고 있는 책은 그 사람이 어떤 사람인가를 말해준다. 그런데 베스트셀러를 읽는 사람들이 어떤 사람들인지는 짐작하기 힘들다. 그런 생각을 하고 있는데 어느덧 기차는 파리 시내와 근교를 벗어났고 유리창 밖으로는 풍경화가 계속 이어졌다. 하늘, 구름, 언덕, 밀밭, 강, 아침햇살, 양떼…… 앞자리 창가 쪽에 앉은 아들 녀석은 평소보다 훨씬 일찍 일어나서 그런지 책을 읽고 있는 옆의 여자에게 방해가 될 정도로 고개를 흔들며 자고 있다. 건너편의 마주 보는 자리에는 다섯 살 정도로 보이는 여자아이가 엄마 곁에 꼭 붙어 앉아 있다. 조금 전까지만 해도 엄마와 놀고 있던 아이가 인형을 가슴에 안고 모조 젖꼭지를 입에 문 채로 자고 있다. 흔히 보는 바캉스 철의 기차 안 풍경이다. 나도 어젯밤에 짐을 싸느라고 늦게 자고 아침에 일찍 일어났더니 졸음이 왔다. 평소의 잠자는 습관이 조금만 깨져도 정신을 차리지 못하니 오래된 정신의 습관을 고치는 일은 얼마나 어려운 일인가. 졸음을 쫓고 창밖의 풍경을 보기 위해 4호차에 있는 식당차로 가서 한참 동안 줄을 선 뒤, 간신히 커피 한 잔을 사 마시고 객실의 내 자리로 돌아왔다. 창밖에는 기차를 따라 평평한 대지가 펼쳐지다가 때로 강물이 흐르고 고속도로가 따라온다. 터널이 나오기도 하고 가로수가 늘어선 꼬불거리는 길이 보이기도 하고 완만하게 경사진 산들이 나타나기도 한다. 전신주와 전선이 많이 보이고 스프링클러가 물을 뿌리는 모습도 간간이 보인다. 요즘 비가 오지 않아서 프랑스 전역이 가뭄에 시달리고 있다. 유리창 밖으로 햇빛이 점점 밝아지고 기온이 올라가자 긴장했던 몸과 머리도 서서히 풀리는 느낌이 들었다. 반대편에서 달려오는 기차가 '휙' 하고 형체를 드러내지 않은 채 사라진다. 내가 탄 기차처럼 시속 300킬로미터로 달리는 고속열차인 모양이다. 빠른 속도는 사물의 분명한 형태를 감춘다.

9시 50분경. 드디어 큰 강이 하나 눈앞에 나타났다. 프랑스 중부에서 시작하여 지중해로 흘러 들어가는 론 강이다. 그리고 얼마 후 오랜 세월 비바람과 햇빛에 시달려 헐벗은 노년기의 회색 바위산들이 연이어지는 풍경이 펼쳐진다. 열차 내의 안내방송은 삼 분 후에 기차가 아비뇽 역에 도착한다고 알려준다. 10시 정각 드디어 기차가 아비뇽 고속열차 역에 도착했다. 짐가방을 끌고 역사를 나오자 미스트랄 바람이 제법 세게 불어서 쓰고 있던 모자가 날아갈 정도였다. 역 앞에서 아비뇽 시내 중심부로 들어가는 셔틀버스를 타고 이십여 분을 달려 아비뇽 보통 기차역에 도착했다. 기차역 바로 옆에 붙어 있는 시외버스 터미널에 가서 시간표를 보니까 루르마랭으로 가는 버스는 오후 2시 30분에야 있다. 네 시간이나 기다려야 했다. 그래서 하는 수 없이 다시 역 앞의 택시정거장으로 가서 택시를 탔다. 루르마랭으로 가는 길 중간에 뒤랑스Durance 강의 모습이 보였고 관개용 수로도 보였다. 1998년 여름, 처음 이곳을 지나가던 때가 생각났다. 카바용, 메랭돌Mérindol, 로리스Lorris, 퓌베르Puivert 등 귀에 익숙한 마을들의 이름이 적힌 표지판들이 순서대로 나왔다. 어느 순간부터 자동차의 왼편으로 뤼베롱 산이 계속 이어졌다. 1998년 여름 시외버스를 타고 이 길을 처음 지나갈 때는 비가 내리고 안개가 끼어 있었고 뤼베롱 산은 신비한 모습이었는데 오늘은 그런 느낌이 없었다. 똑같은 산이라도 계절과 기후에 따라 다른 모습을 보여준다. 일사천리로 달려 루르마랭에 거의 다 도착할 무렵 택시 운전사가 퓌베르 근처에서 갑자기 차를 멈추어 섰다. 도로 보수 공사를 하느라고 대로를 막아놓았기 때문이다. 그래서 불가피하게 퓌베르 마을로 들어서 동네 안의 작은 골목길을 지나고 언덕길을 넘어서 겨우 루르마랭에 도착하니 10시 50분이었다. 조금 돌아오긴 했으나 퓌베르 마을 안쪽의 분위기를 느낄 수 있었다.

도착하자마자 먼저 숙소로 찾아들어갔다. 17세기에 지어졌다는 숙소 건물은 19세기에는 우체국으로 쓰이다가 1960년대에는 이 지역의 뤼베롱 산과 방투 산에 등산을 하러 온 사람들을 위한 유스호스텔 형식의 숙소로 바뀐 공간이었다. 파리에서 예약해둔 방에 짐을 풀고 루르마랭 중심부에 위치한 로르모 광장에 있는 가비 카페에 가서 점심식사를 했다. 로르모 광장에는 오르모 나무 그러니까 우리말로 느릅나무 딱 한 그루가 서 있다. 이 동네의 옛날 모습을 담은 엽서를 보니까 제법 큰 오래된 느릅나무가 서 있었는데 어떤 사연에서인지 지금 그 나무는 없어지고 언젠가 그 대신에 새로 심은 직경이 그리 넓지 않은 느릅나무가 그 자리를 지키고 있다. 나무도 때가 되면 세상을 뜨는 모양이다. 점심식사 후 동네 골목길을 천천히 산책하다가 햇볕이 너무나 뜨거워서 루르마랭 개신교회가 바라다보이는 돌담 위에 한참 동안 미동도 하지 않고 앉아 있었다. 돌담 안에는 교회에 속한 넓은 초원이 펼쳐져 있고 돌담 뒤에는 느티나무가 서 있어서 쏟아지는 햇살을 피하기에는 안성맞춤인 장소였다. 그곳에 멍하니 앉아 한낮의 고요 속에서 교회와 루르마랭 성을 바라보고 있노라니 딴 세상에 와 있는 느낌이 들었다. 한참 앉아 있다보니까 그늘 아래인데도 작열하는 태양의 열기가 점점 몸속으로 들어왔다. 그래서 숙소로 돌아와 찬물에 샤워를 하고 흰 시트를 깐 침대에 누워 루르마랭 관광안내소에서 얻어 온 알베르 카뮈와 앙리 보스코 문학기행을 비롯한 루르마랭의 여름 행사 소개 자료를 읽기 시작했다.

1958년 9월 카뮈는 노벨문학상 수상으로 받은 상금으로 루르마랭에 마음에 드는 집 한 채를 마련했다. 젊은 시절 알제리에서 마음껏 누리던 작열하는 햇살을 늘 그리워하며 살던 카뮈는 만년에 프로방스의 시인 르네 샤르의 조언을 듣고 햇살이 잘 내리쬐는 남불에 집을 찾으러 다니다가 드디어 루르마랭에서 조용히 글을 쓰며 여생을 보낼 집을 마련했던 것이다. 그가 미완의 유고가 되어버린 『최초의 인간』을 집필한 곳도 루르마랭의 바로 이 집이었다. 카뮈가 루르마랭 언덕 마을 가장자리에 위치한 그 집을 선택한 이유는 테라스에서 알제리 시절의 산과 평야를 연상시키는 뤼베롱 산을 바라볼 수 있었기 때문이다. 카뮈는 마음에 드는 장소에 집 한 채가 있고 주위에 이야기가 통하는 좋은 사람들이 있다면 그것으로 행복의 조건이 거의 다 갖추어진 셈이라고 말하곤 했는데 남불의 루르마랭이 바로 그런 장소였다. 그래서 '수수께끼' 라는 제목이 붙은 산문의 첫머리에 카뮈는 이렇게 썼다.

하늘 꼭대기에서 쏟아진 햇빛의 물결이 우리들 주위의 들판에서 거세게 튀어오르고 있다. 이런 소란에도 모든 것이 잠잠하기만 하고, 저기 뤼베롱 산맥은 내가 끊임없이 귀를 기울여 듣는 엄청난 침묵의 덩어리일 뿐이다. 귀를 세워 들어보면 멀리서 사람들이 내게로 달려오고, 눈에 보이지 않는 친구들이 나를 불러 옛날과 다름없는 나의 기쁨이 커져간다. 또다시 어떤 다행스러운 수수께끼 덕분에 나는 모든 것을 이해할 수 있게 된다.

좀 덜 알려졌지만 앙리 보스코도 알베르 카뮈와 더불어 루르마랭을 상징하는 작가다. 보스코는 마을 중심부에서 조금 떨어진 외곽 언덕 위의 작은 집에 살았다. 그는 자기가 살던 '바스티동bastidon'이라고 불리는 돌로 지은 거처를 다음과 같이 묘사했다.

나는 느린 걸음으로 바스티동을 향해 걸어 올라간다. 현재 햇빛의 상태는 매우 특이하다. 매일 저녁 언제나처럼 6시경이면 햇빛은 나무들과 건조하게 마른 돌들과 갈색의 구릉들을 희미하게 비춘다. 햇살은 돌로 된 집의 표면을 강렬하게 비춘다. 그래서 푸른 반점들이 나 있고 간간이 황토가 박혀 있으며 전반적으로는 회색 빛깔을 띠는 돌들이 쌓여 이루어진 집의 외벽들이 한순간 갑자기 자신의 본모습을 드러낸다. 햇살이 해체한 다양한 색채들이 그리로 몰려들어 일정하게 재조직된다. 그리하여 돌들은 꽉 찬 상태의 본래의 밀도에 도달한다. 돌들은 자신의 진정한 두께를 갖게 되고 질량을 통해 그 형태를 드러낸다. 그렇게 해서 불처럼 타오르던 벽의 돌들이 무언가 생각을 자극하는 그림자를 드리우면서 만질 수 있는 물체로 바뀐다.

한참 동안 침대 위에서 게으름을 피우다가 숙소 바로 옆에 있는 마을 도서관으로 갔다. 그곳 전시실에는 '카뮈와 이탈리아' 전이 열리고 있었다. 카뮈의 책 초판본, 카뮈와 관련된 작가나 평론가들의 책, 사진, 친필 원고 등이 설명과 함께 전시되어 있었다. 그 가운데 카뮈와 친한 사이였던 이탈리아의 작가 이그나치오 실로네 Ignazio Silone에 대한 소개가 재미있었다. 그는 이탈리아 공산당 창립 멤버 가운데 한 사람인데 스탈린 시절 공산당을 탈당하고 스위스로 망명해서 글쓰기에 전념했다. 카뮈는 이미 1939년 실로네의 소설 『빵과 포도주』에 대한 서평을 쓴 적이 있었는데, 1954년 이탈리아 여행에서 그를 처음 만났다. 실로네는 이 세상 모든 형태의 독재와 전체주의에 반대하면서 이탈리아 공산당의 이념을 체계적으로 수정하는 지적 작업에 몰두하다가 이미 오래전에 버렸던 가톨릭 교회의 정신적 유산을 재해석하게 되었다. 그래서 그는 자신을 "당이 없는 공산주의자이자 교회가 없는 기독교인"이라고 정의하기에 이르렀다. 그래서 공산주의자이면서 기독교인이라는 서로 모순되어 보이는 이중의 정체성을 갖게 되었다.

문제는 공산당과 바티칸 교회의 상명하복을 요구하는 비민주적 조직이다. 19세기 말 독일의 정치사회학자 미헬스Michels가 좌파정당이나 노동조합 등 처음에는 민주적으로 만들어진 조직들에서도 결국 소수의 사람들이 권력을 독점하는 위계질서와 명령체계가 굳어지는 현상을 관찰하고 이를 '과두정寡頭政의 철칙'이라고 이름 붙이기도 했지만, 공산당과 가톨릭 교회 조직이야말로 이 과두정의 철칙을 보여주는 대표적인 보기인 셈이다. 그런 배경에서 보자면 실로네가 자기를 "당이 없는 공산주의자이자 교회가 없는 기독교인"이라고 정의한 것이 이해가 간다.

실로네의 책 가운데 『독재자들의 학교』가 특별히 나의 관심을 끌었다. 학교는 가정과 더불어 세상에 태어난 인간에게 세상을 사는 데 필요한 지식을 가르치는 가장 중요한 기관이다. 가정이 원초적으로 애정의 장소라면 학교는 기본적으로 훈육의 장소다. 학교는 사회 질서의 유지에 필요한 이념을 전수한다. 그러므로 모든 독재자들은 학교 교육의 내용과 방법을 자기가 원하는 방식으로 결정한다. 모든 조직적 혁명이 성공한 이후 처음으로 이루어지는 작업 가운데 하나가 교과서의 내용을 바꾸어 다음 세대에게 혁명 정신을 고취하고 계승하는 일이다. 1961년 5·16쿠데타와 더불어 시작된 나의 학창 시절에도 개인의 자유를 억압하고 대통령을 정점으로 하는 국가에 충성할 것을 가르치는 분위기가 지배적이었다. 아마도 오늘날 나의 비판적인 지적 성향은 복종을 강요하는 그 분위기에 대한 보이지 않는 반발심과 저항을 통해 형성되었는지도 모른다. 나와 한국 사회 사이에 불화가 있다면 그것은 기본적으로 내가 성장한 시대와의 불화였고 그 불화는 구체적으로 '독재자의 학교'에 대한 불만에서 싹이 텄을 것이다.

학창 시절로 돌아갔던 머리를 흔들어 다시 전시장으로 돌아오자 유리 진열장 안에 놓인 카뮈의 사진과 그가 쓴 문장이 눈에 들어왔다. '예술가와 그의 시대'라는 제목의 글이었다. 1954년 카뮈가 이탈리아를 방문했을 때 강연한 원고였다. 이 연설은 그후 1957년 노벨문학상 수상연설의 기초가 되었다고 한다. 그래서 전시장 안내를 맡은 사람에게 그의 연설문 전체를 어디서 찾을 수 있느냐고 물어보니까 아마도 '폴리오Folio' 문고판으로 나와 있을 거라고 했다. 그래서 다음 날 루르마랭 언덕길을 산책하다가 그 전날 본 '잉크병 속의 차'라는 이름을 가진 장소로 가보았다. 2005년 봄에 개점했다는 그 장소는 차를 마시는 카페이자 책을 파는 서점이기도 하다. 상점 밖 골목길에 내놓은 서가에 꽂혀 있는 책들을 죽 살펴보니 알베르 카뮈의 '스웨덴 연설'이라는 제목의 얇은 책이 바로 보였다. 겉표지에 눈에 익숙한 푸른 색조의 그림이 들어 있어서 책 뒤표지를 보니까 내가 좋아하는 화가 니콜라 드 스탈이 그린 〈바다와 구름〉(1953)이라는 작품이다.

책을 펴면 "이 연설은 관례에 따라 스톡홀름의 시청에서 열리는 노벨상 수상식 연회를 마무리하는 연설로 행해진 것이다"라는 짧은 안내 문장이 나온 다음 곧바로 카뮈의 연설문이 시작된다. "노벨 아카데미에서 나를 명예롭게 하기 위해 주는 이 상을 받으면서 이 상의 위상이 나 자신이 작가로서 이룬 업적을 능가한다는 생각을 할 때 감사한 마음은 더욱더 깊어진다." 대체로 앵글로색슨 사람들은 연설의 첫머리를 유머나 조크로 시작하고 동아시아 문화권 사람들은 양해와 겸손의 말로 시작하는 것으로 알려져 있는데 프랑스 사람 카뮈는 오히려 동아시아의 전통을 따르고 있는 것이다. 그는 이 연설에서 예술가는 진리와 자유의 수호라는 두 가지 임무를 맡고 있다고 말했다. 그런데 진리와 자유는 1970년대에 내가 다녔던 대학의 교훈이기도 하다. "진리가 너희를 자유케 하리라"는 성서의 구절이 종교적 차원의 뜻을 담고 있다면 카뮈가 말하는 진리와 자유는 사회적이고 역사적인 문맥에서 지식인의 임무를 말하고 있다. 그는 "진리는 신비로운 것이며 손에 잡히지 않고 달아나는 것이며 언제나 정복해야 할 대상으로 남아 있다. 자유는 위험한 것이며 우리를 들뜨게 하는 만큼 제대로 누리기도 어렵다"라고 말한다. 그가 말하는 진리는 이미 정해져 있는 고정된 진리가 아니고 언제나 새롭게 해석될 수 있는 가변적 진리이며, 그가 생각하는 자유는 그저 마음대로 하는 것이 아니라 책임을 수반하는 쉽지 않은 덕목임을 알 수 있다. 그는 이미 양차대전을 겪고 신이 죽은 시대를 살았던 지식인이다. 그러나 그가 말하는 진리와 자유의 뿌리는 그의 의도와 관계없이 기독교 전통과 이어져 있는 것인지도 모른다. 역사학자 브로델은 무신론자들조차 자기도 모르게 기독교 문명에 침윤되어 있다고 말하지 않았던가. 아무튼 카뮈는 "진리가 거짓을 거부하는 일이라면 자유는 억압에 저항하는 일"이라고 말하면서 작가와 예술가라는 직업이 갖는 고결함은 진리와 자유의 수호라는 두 가지 임무를 수행하는 데 있다고 역설했다. 지당한 말씀이다.

1913년 출생인 카뮈는 이 연설에서 자신이 속한 세대의 역사적 상황을 "변질된 혁명, 미쳐버린 기술, 신의 죽음, 그리고 소진된 이념이 뒤섞인 부패한 역사"라고 정의하면서 "보잘것없는 정권들이 설득력도 없이 모든 것을 파괴하고 있으며, 지성은 증오와 억압에 봉사하는 시녀가 되었다"고 말했다. 그래서 자신의 세대는 그 모든 것들을 부정하면서 인간답게 살고, 인간답게 죽기 위한 존엄성을 회복해야 할 임무를 지닌 세대라는 것이다. 카뮈의 연설문을 읽으면서 한국 사회의 역사를 떠올렸다. 1970년대에서 1980년대에 이르는 거짓말과 억압의 시대에 카뮈가 말하는 두 가지 당연한 임무를 충실하게 수행한 사람들은 누구인지 묻지 않을 수 없었다. 그렇다면 지식인을 자처하는 나 자신은 오늘날 그 두 가지 당연한 임무를 얼마나 충실하게 수행하고 있는가?

루르마랭 성당 앞 광장에 자클린 브리카르가 운영하는 나이프화 art naif 전문 화랑에 갔다. 오후에 산책하다가 그 앞을 지나가는데 문이 열려 있었다. 2003년 루르마랭 방문시 알게 된 자클린은 일찍부터 크로아티아, 브라질 등을 여행하면서 그 지역의 토속적 나이프 화가들의 그림에 관심을 갖게 되었다고 한다. 사전에서는 나이프화를 "민간의 소박한 미술"이라고 정의하는데 자클린의 설명에 따르면 그것은 공식 제도교육을 받지 않은 사람들이 동화적 상상력을 발휘해서 그린 구상화로서 구체적이면서도 동시에 환상적인 회화 양식이다. 화랑에 전시된 그림들은 어른들이 그린 그림이지만 어린이들이 그린 그림같이 환상적이고 동화적인 요소가 많이 나온다. 어른이 되어서도 어린아이의 천진한 마음을 잃지 않은 사람들이 나이프화를 그릴 것이다. 『어린왕자』를 쓴 생텍쥐페리도 이 화랑에 전시된 나이프화를 좋아했을 것이다. 자클린의 화랑 한쪽에는 집들이 가지런히 늘어선 도시의 길가에 사람들이 한가롭게 걸어 다니는 모습이 담긴 그림들이 걸려 있는가 하면, 다른 한편에는 산과 호수와 나무들이 펼쳐진 풍경 속에 남녀가 배를 타고 강을 건너가는 모습이 담긴 그림들도 보인다. 파리에서 내가 책을 읽고 글을 쓰는 서재의 책꽂이 제일 위 칸에는 이곳에서 얻은 크로아티아의 화가 브랑코 바후넥Branko Bahunek의 나이프화가 한 장 놓여 있다. 자주색 톤이 배경으로 깔린 이 그림 속에는 나체로 첼로를 연주하는 여인의 모습이 환상적으로 그려져 있다. 몇 년 전 자클린의 화랑에서 열린 바후넥의 전시회를 알리는 초청카드 앞면에 인쇄된 그림이다.

자클린의 아이들과 부모, 친척들은 다 파리에 살고 있다. 그런데 자클린은 복잡하고 번잡한 파리 생활이 싫어 10년 전 남편과 함께 이곳 남불의 루르마랭에 내려와 이 집을 사서 앞쪽은 화랑으로 꾸미고 뤼베롱 산이 보이는 뒤쪽과 베란다는 생활공간으로 만들었다. 그의 화랑은 완만한 언덕 위에 자리 잡은 루르마랭 마을 정상의 성당 앞에 있는데 그곳에서 몇 발자국을 걸어 내려가면 알베르 카뮈가 살던 집이다. 지금 그 집에는 카뮈의 딸 카트린이 살고 있다. 자클린은 나를 볼 때마다 파리 생활이 싫어서 이곳 루르마랭으로 내려왔다는 이야기를 하는데 그 이야기는 자꾸 들어도 싫증이 나지 않는다. 2003년에 처음 만났을 때 그 이야기를 한참 동안 하더니 이번에도 조금 다른 방식으로 이야기를 반복한다.

"파리에 사는 친구나 친척 들이 나에게 언제 파리에 한번 올라오라고 말하면, 나는 그러지 말고 너희들이 루르마랭으로 내려오라고 말하지요. 이제 어디 돌아다니고 싶은 생각이 더 이상 없어요. 이곳 루르마랭에서 사는 것이 제일 좋아요. 파리의 지하철은 생각만 해도 끔찍해요. 나는 할 수 없이 파리에 갈 일이 생겨도 지하철은 절대 안 탑니다. 지하철을 타본 지가 20년은 넘었을 거예요."

그런데 자클린의 사랑스러운 검둥이 개가 온통 붕대를 감고 있어서 어찌 된 일이냐고 물으니까 이틀 전에 기가 막힌 사고를 당했다고 한다. 평소에 그 개는 오후 4시경 혼자 동네 산책을 나갔다가 삼십 분쯤 지나면 돌아오는데 그날은 한 시간이 넘어도 돌아오지 않더라는 것이다. 그래서 무슨 일이 일어났는지 걱정을 하고 있는데 한 시간 반쯤 지나서 전화벨이 울렸다. 예감대로 검둥개의 사고를 알리는 전화였다. 자클린의 개가 루르마랭 마을에서 한참 떨어진 하수처리장의 창살 사이를 무리하게 들어가려다 끼어서 빠져나오려고 안간힘을 쓰다가 네발이 온통 피투성이가 되어 있었다는 것이다. 병원으로 데려가서 치료를 받았는데 통증 때문에 잠도 못 잘 지경이어서 진통제를 먹였다고 한다.

2010년 7월, 루르마랭. 중앙광장의 모습이다. 왼쪽 의자에 앉아 있는 남자의 인상이 사뮈엘 베케트를 연상시킨다. 알베르 카뮈는 정면으로 보이는 로르모 카페에서 한가한 시간을 보내곤 했다.

기차역과 시계탑

● 센 강 우안에 있는 리옹 역 앞에는 높다란 시계탑이 서 있다. 센 강 좌안에서도 바라볼 수 있는 그 시계탑은 남쪽으로 내려가는 기차의 출발지인 리옹 역의 상징이다. 고속도로와 자동차가 대중적인 교통수단이 되어버린 오늘날에도 철도와 기차가 사라지지 않는 이유는 출발 시간과 도착 시간이 미리 정해져 있기 때문이다. 자동차 여행이 도로 사정에 따라 예상보다 몇 배로 시간이 걸릴 수 있는 반면, 아주 예외적인 경우를 제외한다면 철도 여행은 도착 시간에 맞추어 그 이후의 일을 마음 놓고 계획할 수 있게 해준다. 기차를 타면 운전석에 앉아 앞의 차 뒤꽁무니를 바라보며 짜증을 낼 필요가 없다. 그저 유리창 밖의 풍경을 바라보며 이런저런 생각을 떠올릴 수 있다. 사람들에게 정확한 시간을 공유하게 해주는 시계탑은 기차역의 상징이다. 약속 시간 엄수는 현대 사회생활의 기초다. 기차 출발 시간 전에 도착하지 못한 사람은 다음 차를 타야 한다. 거기에는 개인적 사정을 봐줄 여유가 없다. 기차는 시간의 정확성을 생명으로 하기 때문이다. 19세기 말에 세워진 리옹 역 앞 광장의 시계탑에 설치된 커다란 시계 속의 길고 짧은 두 개의 시곗바늘은 "그대! 출발 시간을 지켜라! 그러면 정해진 시간에 그대가 원하는 장소에 도착할 것이다"라고 말하는 듯하다.

19세기 후반 인상파 화가 모네는 파리의 북쪽 교외를 지나 노르망디 지방으로 가는 기차가 출발하는 생-라자르St. Lazare 역의 풍경을 연작으로 그렸다. 오늘날 그 역 앞 광장에는 두 개의 조형물이 서 있다. 조각가 아르망Armand의 작품이다. 그는 버려진 폐품들을 수집하고 분류하고 일정한 틀 속에 고정하는 작품들을 만들었다. 산업사회의 폐기물을 예술작품의 재료로 활용한 셈이다. 역을 바라보고 서면 광장 오른쪽에 시계탑이 서 있다. 아르망은 서로 다른 크기, 서로 다른 시대의 둥그런 시계들을 이런저런 방식으로 쌓아올려 시계탑을 만들어 놓았다. 그 오래된 시계들의 숫자판은 기차를 타기 위해 시계를 바라보며 초조한 마음으로 서둘렀을 여행객이나 너무 일찍 도착하여 역 대합실에서 하품을 하며 지루해했을 여행객을 생각하게 한다. 광장 왼쪽에는 시계탑과 짝을 이루며 또 하나의 탑이 서 있다. 여행객 하면 떠오르는 서로 다른 크기와 형태의 수많은 여행가방을 수십 개 쌓아올려 '가방탑'을 세워놓았다. 나는 그 가방탑을 볼 때마다 그 가방들 속에 무엇이 들어 있을까 궁금해진다. 여행객들은 가방을 들고 기차에 오르고 그 가방을 들고 기차에서 내렸을 것이다.●

7/22
VEN

햇볕 뜨겁고 더움

뤼베롱 산 속의 결혼식

"나의 모든 사랑을 담아,
끝없는 믿음으로,
아무 제한 없이 저의 삶을
당신께 바칩니다"

2005년, 에갈리에르. 에갈리에르에서 조금 떨어진 생-식스트 언덕의 작은 성당으로 신랑신부가 걸어 올라가고 있다. 신부의 웨딩드레스가 바람에 흔들리고 있다.

오늘 오후 5시에 뤼베롱 산 속 마을 보진느의 작은 성당에서 장 드 콜롱그의 결혼식이 열렸다. 사실 그의 결혼식에 참석하는 것이 이번에 루르마랭에 온 주된 이유다. 장은 1997년 서울의 프랑스대사관에서 서적 담당관으로 1년 동안 일할 때 나와 알게 되었는데 내가 1998년 여름 루르마랭 땅을 처음 밟게 된 것도 다 장 덕분이다. 그해 7월 나는 프랑스 문화부 초청으로 아를에 있는 반 고흐 유럽번역문화센터에 머무르고 있었는데 8월 초에 미란과 대인이 그곳에 합류했다. 그런데 서울의 프랑스대사관에서 처리한 숙소 예약이 잘못돼서 원래 예상한 대로 머무를 수가 없게 되었다. 다른 숙소를 알아보느라고 서울의 프랑스대사관에 있는 장에게 연락했더니 사정이 그렇다면 그곳에서 멀지 않은 곳에 있는 자기 집안 별장에 가서 나머지 기간을 지내면 어떻겠느냐고 제의했다. 그렇게 해서 그의 집안 별장에서 일주일을 지내면서 루르마랭을 발견하게 되었다.

결혼식이 오후에 있어서 오전에는 시간적 여유가 있었다. 그래서 루르마랭 이곳저곳을 발길 가는 대로 산책했다. 미란, 대인, 나 세 사람이 각자 원하는 대로 자유시간을 즐기다가 12시에 로르모 광장에 있는 가비 카페에서 만나 점심식사를 했다. 식사 후에 조금 더 산책을 하다가 햇볕이 너무 뜨거워 숙소로 돌아와 쉬었다. 4시

10분에 장 드 콜롱그 결혼식에 가기 위해서 나와 같은 숙소에 머물고 있는 불트 부부를 만나 그들의 차를 얻어 타고 결혼식장인 보진느 성당으로 향했다. 뤼베롱의 한적한 산길을 거쳐 4시 30분이 채 못 되어 마을 성당에 도착했다. 성당 앞마당이 아직 조용했다. 다소 이른 시간이라 아직 결혼식 하객들이 도착하지 않고 있었다. 그래서 보진느 마을의 언덕으로 걸어 올라갔다가 내려오니까 그제야 사람들이 성당 앞마당에 모이기 시작했다. 뤼베롱 산 속에 위치한 보진느 성당은 그리 크지 않은 아담한 규모의 시골 성당이지만 함부로 넘볼 수 없는 품위 있는 자태를 지니고 있다. 성당 앞마당에 줄지어 선 플라타너스 나무들이 손님들에게 넉넉한 그늘을 제공한다. 5시가 가까워지자 사람들은 성당 안으로 들어갔고 얼마 후 결혼식이 시작되었다. 보진느 성당은 한국에도 잘 알려진, 프로방스를 배경으로 하는 연작 영화 〈마농의 샘〉과 〈장 드 플로레트〉에 나오는 성당이다. 이브 몽탕, 다니엘 오퇴유, 엠마누엘 베아르가 나왔던 이 영화를 본 사람이라면 일요일 오전 마을 사람들이 이 성당에 모여 예배 보는 장면을 기억할 것이다. 가톨릭 전통을 따라 진행된 결혼식에서 가장 인상적인 장면은 신랑신부가 나누어 읽은 샤를 드 푸코의 기도문이었다.

하느님 아버지, 저를 당신께 바칩니다.
저를 당신께서 원하는 대로 만들어주십시오.
저를 무엇으로 만들지라도 저는 당신께 감사합니다.

저는 모든 준비가 되어 있고, 모든 것을 다 받아들입니다.
아버지여, 당신의 뜻이 나와 당신의 모든 피조물 안에서 이루어진다면
저는 다른 아무것도 바라는 바가 없습니다.

저는 제 인생을 당신의 손에 맡깁니다.
나의 신이여, 나를 당신께 드립니다.
나의 모든 사랑을 담아, 끝없는 믿음으로,
아무 제한 없이 저의 삶을 당신께 바칩니다.
왜냐면 당신은 나의 아버지이시므로.

보진느 성당에서 결혼식이 끝난 이후 하객들은 장 드 콜롱그 일가의 거대한 카드네 영지 안에 있는 저택으로 향했다. 먼저 300여 명 정도의 하객들이 모여 칵테일파티를 하고 난 다음 가족과 친척, 가까운 친구 등 100여 명이 남아 만찬을 했다. 칵테일파티는 저택 앞의 마당에서 열렸고 만찬은 저택 앞에 펼쳐진 풀밭 위에서 열렸다. 다섯 개의 커다란 흰색 텐트를 치고 그 안에 잔칫상을 차려놓았다. 미란과 나는 장의 모친인 안느가 주관하는 테이블에 앉았다. 장 드 콜롱그의 가문은 고조할아버지가 피렌체 대사를 지낸 남작 집안으로서 영지 앞쪽에는 콜롱그라는 가문의 이름을 딴 길이 있

을 정도다. 결혼식에 참석한 일가친척, 친구들은 대부분 작위를 가진 귀족들이었다. 콜롱그 집안 조상들의 초상화가 걸린 살롱이나 오래된 가구들과 장식품들은 이 집안이 귀족가문임을 말없이 보여준다. 그런데 가문의 전통은 명예를 보장하기도 하지만 지니고 다니기에 무거운 짐으로서 그 후손에게 구속력으로 작용할 수도 있다. 그래서 자유로운 행보가 어렵다. 귀족들은 대개 집안의 지위와 재산을 유지하는 일을 삶의 목표로 삼는다. 그래서 자식들의 교육과 결혼 그리고 상속이라는 문제가 인생의 가장 중심적인 문제다. 새로운 인생과 새로운 사회에 대한 기획이 없기 때문에 삶이 정체되기 쉬우며 가족들 사이에는 재산 상속을 둘러싸고 보이지 않는 갈등이 잠복해 있기도 한다.

저녁식사가 진행되면서 서서히 어둠이 내렸다. 저택 안에는 결혼을 상징하는 촛불이 켜지고 풀밭 위 하늘에는 보름달이 훤하게 떠 있고 별들이 영롱하게 반짝였다. 9시경에 시작한 저녁 만찬이 12시 30분경에 끝나고 이어서 댄스파티가 시작되었다. 분위기를 살리기 위해 신랑과 신부가 무대 위에서 춤을 추기 시작했다. 그러자 신랑신부의 친구들을 비롯해서 여러 사람들이 함께 어울려 춤을 추는 분위기가 만들어졌다. 자기는 춤을 추지 않으면서 남들이 춤추는 모습을 바라보며 새벽이 올 때를 기다리고 앉아 있는 일처럼 괴로운 일도 없다. 댄스파티가 시작된 지 얼마 안 되어서 결혼식장에 함께 갔던 불트 씨 부부와 함께 숙소로 돌아왔다. 불트 씨도 나처럼 춤을 즐기지 않는 인물이었기 때문이다. 2004년 6월 프랑스 서부 해안의 방데 지방에서 있었던 제롬과 아들린의 결혼식, 그리고 2004년 12월 31일 뤽상부르Luxembourg 공원이 내려다보이는 파리 6구 메디시Medici 거리의 크리스틴의 집에서 열린 송년파티의 기억이 지금도 생생하다. 새벽까지 계속되는 파티에서 남들은 다 흥겹게 춤을 추는데 왜 나는 춤을 추지 않고 괴로워하는지에 대해서는 좀 더 생각해보아야겠다.

2005년 8월, 보진느. 영화 〈마농의 샘〉에 나왔던 보진느 성당 앞마당에 결혼식을 마치고 나온 하객들이 모여 이야기를 나누며 신랑신부가 성당 밖으로 나오기를 기다리고 있다.

영화의 발상지는 할리우드가 아니라 프로방스이다

● 1946년 이후 매년 봄이 오면 프로방스 코트-다쥐르의 휴양도시 칸에서 영화제가 열린다. 그곳으로 세계의 영화배우와 감독, 제작자와 배급업자 들이 몰려든다. 프로방스의 도시에서 영화제가 개최되는 것은 역사적인 의미가 있다. 영화의 발상지는 할리우드가 아니라 프로방스이기 때문이다. 영화는 빛의 예술이다. 빛이라는 뜻의 뤼미에르Lumière라는 성을 가진 형제가 1890년대에 프로방스의 항구 라 시오타La Ciotat 역으로 기차가 들어오는 장면을 촬영한 〈열차 도착〉을 비롯해 〈리옹 뤼미에르 공장 출구〉 〈물고기 낚는 아기〉 〈바다〉 등이 최초의 영화로 기록되어 있다. 1909년에는 프로방스의 카마르그Camargue에서 프레데릭 미스트랄Frédéric Mistral의 「미레유Mireille」라는 작품을 바탕으로 한 영화가 촬영되었다. 그러나 프로방스를 배경으로 하는 본격적인 영화는 1930년대 마르셀 파뇰에 의해 제작되었다. 처음에는 『어머니의 성』 『아버지의 영광』 등 자신의 소설을 시나리오로 만드는 일을 하다가 직접 영화 제작에 뛰어들어 프로방스 출신 배우들을 기용하여 〈마리우스〉 〈앙젤르〉 〈빵집 주인 여자〉 등의 영화를 만들었다. 그가 만든 영화에는 알피유 산이 나오고 마르세유 항구가 나오고 쇠공을 굴리는 페탕크 놀이 하는 장면이 나오고, 프로방스의 여름 음료 파스티스를 마시는 장면이 나온다.

그러나 나에게 프로방스를 가장 진하게 느끼게 해주는 영화는 〈마농의 샘〉이다. 프로방스의 척박한 돌산 알피유가 나오고 그 산을 자유롭게 뛰어다니는 야생의 처녀와 그 처녀를 사모하는 시골 청년의 이야기를 기본 줄거리로 삼고 물 부족으로 생긴 집안 사이의 갈등을 밑에 깔고 전개되는 이 영화처럼 프로방스의 자연과 사람 사는 이야기를 잘 표현한 영화는 없다. 엠마누엘 베아르와 다니엘 오퇴유, 이브 몽탕과 제라르 드 파르디유 등 프랑스를 대표하는 최고의 영화배우들이 등장하는 이 영화를 보고 나서는 제대로 잠을 이룰 수가 없다. 몇 년마다 다시 보아도 볼 때마다 깊은 감동을 준다. 최근 영화로는 영국 출신 프랑스 여배우 샤를로트 램플링이 깊은 우울증에서 벗어나 찍은 〈스위밍 풀〉이 있다. 아비뇽 비행장에 내려 뤼베롱 산을 바라보며 한가한 여름 별장으로 향하는 여주인공을 바라보고 있노라면 내 마음은 벌써 프로방스를 향해 달리고 있다.●

남불의 기후는
아무 하는 일 없이
시간을 보내기에 적합하다

2007년 8월, 페네르브', 프로방스의 들판에서 한여름의 뜨거운 햇살을 받아 포도가 익어가고 있다. 가을이 오면 잘 익은 포도는 농부들의 손을 거쳐 포도주로 바뀌게 될 것이다.

어제(7월 23일) 오후 3시경 루르마랭을 떠났다. 그 전날 처럼 오전에는 루르마랭 마을을 산책하다가 가비 카페에서 간단한 점심식사를 하고 마을 외곽의 버스정거장에서 시외버스를 타고 아비뇽에 도착한 다음 그곳에서 다시 기차를 타고 아를 역에 도착했다. 쏟아지는 햇빛을 받으며 짐가방을 끌고 역에서 원형경기장 앞에 있는 마담 루보의 아파트까지 걸어가려니 힘도 들고 갈증도 났다. 그래서 역에서 나와 성벽 안으로 들어가기 전에 라마르틴 광장에 있는 카페테라스에서 초록색 페퍼민트에 레모네이드를 탄 디아블로망트를 마시면서 잠시 휴식을 취했다. 그 광장 한쪽에는 반 고흐가 화폭에 담았던 '노란 집'이 있었다. 19세기 중반 파리와 마르세유를 잇는 철도를 개설할 때 라마르틴이 주장하여 다소 우회를 함에도 불구하고 그 노선이 아를을 경유하게 되었으며 그걸 기억하기 위해 광장 이름이 라마르틴 광장이 되었다고 한다. 시인으로 알고 있던 라마르틴이 나중에 정치가가 되었다는 사실도 아를에 와서 처음 알았다. 라마르틴 광장 옆의 작은 공원에는 라마르틴의 동상이 서 있기도 하다.

원형경기장 앞에 있는 아파트에 도착하니 루보 부인이 나와서 기다리고 있었다. 깨끗하게 청소가 되어 있는 아파트에 짐을 풀고 라마르틴 광장 옆 슈퍼마켓 모노프리에서 사온 쌀로 밥을 해서 가지고 온 밑반찬과 함께 먹었다. 식사 후 하늘이 올려다보이는 안마당에서 쉬다가 일찍 잠자리에 들었다.

오늘 아침에는 9시 30분경에 일어나 아를의 도심을 가로지르는 리스 거리boulevard des Lices에 있는 윌슨 카페에서 아침식사를 하고 10시 30분 아를 개신교회에 가서 예배를 보았다. 1998년 여름에 이 교회에 박영신, 문은희 선생님 부부와 박인규, 공경희 부부와 함께 와서 예배를 보았던 기억이 났다. 반 고흐가 아를에 머무르던 1888년 당시에 이 교회를 다녔는데 이 교회의 목사가 반 고흐를 많이 도왔다고 한다. 7월과 8월에는 담임목사가 바캉스를 떠나서 평신도들이 돌아가면서 예배를 인도하고 설교를 한다. 오늘은 어느 여신도가 예배를 주관했다. 다음 주에도 계속 다른 평신도가 설교를 할 예정이라고 한다. 담임목사 없이 평신도들만으로도 예배가 잘 이루어지는 것을 보면서 서울에 있는 '예람교회'(예람은 예수 사람의 줄임말이다)가 생각났다. 그 교회는 전임목사 없이 교인들이 공동으로 교회를 운영한다. 그리고 그날의 설교에 대해서 교인들이 자유롭게 자기 생각을 표현하면서 신앙의 나무를 키워나가고 있다. 오늘 예배의 기도문 가운데 "우리의 모든 욕망을 오로지 당신의 말씀을 듣겠다는 단순한 욕망으로 줄여주십시오"라는 구절이 마음에 와 닿았다. 예배 시간만이라도 세속의 모든 불필요한 욕망에서 벗어나 오로지 핵심적인 진리의 말씀에만 귀 기울인다면 우리의 영혼은 그만큼 정화될 것이다.

남불의 기후는 아무 하는 일 없이 시간을 보내기에 적합하다. 작열하는 태양과 땅에서 올라오는 뜨거운 지열은 파리의 긴장된 생활에서 굳어진 몸을 부드럽게 풀어지게 한다. 프로방스에서 오후 2시에서 4시 사이는 거의 모든 사람들이 아예 일을 중지하고 낮잠을 자는 시간으로 되어 있다. 그래서 그 시간에 거리는 완전히 적막강산이 된다. 프로방스는 도시의 문명생활에 지친 몸과 영혼에 휴식을 제공하는 은혜 받은 장소이다. 오후 시간 텔레비전에서는 '투르 드 프랑스Tour de France' 전국 일주 자전거 경주 마지막 날 중계방송을 하고 있었다. 중계방송 소리가 시끄러워서 텔레비전을 끄고 대신 트랜지스터 라디오를 켜니 아르헨티나 출신 영화감독이자 작가라는 사람이 초대손님으로 나와서 대담을 하고 있었다. 그의 이름은 기억나지 않지만 그가 말한 내용은 생생하게 기억난다.

그는 영화를 만들 때는 사람들에 둘러싸여 각각의 장면을 어떻게 찍을 것인가를 놓고 토론하면서 공동 작업을 하지만, 글을 쓸 때는 홀로 자기만의 공간에 갇혀 내면의 목소리에 귀 기울이는 생활을 한다. 그래서 그는 영화감독으로서의 자신의 삶을 전쟁터의 군인에 비유하는 반면, 작가로서의 삶은 승려의 삶에 비유한다. 그는 군인과 승려라는 서로 다른 두 가지 삶의 방식을 오갈 뿐만 아니라 공간적으로는 파리와 부에노스아이레스를 오가는 생활을 하며 산다. 파리에서는 밤에 글을 쓰지만 부에노스아이레스에서는 밤에 외출을 많이 하기 때문에 주로 오후에 글을 쓴다. 그런데 재미있게도 글을 쓰는 시간대가 달라지면서 서로 다른 분위기의 글이 나온다고 한다. 그는 1910년대 파리 몽파르나스Montparnasse 부근의 카페와 식당 '로통드' '돔' '쿠폴' 등을 중심으로 이루어지던 보헤미안 지식인, 예술가, 혁명가 들의 삶에 대해서도 이야기했다. 레닌이 로통드 카페에서 3개월 동안 가르송garçon(보이)으로 일했다는 이야기도 그에게서 처음 들었다. 피카소, 모딜리아니, 자코메티, 수틴, 스트린드베리, 랑글루아 등의 이야기도 나왔다. 그의 이야기를 듣다 보니까 지하철 라스파이Raspail 역 앞에서 시작되는 캉파뉴-프르미에르Campagne-Premiere 길과 몽파르나스 대로 건너편의 그랑드 쇼미에르Grande Chaumiere 미술학교가 있는 작은 길을 산책하던 생각이 났다. 그 길들이 주는 특별한 느낌은 그 당시의 자유로운 영혼들이 만들어놓은 분위기였던 것이다. 창조적 영혼을 지닌 예술가와 지식인 들에게는 자유롭게 거닐고 마시고 먹고 토론할 수 있는 장소가 필요하다. 몽파르나스에서의 힘들었던 무명 시절을 벗어나 이른바 '성공한' 예술가들이 파리의 부유층이 사는 16구에 아틀리에를 마련하여 이사 갔다가 심심해서 못 살겠다고 다시 몽파르나스로 돌아온다는 이야기가 재미있었다. 몽파르나스의 에콜 드 파리École de Paris에 속했던 일본인 화가 후지타도 그곳을 떠나 16구의 니콜로Nicolo 거리로 이사했다가 14구의 몽수리Montsouris 공원 근처의 아틀리에로 다시 이사했다고 한다.

몸은 이미 아를에 와 있는데 루르마랭 성 앞에서 바라보던 뤼베롱 산의 모습이 아직도 눈에 선하다. 프로방스의 대표적 산 가운데 하나인 뤼베롱 산은 동쪽의 카바용에서 시작해서 서쪽으로는 마노스크까지 기다랗게 이어지는 그리 높지 않고 높낮이가 거의 없는 평평한 산이다. 4000만 년 전 피레네와 같은 시기에 땅 위로 솟아오른 이 산맥은 석회질이 많은 암석이 주조를 이루고 있다. 동쪽의 작은 뤼베롱의 정상은 700미터이고 서쪽의 큰 뤼베롱의 정상은 1125미터이다. 1998년 루르마랭에 처음 갔을 때 무르 네그르Mourre Nègre라는 이름의 뤼베롱 정상을 장과 함께 올라갔던 기억이 난다. 정상에 오르니 방송국 안테나들이 설치되어 있고 퀴퀴롱 마을이 내려다보였다. 루르마랭의 개신교회 앞에 설치된 돌의자에 앉으면 눈앞에 작은 뤼베롱과 큰 뤼베롱을 가르며 콩브 드 래그브룅combe de l'Aiguebrun 협곡이 펼쳐진다. 자동차들은 두 산 사이로 난 그 협곡을 통해 뤼베롱 산맥의 남쪽과 북쪽을 오간다. 뤼베롱 북쪽으로 올라가면 압트와 고르드와 루시용과 오페드와 라코스트 등의 마을이 자리 잡고 있으며, 남쪽으로 내려오면 보니외와 루르마랭과 보진느와 퀴퀴롱, 로리스와 메랭돌과 카바용 마을이 펼쳐진다. 뤼베롱의 북쪽 등성이에는 가파른 절벽들이 많은 반면, 남쪽 산등성이는 완만한 경사로 부드럽게 흘러내려 기름진 경작지를 만들며 그 앞을 흐르는 뒤랑스 강과 만난다.

나는 눈을 감고 프로방스의 풍경들을 머릿속에 떠올린다. 오후 한나절, 외롭게 서 있는 교회 종탑의 길게 늘어선 그림자, 붉은 기운이 도는 진한 갈색의 모래바위로 만들어진 절벽들, 빛으로 충만한 기름진 포도밭, 가지런히 늘어선 올리브 나무들, 향기를 발하는 보라색 라방드가 펼쳐진 들판, 그 뒤에 서 있는 중세의 수도원, 작은 마을의 시청 앞 광장과 그 주변의 카페들, 조용한 오후 햇살을 받으며 청명하게 물 떨어지는 소리를 내는 분수대, 절벽 위에 빼곡히 들어선 작은 집들로 이루어진 마을의 전경, 폐허가 된 채 남아 있는 이끼 낀 성의 벽면, 부드러운 선으로 흘러내리는 언덕 위로 저녁해가 지면서 만드는 붉은 노을…… 그렇다. 나는 지금 남불에 내려와 있는 것이다.

상상의 나래를 접고 파리에서 가지고 온 프랑수아 쳉의 『대화, 프랑스어에 대한 열정Le Dialogue, Une Passion pour la Langue Française』을 펼쳐서 줄 쳐진 부분을 다시 보았다. 2002년 10월에 사서 재미있게 읽었던 작은 책이다. 원래 중국 출신인 프랑수아 쳉은 1949년 유네스코 장학생으로 파리에 왔다가 아예 프랑스 사람이 되었다. 그렇다고 그가 중국 문화를 다 버리고 프랑스 문화로 개종한 것은 아니다. 그는 50년 이상을 프랑스에 살면서 중국 문학과 중국 미술을 프랑스 사람들이 이해할 수 있는 방식으로 소개하는 작업을 게을리하지 않았다. 그 결과 2002년에는 프랑스어로 글을 쓰는 사람에게는 최고의 명예인 아카데미 프랑세즈의 회원이 되었다. 동아시아 출신으로는 최초였다. 마오쩌둥 사후 중국이 세계를 향해 문을 열자 그는 자연스럽게 프랑스와 중국 사이의 문화적 가교 역할을 하고 있다. 어떤 면에서 보면 그는 프랑스 사람들보다 더 세련되고 정교한 불어를 구사한다. 지난 50여 년의 세월 동안 외국인이라고 무시당하는 것이 싫어서 불어로 말할 때마다 단어 하나하나에 신경을 쓰며 프랑스 사람보다 더 정확하고 더 아름답게 말하려고 애쓴 결과일 것이다. 그는 하나의 언어를 배운다는 것은 또 다른 삶의 방식을 배우는 일이라고 말한다.

하나의 언어를 배우기 위해 필요한 것은 단순한 암기작업이 아니다. 하나의 언어를 배우기 위해서는 몸과 정신과 모든 이해력과 상상력을 동원해야 한다. 왜나하면 하나의 언어를 배운다는 것은 일련의 단어들과 그것을 움직이는 법칙들만을 배우는 것이 아니라 그 언어를 통해 느끼고, 인식하고, 추론하고, 상식을 넘어 마음대로 생각하고, 판단하고, 기도하고, 결국에는 존재하는 법을 배우는 일이기 때문이다.

그의 글을 읽으면서 나의 모국어인 한국어로 세상을 보는 방식과 프랑스어로 세상을 보는 방식은 어떻게 다른지, 또 영어로 자연을 느끼는 방식과 프랑스어로 자연을 인식하는 방법은 어떻게 다른가를 생각해본다. 언어는 사유를 전달하는 수단이기에 앞서 사유의 집이며 사유가 흐르는 수로이다. 물이 흐르듯 말이 흐르면서 생각이 만들어진다. 생각이 날개를 펴자 책이 더 이상 읽히지 않아 책장을 덮고 잠시 낮잠을 잤다.

프로방스에 와서 몸으로 느끼는 가장 큰 변화는 햇빛이다. 햇빛 하나가 모든 것을 바꾸어놓는다. 하늘빛이 다르고 나무들과 돌들의 색채가 다르게 보이고 내 몸과 마음이 다른 상태가 된다. 루르마랭에서 열리고 있는 '카뮈와 이탈리아' 전에서 본 카뮈의 햇살에 대한 묘사가 생각난다. 1935년 5월부터 그가 불운의 교통사고로 세상을 떠나기 전인 1959년 12월까지 늘 가지고 다니면서 쓴 '작가수첩'에 나와 있는 한 구절이다.

멋진 날이었다. 둥근 하늘에 구름 한 점 없고 도시의 시프레 나무와 소나무 위로는 햇살이 고르게 내리고 있었다. (…) 나는 이곳에서 로마의 햇살과 피렌체의 햇살이 어떻게 다른가를 더 잘 볼 수 있다. 피렌체의 햇살이 넓게 분산되어 퍼져 있고 은빛이 나는 영적 분위기라면, 로마의 햇살은 그와 반대로 둥글고 빛을 발하며 유연하다. 로마의 햇살은 몸을 생각하게 하고 풍요로움과 행복한 삶과 성공한 인생을 생각하게 한다. 먼 옛날이지만 아직도 달콤하고, 폐허 속에 들리는 새들의 노래.

영적이고 명상을 자극하는 피렌체의 햇살과 몸의 아름다움과 행복함을 생각하게 하는 로마의 햇살, 그것은 모든 인간이 간직하고 있는 두 개의 모순된 욕망인지도 모른다. 종교적 구원과 세속적 쾌락 사이에 찢기어진 존재, 그것이 인간이다. 그런데 어떤 사람은 그 둘 사이를 오가며 고민하는 반면, 어떤 사람들은 쉽게 그중의 하나를 선택하고 다른 하나를 멀리한다. 카뮈는 진정한 예술이란 무거운 만큼 가벼운 느낌을 준다고 말했다. 무거움과 가벼움이라는 서로 대립되고 모순되는 두 요소를 하나로 만들 수 있는 능력, 그것은 비범한 예술가만이 가질 수 있는 창조적 재능이다. 카뮈의 햇빛에 대한 문장을 읽으면서 장소에 따라 달라지는 다양한 햇빛의 분위기를 좀 더 세분해서 느껴보고 싶다는 마음이 들었다. 카뮈는 서로 다른 분위기의 햇볕이 내리쪼이는 피렌체와 로마를 여행하며 무엇을 생각했을까? 장 그르니에는 로마와 피렌체 여행이 카뮈에게 미친 영향을 다음과 같이 말했다.

카뮈는 피렌체에 이어서 로마를 마치 무슨 신세계를 발견하듯 아무 안내자도 없이 혼자서 걸어 다녔다. 박물관과 성당을 가볍게 여기지는 않았지만 그곳에 꼭 들어가야 한다는 부담감은 느끼지 않았다. 카뮈에게 피렌체와 로마 산책은 하나의 치유 과정이었다. 카뮈는 늘 아름다움은 치유 효과가 있으며 햇살은 삶을 위한 자양분을 공급한다고 말했었다. 멀리 보이는 산언덕들, 분수대들 그리고 아드리엥 빌라, 그 아름다운 풍경에 어울리는 장식들이 조화를 이루며 카뮈의 심금을 울렸다.

공자는 나이 사십을 불혹不惑이라고 했지만 카뮈는 나이 사십에 대해 이렇게 말했다.

> 나이 사십에 우리는 더 이상 세상의 악에 대해 목청을 높이지 않는다. 우리는 이미 그것을 알고 있다. 우리는 마땅히 해야 하는 방식으로 악과 싸울 뿐이다. 나이 사십에 우리는 아무것도 망각하지 않고 새로운 것을 창조하는 일에 몰두할 수 있다.

누구나 이십대에는 세상의 악과 부정에 대해 분노하고 목청을 높일 수 있다. 그러나 결혼을 하고 직업생활을 해야 하는 삼십대에 들어서도 계속해서 정의롭지 못한 세상을 비판하기는 쉽지 않다. 사십대가 되어서도 계속해서 '철들기'를 거부하고 세상의 불의와 싸우는 사람은 더욱 찾아보기 힘들어진다. 이십대처럼 더 이상 목청을 높이지 않고 자기 방식으로 세상의 악과 싸우며 새로운 세상을 만드는 일에 몰두하는 사십대들이 많아야 세상은 조금 더 정의로워질 수 있을 것이다. 한국의 4 · 19세대나 386세대의 지도자라고 하는 사람들 가운데 나이 사십이 넘어서도 세상에 영합해 특권을 누리기를 거부하고 진리와 자유를 위해 약자와 억압받는 자 편에 서 있는 사람들은 과연 얼마나 될까?

2010년 7월, 루르마랭. 루르마랭 마을묘지에 있는 알베르 카뮈의 묘소다. 강렬한 햇볕이 내리쪼이는 타는 듯한 오후에 방문한 카뮈의 묘소에는 개미 한 마리도 얼씬거리지 않았다.

고단한 일상, 한낮의 망각
—프로방스의 행복한 낮잠

● 여름날 오후 1시에서 3시 사이 프로방스는 사막처럼 고요하다. 점심식사를 마친 프로방스 사람들이 잠시 눈을 붙이는 시간이다. 아를이나 루르마랭의 골목길에 들어서면 사람이 살지 않는 것처럼 조용하다. 유리창은 열려 있고 흰색 커튼이 바람에 나풀거린다. 때로 멀리에서 아련하게 음악 소리가 들리기도 한다. 고양이는 유리창 가에서, 개는 거실의 주인 옆에 앉아 졸고 있다. 낮잠은 프로방스만이 아니라 이탈리아와 그리스, 스페인, 알제리, 모로코, 튀니지 등 지중해 문화권의 풍습이기도 하다. 반면에 앵글로색슨 문화에는 낮잠이 없다. 영국인들은 프로방스에 여행 와서도 낮잠을 자지 않는다. 아니 잘 수가 없다. 개신교 윤리와 자본주의 정신으로 무장한 사람들에게 낮잠은 죄악이다. 그런데 낮잠의 풍습은 종교보다는 기후 때문에 만들어졌다. 여름이면 오전 11시만 되어도 태양이 참을 수 없을 정도로 뜨거워진다. 기온은 30도를 웃돈다. 그러니까 아침 일찍 일어나 시원한 공기 속에서 일을 시작하고 일찍 점심식사를 하고 휴식을 취하다가 오후 늦게 일을 재개해 어둠이 내리기 전까지 일하는 하루 일과표가 만들어진 것이다. 오늘날 트랙터를 비롯한 농기구가 사람의 손노동을 대신하고 에어컨을 비롯한 전자제품들이 더위를 몰아내고 있기에 낮잠의 풍습은 없어질 법도 하다. 세계화와 무한 경쟁이라는 구호는 점점 더 낮잠을 죄악시하는 분위기를 만들고 있다. 그러나 아직도 프로방스에는 낮잠의 풍습이 살아 있다.

분홍색 로제 포도주를 마시며 참외에 장봉jambon을 곁들이거나 토마토에 모차렐라 치즈를 얹은 가벼운 전식前食을 먹고 난 다음 생선 요리나 고기 요리를 본식으로 먹고, 크렘 브륄레creme brulee(캐러멜로 겉을 감싼 일종의 푸딩)나 오븐에 익힌 배나 사과를 곁들인 아이스크림으로 후식을 먹고 난 다음 얼마 후에 낮잠으로 들어간다. 소파에 몸을 기댈 수도 있고 정신분석용 긴 의자에 반쯤 몸을 눕힐 수도 있으며 아예 침대에 누울 수도 있고 정원이 있을 경우에는 야외의 나무그늘 아래 해먹을 걸어놓고 거기에 몸을 누이기도 한다. 푸른 하늘이 보이고 산들바람이 머리를 식혀주고 '맴맴' 규칙적으로 반복되는 매미 소리가 자장가로 들린다. 해먹 속에서는 다리를 조금만 움직여도 몸 전체가 천천히 흔들거린다. 그래서 어린 시절의 요람 속에 들어온 느낌이 든다. 낮잠, 그건 게으름의 표현이 아니라 자연의 리듬에 순응하는 겸손함의 표현이다. 낮잠 시간의 정적은 쫓기는 마음에 여유를 되찾아주며 고단한 삶에 짧으나마 망각의 순간을 부여한다. 여름날의 낮잠이야말로 삶의 질을 높여주는 필수 요소다. 그러기에 프로방스의 낮잠이여 영원하라! ●

7/25
LUN

빨래 널기 좋은 맑은 날
원형경기장 앞의 아파트

"정말 소중한 것은
그것을 잃어버렸을 때에
가장 절실하게 느끼게 된다"

2010년 7월, 루르마랭. 가비 카페 테라스 벽에 붙어 있는 우체통이다. 이 우체통에 카뮈도 편지를 밀어 넣었을 것이다. 영국의 우체통은 빨간색으로 거리에 서 있지만 프랑스의 우체통은 노란색으로 벽에 부착되어 있다.

POSTE
NE JETER DANS
NI JOURNAUX NI

아침 7시경에 일어나 마조르Major 대성당 앞의 전망대에서 방투 산 쪽을 바라보다가 빵집에 들러 바게트 하나를 사 가지고 돌아왔다. 시원한 아침바람을 맞이하기 위해 창문을 활짝 열어놓고 아침식사를 하다 원형경기장을 바라보았다. 그때 갑자기 '서울 사람이 남산 안 올라간다'는 말과 '등잔 밑이 어둡다'는 말이 떠올랐다. 어둠이 내리면 관광객들은 다 사라지고 예술적 분위기로 설치한 야간 조명을 받아 빛나는 원형경기장 모습이 창문 앞에 펼쳐진다. 그 불빛을 받는 밤의 고요한 원형경기장을 마음껏 바라보면서도 굳이 그 안에 들어가보고 싶은 마음이 생기지 않았다. 이번에 아를에 온 이후에도 아직 그 안에 들어가보지 않았다. 그래서 아침식사를 마치고 서울 사람이 남산 올라가는 식으로 아를 원형경기장 안으로 들어가보았다.

로마 시대에 지은 이 원형경기장은 아를을 상징하는 대표적 건축물이다. 1998년 여름, 아를에 한 달 동안 머무를 때 이곳에서 투우 경기를 보기도 했고 프랑스의 국민가수 미셸 사르두의 공연을 보기도 했다. 아를의 원형경기장은 고대 극장, 고대 목욕탕 그리고 고대 공동묘지인 알리스캉, 포럼의 지하공간이었던 크립토포르티크와 더불어 로마 시대의 영화를 보여주는 흔적으로서 유네스코 세계문화유산이 되었다. 기원후 90년 그러니까 지금으로부터 1915년 전에 지어진 원형경기장은 길이 136미터, 너비 107미터의 타원형 건조물로 수용 인원은 약 2만 명이다. 원형경기장이 지어진 자리는 원래 산이었는데 그 봉우리를 깎아내서 평평한 공간을 만들고 그 위에 경기장을 지었다. 경기장 안으로 들어가 타원형 공간을 한 바퀴 죽 돌고 나서, 정문 위쪽에 서 있는 전망대로 올라갔다. 돌계단을 통해 전망대의 정상에 오르면 멀리 론 강이 흐르고 산들이 펼쳐진다. 로마 시절 이 원형경기장은 글래디에이터와 동물들 사이의 격투가 이루어지는 장소였는데, 중세에는 그 안에 200여 채의 건물이 들어서 마을이 형성되었고 교회도 두 개나 있었다고 한다. 원형경기장의 전망대로 쓰이는 탑도 중세에 지어진 것이다. 그러나 19세기에 들어서 로마 유적의 중요성이 인식되면서 1826년과 1830년 사이에 경기장 안의 집들을 모두 철거하고 원형경기장 원래의 모습을 복원했다. 1830년 프랑스 군대의 알제리 함락을 기념하기 위하여 이곳에서 투우 경기가 처음 열렸다. 그후 원형경기장은 매년 정기적으로 투우가 열리는 장소가 되었고 때때로 대규모의 다양한 공연이 이루어지는 명소가 되었다. 피카소가 아를을 즐겨 찾은 이유 가운데 하나도 이 원형경기장에서 열리는 투우 경기를 보기 위해서였다.

지금 내가 머무르고 있는 아를 원형경기장 앞의 아파트는 2002년 1월 서울을 떠나 파리로 와서 제2차 프랑스 체류를 시작했을 당시 한 달 동안 머물던 곳이기도 하다. 그때 나는 파리에 거처를 마련하지 못한 채 도착해서 파리 근교의 알포르빌Alfortville에 있는 친구 소유의 신축 아파트에 임시로 머무르고 있었다. 그러다가 일주일 만에 파리 중심부 오페라 옆 카퓌신Capucines 거리에 있는 단기 대여 아파트로 거처를 옮기고 세 식구가 살 집을 구하러 다녔다. 그러던 어느 날 프랑스 친구의 도움으로 16구 파시Passy에 있는 현재의 아파트를 계약하게 되었다. 그때가 2월 중순이었는데 그 아파트에 살고 있던 사람들이 다른 집으로 이사 가기 전에 3월 25일까지는 부득이 그곳에 머물러야 하는 형편이었다. 그래서 이미 아파트도 구했겠다, 파리의 비싼 단기 대여 아파트에 계속 머무를 이유도 없어서 파리를 떠나 이곳 아를에 와서 집이 비기를 기다리며 한 달을 지내게 된 것이다. 그때 내가 다른 곳이 아니라 아를을 찾아온 이유는 아를이 나에게는 이미 파리 다음으로 익숙한 도시였기 때문이다. 1985년 유학생 시절 대학생들을 위한 복지기관인 크루스가 제공하는 실비의 여행 프로그램으로 프로방스 지방을 돌다가 아를에 한나절을 머물다 간 적이 있고, 1998년 여름에 반 고흐 유럽번역문화센터에서 한 달을 머물렀다.

그런데 이 아파트에 3년 전에 왔을 때와 다른 큰 변화가 일어났다. 공간의 변화가 아니라 아파트 주인인 루보 씨가 세상을 떠났다는 사실이다. 2002년 3월 이 아파트에 처음 왔을 때 루보 씨가 집

수리를 거의 다 마치고 마지막으로 지하실을 손질하고 있던 모습이 눈에 선한데 그동안 그가 세상을 떠나고 루보 부인이 혼자 남아 이 집을 관리하고 있다. 이 집에 도착한 날 저녁, 옆집의 벽들로 둘러싸인 마당에 앉아 있으니 제비 한 마리가 들어와 마당 가를 열 바퀴, 스무 바퀴 계속 돌다가 다시 하늘로 날아올라간 일이 있었다. 나로서는 처음 보는 일이라 하도 신기하여 미란을 불렀는데 미란이 마당으로 나오자 그 제비는 얼마 안 있어 먼 하늘로 사라졌다. 나 혼자 있을 때는 거의 내 몸에 닿을 정도로 가까이 날기도 했다. 별일도 다 있다고 생각했는데 나중에 미란은 아마도 루보 씨의 영혼이 새를 통해 우리들이 온 것을 환영해주는 것 같다고 해석한다. 나는 그저 제비가 잘못하여 우연히 날아 들어왔다가 갈 곳을 몰라 당황해서 마당을 빙빙 돈 것으로 생각했는데 미란은 자기 나름대로 그렇게 해석했다. 미란이 루보 부인에게 그 이야기를 했더니 눈가에 눈물이 글썽거렸다고 한다. 루보 부인은 남편과 금실이 아주 좋았던 모양인데 그런 부부일수록 한 사람이 먼저 세상을 떠나면 남은 사람이 살기가 어렵다고 한다. 루보 부인은 그래도 계속 살 수밖에 없지 않느냐며 웃는다. 루보 부인은 미란에게 자기는 아직도 죽은 남편과 이야기하면서 지낸다는 속내를 털어놓았다고 한다. 몸은 사라졌지만 함께 나눈 삶의 기억들이 있어서 그것들을 통해 남편을 회상하면서 지낸다는 뜻이리라. 잃어버린 사람에 대한 지나친 애착은 현재를 통찰하는 능력과 미래에 대한 새로운 전망의 형성을 방해하고 과거에 집착하는 상태를 만들기도 한다. 그러나 자기에게 소중했던 것을 상실하고 난 다음 그 일을 기정사실로 받아들이고 다시 새로운 삶을 시작하는 일은 생각만큼 그렇게 쉽지 않다. 상실감은 언제나 마음 한구석에 남아 예상치 못한 순간에 다시 수면 위로 떠올라 살아남은 사람의 마음을 흔들어놓는다. 루보 부인은 미란에게 "정말 소중한 것은 그것을 잃어버렸을 때에 가장 절실하게 느끼게 된다"고 말했다.

오전에 대인이 미란을 도와주기 위해 슈퍼마켓에 가서 생수와 우유를 비롯해 무거운 것들만 골라 사 가지고 왔다. 서울에서 이모부가 가져 온 바퀴 달린 시장바구니를 가져 갔는데 장 본 물건들을 집어넣으니 물건들이 앞으로 쏠려서 돌아올 때 무척 힘들었다고 한다. 대인이 예상보다 훨씬 늦게 돌아와서 미란이 어디에 들렀다가 이렇게 늦게 오느냐고 다그쳐 물으니까 짐이 너무 무거워서 중간중간 쉬면서 왔다고 한다. 제 딴에는 땀을 뻘뻘 흘리면서 "개고생"을 했는데 사람을 의심하다니 억울하다고 열을 낸다. 그러더니 잠시 후 샤워를 하고 마당의 식탁 앞으로 나와서 수학책을 편다. 지난 6월에 본 프랑스어 바칼로레아 성적이 괜찮게 나와서 9월부터 시작하는 고등학교 졸업반에서는 좋은 성적을 내보겠다는 의욕을 보이고 있다. 아를에 내려오기 전에 내가 사다준 『효과적으로 공부하는 법』과 20세기 프랑스 역사책도 열심히 보고 있다. 점심식사를 마치고 대인은 제 옷을 빨아서 마당의 빨랫줄 위에 넌 다음 산책을 나갔다. 미란은 지금 침대에 누워 쉬고 있다. 지난 6월 말 뒤늦은 박사학위 논문 심사 이후 진이 빠져서인지 맥을 못 추고 자주 눕는다.

7/26
MAR

맑고 신선한 날씨
지식인과 사회학자

나는
분류가 불가능한
독자적 지식인으로
살아갈 것이다

2007년 8월, 고르드. 고르드 성당 앞 광장에서 왼쪽으로 내려가는 길가에 있는 집의 대문 표정이다. 대문에는 쇠로 된 말발굽이 걸려 있다. 장식으로 걸려 있지만 때로 누군가가 방문할 때 똑똑똑 두드리는 도구로도 쓰인다. 벽에 고정되어 있는 화분 속의 식물이 목말라 보인다.

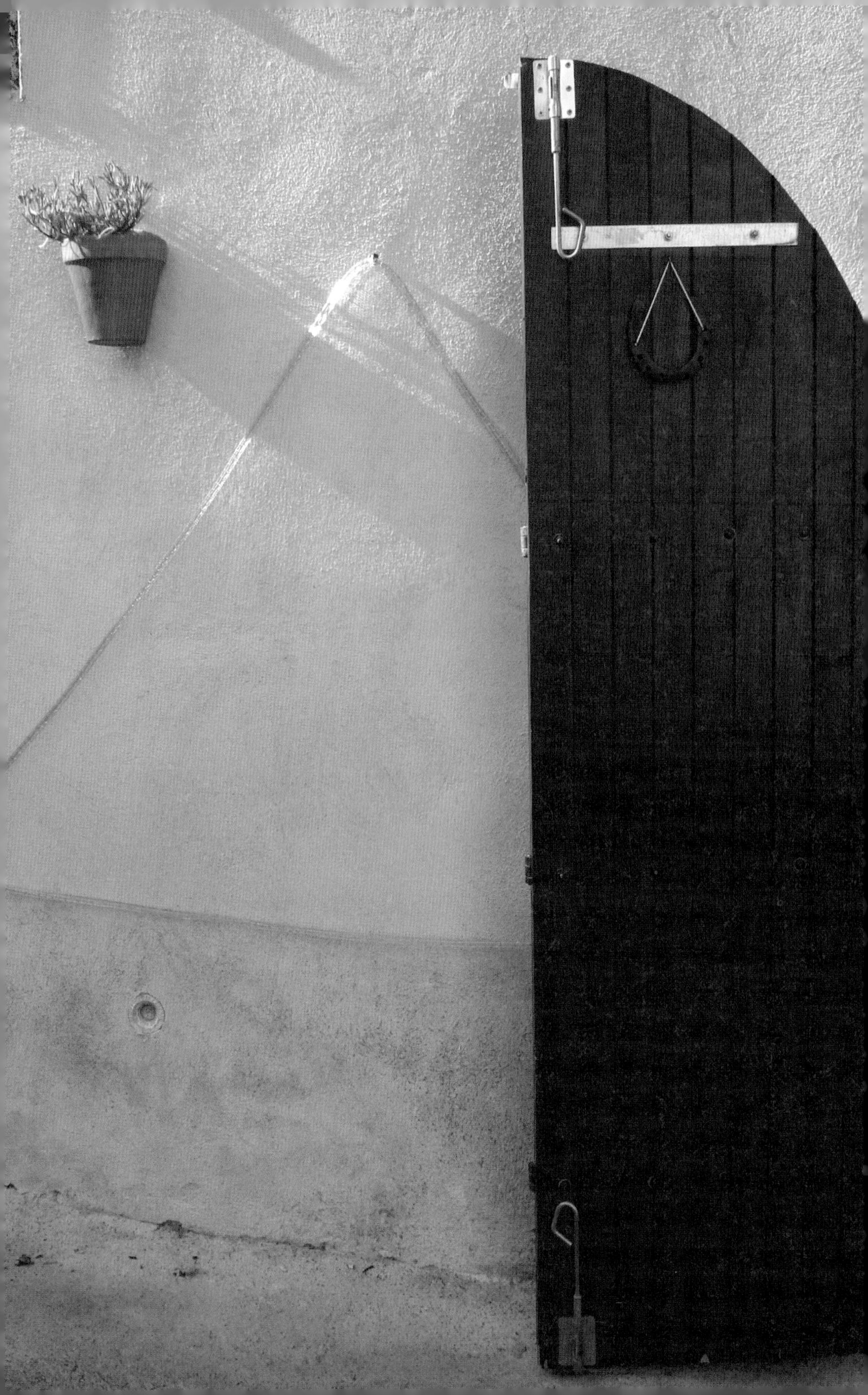

건물 마당을 둘러싼 벽들은 오랜 세월을 느끼게 한다. 거실만 한 크기의 마당 한구석에 놓인 둥근 식탁에서 신선한 아침 공기를 마시면서 과일과 빵으로 아침식사를 했다. 아침에 카트르-셉탕브르Quatre-Septembre 거리의 빵집에서 사온 바게트 맛이 괜찮았다. 오렌지 주스에 커피까지 마셨으니 완전한 프랑스식 아침식사를 한 셈이다. 미란과 대인은 식사 후 각자 밖으로 나가고 나 혼자 집에 남아 마당의 식탁 앞에 앉아 글을 썼다. 루르마랭에서 본 '카뮈와 이탈리아' 전시회로부터 시작된 카뮈와의 대화가 아를에 와서도 계속되고 있다. 어제 오후에 '악트 쉬드Actes Sud' 출판사 앞 광장에 있는 '앙트르뷔Entrevue' 카페에서 카뮈의 「예술가와 그의 시대」라는 글을 거의 다 읽었는데 저녁식사 후 산책을 하고 돌아와서 나머지 부분을 마저 읽고, 구스타브 비위르스톰이 쓴 후기까지 다 읽었다.

카뮈의 『스웨덴 연설』을 읽으면서 사르트르와 카뮈 사이의 논쟁을 떠올렸다. 사르트르와 카뮈는 나치와 싸웠고, 독재자와 싸웠고, 위선과 불평등에 맞섰다. 사르트르는 공산당원이 되지는 않았지만 "마르크시즘은 20세기의 넘어설 수 없는 지평이다"라고 말하면서 국내외적으로 확실한 좌파의 입장을 취했다. 하지만 카뮈는 개인의 판단을 집단의 판단에 종속시키고 숭고한 목적 달성을 위해서는 어떤 수단이라도 동원할 수 있다는 좌파의 입장에 동의할 수 없었다. 알제리 해방 전쟁 당시, 카뮈는 알제리 독립을 누구보다도 원했다. 그러나 그는 인도주의적 고려 없이 정치적 목적을 달성하기 위해 폭력 수단을 무제한으로 사용하는 것에는 반대했다. 카뮈는 '빛과 존재의 행복감과 자유로운 삶'을 결코 포기하지 않았다. 사르트르가 프란츠 파농의 『대지의 저주받은 자들』의 서문을 통해 불의의 폭력은 거부해야 하지만 정당한 폭력은 인정해야 한다는 주장을 펼 때 카뮈는 침묵을 택했다. 그는 자기 어머니가 탄 버스에 알제리 독립을 위해 던져진 폭탄 사고로 어머니가 죽는 상황을 그리면서 그렇게 얻어진 독립보다는 어머니를 선택하겠다고 말했다. 어떤 상황이든 폭력을 거부하는 카뮈의 의도를 오해한 사람들은 '카뮈는 알제리 독립이라는 대의를 저버리고 사사롭게 자기 어머니를 그보다 더 중요하게 생각한다'고 비방했다. 알제리 전쟁으로 프랑스의 지식인들이 양대 진영으로 갈린 상황에서 그는 분명한 입장을 밝히라는 요구에 응하지 않고 침묵을 지켰다. 그는 의심과 회의가 없는 완제품의 이념, 도덕, 신념과 언제나 일정한 거리를 유지했다. 회의 없는 이념과 신앙이 얼마나 위험한 것인가를 그는 십분 알고 있었기 때문이다. 모든 도그마는 폭력 사태를 불러오고 기계적 평등은 자유를 압살할 수 있음을 간파했던 것이다.

어디 카뮈뿐인가. 프랑스 지식인 사회에는 하나의 입장이 독선과 도그마로 바뀌어 나머지 입장을 억압하는 지적 테러리즘의 상황을 경계하고 비판하는 세력이 항상 존재한다. 20세기 초 장 조레스는 마르크스-레닌주의의 혁명노선과 구별되는 프랑스식 사회민주주의를 주장했고, 1930년대에 소련을 지지하던 앙드레 지드는 소련 여행 이후 소련을 비판적으로 보는 글을 썼고, 프랑스 노동사회학의 아버지 조르주 프리드만은 좌파이면서도 공산주의가 독재화될 것을 예언했고, 레몽 아롱은 젊은 시절 사회주의에 가까웠다가 나치즘과 공산주의를 비판하는 입장으로 돌아섰으며, 메를로퐁티 역시 공산당을 지지하다가 소련 스탈린 체제의 숙청과 폭력을 비판하는 입장으로 돌아서지 않았는가? 사르트르와 같이 언제나 확실한 입장을 밝히는 지식인과 카뮈나 아롱처럼 그런 입장의 위험성을 지적하는 지식인이 공존함으로써 프랑스 사회는 흑백논리를 벗어나 상황의 변화에 따라 유연한 입장을 취할 수 있었던 것이다. 그것이 민주주의다. 나 자신 한국의 1980년대를 돌이켜보면 사르트르와 마찬가지로 억압과 착취에 반대하면서 민중의 편에 섰지만, 모든 질문과 회의를 억압하고 이미 정해진 이념과 입장에 따라 급진적이면 급진적일수록 더 좋다는 생각에는 동의할 수 없었다. 그리고 1990년대 들어 개인적으로 시민운동에 투신하면서도 시민운동 내부의 문제점을 성찰하지 않고 정부와 기업만을 공격하는 입장을 전적으로 지지할 수 없었다. 나는 이미 정해져 있는 두 개의 입장 가운데 하나를 선택하는 것이 아니라 주어진 상황을 나 나름대로 판단하여 나만의 입장을 가지려고 노력해왔다. 진정한 지식인은 기존의 입장으로 환원되지 않는 '분류가 불가능한' 자기만의 사고를 하는 사람이다. 그런 지식인은 현실 세력의 어디에도 속하지 않는 독립적 사고를 하기 때문에 어느 진영에 분명히 속한 사람들이 힘을 쓰는 현실 세계에서 대우받기가 힘들다. 그래도 나는 분류가 불가능한 독자적 지식인으로 살아갈 것이다.

사람이 자리를 바꾼다고 과거의 일들을 다 잊어버리는 것은 아니다. 아를에 내려오기 전 파리에서 있었던 일이 머릿속 한구석을 맴돌고 있다. 6월 27일에서 7월 1일 사이에 한국에서 온 사회학자 두 사람을 파리에서 만나 함께 사흘을 보냈다. 두 사람은 부다페스트에서 열리는 국제학술대회에서 논문을 발표하고 서울로 돌아가기 전에 파리를 구경하고 싶다며 나에게 안내를 부탁했다. 그래서 셋이 함께 파리 시내를 다니면서 오귀스트 콩트, 에밀 뒤르켕, 레몽 아롱 등과 관련된 장소를 지나가다보니 자연히 사회학 이야기를 하게 되었다. 그 과정에서 묻어두었던 사회학에 대한 내 생각을 정리해보게 되었다.

나는 이미 오래전부터 '예술 형식으로서의 사회학'이라는 것을 꿈꿔왔다. 그것은 주류 사회학계에서는 인정받기 힘든 입장이다. 사회학의 창건자인 콩트가 실증주의를 내세웠고 뒤르켕은 사회학을 대학 내에 제도화하면서 사회학을 철학에서 분리해 객관적으로 인정받는 '과학'으로 만들려고 애썼다. 현재 미국을 중심으로 하는 주류 사회학의 흐름도 더욱 엄밀한 양적 방법론 개발에 힘쓰고 있다. 실증주의는 구체적인 현실을 객관적으로 분석하여 누구라도 거부할 수 없는 하나의 진리를 찾아내는 것을 목표로 한다. 뒤르켕은 사회현상을 '사물'처럼 다루어야 한다고 주장하면서 한 사람이 속한 사회의 통합 정도에 따라 자살률이 달라지는 현상을 통계자료로 증명했다. 사회학도 과학이라면 법칙을 발견한다는 점에서 자연과학과 다름이 없다는 것이다. 실증주의적 인식론에 따르면 학자 개인의 주관성은 철저히 배제해야 한다. 사회학자는 '나'를 최대한 배제하고 사회를 있는 그대로 객관적으로 관찰하고 분석하는 일을 임무로 삼는다. 그런데 내가 생각하는 사회학은 그런 '과학'으로서의 사회학이 아니라 '예술'로서의 사회학이다.

청소년기 이후 세상의 모든 일을 내 나름대로 생각하고 판단하는 삶의 주체가 된 이후 나는 객관적 현실의 존재를 무시하는 것은 아니지만 인간의 주관성을 중요시하는 입장이다. 개인이 느끼는 정서와 감정의 세계, 개인의 취향과 가치, 개인의 사고와 판단이 존중받는 사회가 내가 원하는 사회이다. 나는 중고등학교 시절부터 문학, 예술, 사상 방면에 많은 관심을 가졌고 시인, 소설가, 철학자, 화가, 음악가 들의 삶과 그들의 작품에 관심을 기울였다. 그러나 대학생활 후반기로 갈수록 객관적으로 존재하는 세상의 구속과 억압 앞에서 자신의 주관성 속에 갇혀 지내는 삶의 방식이 감상적이고 무책임한 태도라는 생각이 들기 시작했다. 그래서 일단 나의 주관성을 괄호 속에 넣고 객관적으로 존재하는 세상을 객관적으로 탐구해보기로 했다. 그리고 정치학과를 떠나 사회과학의 기초학문인 사회학으로 전공을 바꾸었다. 사회학을 공부하면서 나는 나의 주관성이 형성되는 데 영향을 미치는 역사와 사회적 조건들을 탐구했다. 석사학위 논문도 문학 창작이라는 주관적 세계에 영향을 미치는 사회적, 역사적 조건들에 대해서 썼다. 사회학을 공부하면서 나의 자유 의지를 구속하는 외부의 쉽게 변할 수 없는 객관적인 힘들을 좀 더 많이 알게 되었다. 나의 감수성과 가치관과 사고방식에 미치는 사회적 변수들을 찾아내면서 나 자신과 세상을 좀 더 객관화해서 보려고 애썼다. 그러나 내가 나를 형성하고 구속하는 외부로부터 작용하는 힘들의 정체를 알았다고 해서 나의 삶이 자동적으로 의미를 지니게 되는 것은 아니었다. 그때부터 외부에 의해서 형성된 내가 아니라, 내가 원하는 나의 삶을 만들어나가는 일이 시작되었다. 중고등학교 시절부터 나는 가치 있는 삶이란 누구를 모방하지 않고 내가 원하는 나만의 삶을 사는 것이라고 생각해왔는데, 그러한 인생관의 원형이 바로 예술가의 삶임을 뒤늦게 알게 되었다. 세상의 어느 누구도 흉내내지 못하는 나만의 작품, 복제가 불가능한 나만의 유일한 작품으로서의 나의 삶을 창조하겠다는 꿈이야말로 예술가의 꿈이 아니고 무엇이겠는가?

이런 생각은 1982년 프랑스 유학 이후 더욱 굳어졌다. 유학 시절 나의 연구 주제는 '사회운동'이었다. 지도교수인 알랭 투렌은 사회운동을 그것이 발생하는 사회체계의 속성을 통해 설명하기보다는 사회운동을 하는 사람들이 자신들의 행위에 부여하는 사회적 의미를 밝히는 연구를 하고 있었다. 나의 지적 취향은 '행위자의 주관적 의미세계는 객관적인 사회체계로 환원되지 않는다'는 그의 이론적 전제를 쉽게 수용했다. 대학생활 초기의 개인적 주관성의 세계에서 대학원 시절 집합적 객관성의 시대를 거쳐 유학 시절에는 집합적 주관성을 탐구하는 시대로 접어들었던 것이다. 해방 이후 한국 사회를 정의했던 지배층의 이데올로기를 분석하고, 체제에 저항하며 새로운 사회를 꿈꾸는 지식인과 노동자와 학생 들의 집합적 의미세계를 탐구하여 1988년 6월에 박사학위 논문 심사를 마쳤다. 나는 한국에 돌아와서 더 많은 연구를 하고 싶었다. 그런데 나는 1990년대 한국 사회학계에서 주변부를 맴돌았다. 한국 사회학을 더욱 객관적이고 엄밀한 방법론을 사용하는 실증과학으로 만드는 것이 한국 사회학의 발전이라고 생각하는 시카고, 하버드, 스탠퍼드 등 미국 유명 대학 출신의 사회학자들은 내가 생각하는 사회학을 이해할 준비가 되어 있지 않았다. 한국 사회학은 점점 더 주류 미국 사회학의 충실한 모방자가 되어갔고, 나는 제도권 사회학계와 대학을 떠나 '환경운동연합' 등의 시민운동 단체와 우리 사회의 다양한 문제들을 주제로 연구하고 대화운동을 벌이는 '크리스천 아카데미'에서 1990년대 중후반기를 보내게 되었다. 그러다가 서울 생활을 일시 청산하고 다시 파리로 와서 내 나름의 생각을 가다듬으며 책을 읽고 글을 쓰는 삶을 살고 있다. 그러니까 나는 사회학을 떠난 것은 아니지만 대학과 제도권 학회라는 울타리의 사회학을 벗어나 자유롭게 활동하면서 내 나름대로 사고를 전개한 편이다. 한국 사회학계는 나를 받아들이지 않았지만 나는 나대로 좁은 의미의 강단 사회학자가 되라는 무언의 강요에 답답함을 느꼈다. 그래서 언제부터인가 나는 스스로를 사회학자라기보다는 지식인이라고 여겨왔고, 그 생각에는 지금도 변함이 없다.

그런데 이번에 다시 파리에 온 이후에 '사회학자'와 '지식인'이라는 정체성에 '작가'라는 또 하나의 정체성을 덧붙이게 되었다. 그것은 나의 글쓰기 방식의 변화와 관련되어 있다. 이제 어느 누구도 나에게 주관성을 배제하고 객관성을 가장한 '학술논문'이라는 형식의 글을 쓰도록 강요하지 않는다. 나는 오래전부터 나의 주관적 체험과 느낌과 생각과 판단이 들어가는 '나만의 글'을 쓰고 싶었다. 지금 나는 그런 글을 쓰고 있다. 그런데 사회학은 오랜 세월 동안 지금의 나를 형성하는 데 지대한 영향을 미쳐 아무리 자유로운 글쓰기를 하더라도 사회학자로서 받은 훈련의 흔적이 사라지지 않는다. 사회학적 관심과 관점은 나를 죽어라 따라다니는 보이지 않는 바람과 같은 것인지도 모른다. 그래서 하는 수 없이 현재 내가 하고 있는 지적 작업을 '예술 형식의 사회학'이라고 이름 붙여 보게 되었다. 예술이 주관성을 강조한다면 사회학은 객관성을 강조한다. 나는 주관적이면서도 객관적이고, 객관적이면서도 주관적인 글을 쓰고 싶다. 차가우면서도 뜨겁고, 부드러우면서도 냉정한 문체를 갖고 싶다.

프랑스에서 사회학이라는 학문이 대학 안에 제도화된 것은 1890년대 제3공화정 시기다. 그 이전에 인간 사회의 모습과 그것의 구성 원칙을 논하던 사람들은 주로 작가들이었다. 그리고 그것은 문자 해독 능력과 약간의 교양이 있는 사람이라면 누구나 읽을 수 있는 방식으로 표현되었다. 스탕달과 발자크, 빅토르 위고와 에밀 졸라의 소설들은 그 당시 프랑스 사회의 변화하는 정치 경제적 상황을 나름대로 묘사하면서 다양한 계층의 다양한 유형의 인물들이 상호작용하며 살아가는 집합적 삶의 모습을 적나라하게 보여주고 있다. 그러나 사회학이 대학 내에 자리를 잡고 양적 분석이 사회학 방법론의 주류가 되자 사회현상을 구체적으로 묘사하는 문학 전통은 약해지고 그 대신 사회현상을 추상화하고 계량적으로 분석하는 사회학이 사회에 대한 담론의 장을 지배하게 되었다. 사회학이 대학 안에 제도화되면서 사회학자들은 사회학 공동체가 인정하는 학술지에 논문을 제출하고 그것을 통해 평가받는 제도를 만들었다. 2차대전 이후 세계 사회학을 주도하는 미국 사회학에서 이런 현상은 더욱 두드러졌다. 그래서 사회학자들은 점점 더 일반 독자들이 아니라 학술지에 제출한 자기의 글을 심사하는 익명의 동료들을 향해 글을 쓰는 논문 제조기들이 되었다. 프랑스에서는 아직도 저서가 중요하지만 미국에서는 대학에 취직하고 정식 교수가 되고 더 좋은 대학으로 이전하는 데 전문 학술지에 게재한 논문의 편수가 가장 중요한 기준으로 작용한다. 한국 사회의 경우를 보면 아직도 출신대학 등 연줄망이 중요하게 작용하지만 점점 더 학술지에 게재한 논문의 편수가 중요해지고 있다. 그런 과정에서 사회학은 사회를 구성하고 유지하고 변화시키는 보통 사람들로부터 멀어져가고 점차 '사회학을 위한 사회학'이 되었다. 일부 사회학자들이 인구와 소득, 이혼율과 범죄율 등의 통계자료 분석을 바탕으로 정책 형성에 기여하는 연구를 하고 있지만 그것은 정책 결정자를 위한 조언자의 역할에 머물 뿐이다. 그들은 특정 지식에 대한 특권을 소유하는 전문가 행세를 한다. 그 전문적 지식으로 권력이나 자본에 조언을 하고 보상을 받는다. 그러나 내가 생각할 때 사회학 본연의 임무는 사회를 구성하는 보통 사람들의 주체적 의식과 판단 능력을 증진하는 데 있다. 그래야 민주적이고 정의로운 사회를 만들고 유지할 수 있기 때문이다.

1990년대에 들어서 한국의 사회학자들이 사회로부터 스스로를 소외시키면서 논문을 위한 논문 생산에 몰두하고 있는 동안 사회를 구성하는 보통 사람들은 사회라는 것은 생각하지 않고 각자 자신의 관심대로 살아가면서 개인적 이익과 즐거움을 추구하는 삶의 방식을 취하게 되었다. 그 결과 '나'는 어떻게 살 것인가와 더불어 '우리'는 어떤 사회에 살고 있으며 우리를 괴롭히는 사회 문제의 뿌리는 무엇이며 그것들을 어떻게 고쳐나갈 것인가라는 질문은 사람들의 머릿속을 빠져나가 허공을 맴돌고 있다. 이런 상황에서 내가 말하는 '예술 형식으로서의 사회학'은 사회학자의 주관적 체험과 느낌, 가치와 판단의 표현을 허용하는 한편, 그것을 읽는 사람들에게 자기 자신의 삶의 의미와 사회의 관계에 대해서 생각을 자극하는 효과를 가져올 수 있다. 예술작품은 예술가 개인의 작품이지만 그것을 보는 사람에게 많은 느낌과 생각을 불러일으킨다. 훌륭한 예술작품일수록 그것을 창조한 작가 개인과 시대를 넘어서 많은 사람에게 감동을 불러일으킨다. 지극히 개인적이고 고유한 창조물이 제한된 시간과 공간을 뛰어넘어 보편적 가치를 획득하는 것이다. 오랜 세월 동안 나는 차가운 이성을 최고의 가치로 여기며 살아왔다. 지금도 이성에 대한 신뢰에는 변함이 없다. 그러나 이성적 삶이 주관성을 배제하는 삶은 아니다. 이성의 뿌리에는 감성이 자리하고 있다. 무엇을 위한 이성인가? '이성을 위한 이성'은 쉽게 도구적 이성으로 전락하고 권력과 자본의 시녀로 둔갑한다. 이성은 나와 너와 우리들의 인간답고 의미 있는 삶과 그런 인간다운 삶이 가능한, 인간의 얼굴을 한 사회를 위한 이성이어야 할 것 아닌가? 나의 '예술 형식으로서의 사회학'은 글을 읽을 줄 아는 모든 사람들에게 열린 글쓰기로서, 인간다운 삶과 인간의 얼굴을 한 보다 나은 사회를 꿈꾸는 글쓰기가 될 것이다. 그런 사회학은 보통 사람에게 다가가 말을 걸고 대화를 유도하며 성찰을 증진하는 사회학이다. 개인의 성찰성을 증진하면서 우리 사회 전체의 성찰성을 키우는, 주관적이면서도 객관적이고, 차가우면서도 뜨겁고, 냉철한 이성과 따스한 감성이 함께 작용하는 '예술 형식으로서의 사회학'을 발전시키는 일이 프로방스에 와서 생각하는 나의 지적 과제이다.

감동 어린 지식을 창조하는 예술로서의 사회학

● 해가 지고 달이 뜨는 이유는 무엇이고 봄, 여름, 가을, 겨울, 사철이 순환하는 이유는 무엇인가? 세상을 살아가자면 세상에서 일어나는 일들에 대한 지식이 필요하다. 인간의 사고는 신화적 단계와 종교적 단계를 거쳐 과학적 단계로 변화를 겪었다. 아직도 종교가 힘을 발휘하고 신화적 사고의 잔재가 남아 있지만 현실은 과학적 사고에 의해 지배되고 있다. 학교 교육은 과학-기술이 경제 성장의 기초이고 인간의 행복을 증진한다는 믿음 위에서 이루어지고 있다. 과학적 사고는 자연 현상의 연구에 그치지 않고 사회 현상의 연구에까지 확장되었다. 오귀스트 콩트에서 에밀 뒤르켕으로 이어지는 프랑스 사회학의 할아버지와 아버지는 사회학을 '과학'으로 만들고 싶어했다. 사회는 마치 자연현상처럼 인간의 감정이나 의도와 무관하게 저기에 그렇게 존재하는 '사실'로서 존재한다고 여기고 그것을 실증적으로 관찰하고 가설을 세우고 검증하여 객관적인 지식을 얻을 수 있다고 생각했다. 자연에 대한 과학적 지식을 통해 자연을 인간의 의도에 맞게 변형시킬 수 있듯이 사회에 대한 과학적 지식을 이용해 사회의 질서를 유지하고 바람직한 방향으로 변동을 이끌어낼 수 있다고 생각했다. 그러나 과학적 사고의 자연 지배가 환경 위기로 나타났고 과학의 이름을 내세운 사회과학은 파시즘과 독재 체제를 낳았다. 그럼에도 과학은 여전히 세상을 지배하고 있다.

그러나 20세기 초 이미 과학적 사회과학에 내장된 위험천만한 재앙을 감지하고 새로운 학문의 방향을 추구한 사람들이 있었다. 그들은 대학 사회에 편안하게 자리 잡은 강단 학자들이 아니라 대학 체계의 변두리나 그 밖에 위치한 사람들이었다. 게오르크 지멜Georg Simmel, 발터 벤야민Walter Benjamin, 지크프리트 크라카우어Siegfried Kracauer 세 사람은 모두 아웃사이더였고 노마드였고 이방인이었으며 이민객이었고 망명객이었다. 유태계 독일인이었던 세 사람은 전쟁과 파시즘 체제를 경험하면서 인간의 삶과 유리된 사회과학의 위험성을 깨달았다. 그들은 인간의 주관적이고 내면적인 삶이 묻어 있고 얽혀 있는 인문학적 사회학의 기초를 만들었다. 그들은 '과학'을 내세운 좁은 사회학의 틀을 벗어나 문학과 예술의 영역을 자유롭게 넘나들며 사회학의 새로운 패러다임을 만들었다. 그러나 그들은 감히 사회학을 예술이라고 말하지는 못했다. 유럽에서 미국으로 건너가 꽃을 피운 과학적 사회학이 지배하는 한국의 대학 체계 안에서 사회학이 예술이라고 말할 수 있는 사람은 없다. 그럴수록 자신의 개인적인 삶의 체험을 바탕으로 타인과 대화하면서 '감동 어린 지식'을 만들어내는 예술로서의 사회학은 더욱더 절실히 요구되고 있다.●

7/28
JEU

무더위
콜레트의 고향 안네롱에 다녀와서

한국을 사랑한 프랑스 여인과 프랑스를 사랑한 한국 남자의 교감

2007년 8월, 안네롱. 콜레트의 고향마을에 있는 성당 입구의 모습이다. 어둠 속에 저 멀리 스테인드글라스 속의 성화만이 선명하게 보인다. 그 성당에 들어가 앉으면 저절로 기도가 나온다.

어제 아침에 안네롱Anneyron에 있는 콜레트 놔르의 집에 가서 하룻밤을 자고 오늘 저녁에 다시 아를로 왔다. 기억은 오래가지 못한다. 글로 써놓지 않으면 마치 향수처럼 날아가버린다. 잊어버리기 전에 콜레트네 고향에 다녀온 이야기를 기록해두어야겠다.

안네롱은 프로방스 바로 위에 위치한 드롬Drôme 지방에 속하는 작은 시골 마을이다. 남불을 프로방스라고도 하지만 때로 미디Midi라고도 부르는데 미디는 낮 12시라는 뜻을 가지고 있다. 그래서 남불에 도착하기 직전에 위치하는 드롬 지역의 사람들은 농담으로 자기들은 '미디 묑 르 카르Midi moins le quart', 다시 말해 12시 15분 전에 산다고 말한다. 7월 27일 아침 일찍 아를 역에서 기차를 타고 발랑스Valence까지 가서 그곳에서 다시 기차를 갈아타고 생-랑베르-달봉Saint-Rambert-d'Albon 역에 내리니 콜레트가 마중 나와 있는 모습이 보였다. 생-랑베르-달봉 역에서 택시를 타고 5킬로미터쯤 들어가자 안네롱이 나왔다.

콜레트는 1935년 이 마을에서 태어나 한국에서 40년 이상 평신도 전도사로 일하며 살고 있는 독신 여성이다. 프랑스 중부 농촌 마을의 딸만 셋인 부농 집안의 맏딸로 태어난 콜레트는 어린 시절 아버지로부터 집안일이며 농사일에 관심을 갖고 맏아들의 역할을 해줄 것을 기대받으며 자랐다. 하지만 콜레트는 그런 일이 마치 벌받는 것처럼 싫었다고 한다. 그래서인지 어린 시절부터 순수한 직관에 따라 프랑스를 떠나 '동양'으로 가야겠다는 생각을 갖게 되었다. 그러다가 열여덟 살 때에 벨기에에 있는 '국제가톨릭형제회 AFI'라는 단체에 지원하여 아시아로 선교를 떠날 결심을 하였다. 아버지는 딸의 이런 결정을 도저히 이해할 수가 없었고 받아들일 수도 없어서 극구 말렸으나 콜레트는 결심을 굽히지 않았다. 그래서 아버지는 딸이 모르게 국제가톨릭형제회에 사정을 알아보았는데 네 명이 선교를 떠나면 그중 세 명은 중도에 포기하고 돌아온다는 이야기를 듣고 다소 안심하여 딸이 떠나는 것을 마지못해 허락했다. 그러나 콜레트는 네 명 중 한 명이 되어 지금까지도 자기가 선택한 길을 꿋꿋이 가고 있다.

콜레트가 곧바로 한국에 온 것은 아니다. 콜레트는 고향을 떠나 먼저 캐나다 퀘벡에서 교육심리학을 공부한 다음 1962년 드디어 임지인 서울로 부임했다. 그후 명동에 있는 가톨릭회관(현재의 전진상 기념관)에 살면서 성경 공부반을 비롯해 여러 교육 프로그램을 진행했다. 1970년대에는 한국 가톨릭교회의 정의구현사제단을 비롯한 민주화 운동을 적극적으로 지원했고 1980년대에는 가난한 사람들과 함께 살기 위해 '난곡'이라 불리는 신림7동 달동네로 입주하여 그곳 사람들과 함께 고난과 기쁨을 나누는 삶을 살았다. 지금은 달동네가 없어지고 그 자리에 임대아파트가 들어섰는데 현재 콜레트는 그곳의 유일한 외국인 임대인이다. 그녀는 몇 년 내에 한국에서의 일을 정리하고 프랑스 고향마을로 돌아와, 40년 이상의 선교활동을 통해 성숙해진 자신의 신앙과 개인적 삶의 체험을 바탕으로 얻은 새로운 삶의 의미를 프랑스 사람들과 나누려는 계획을 가지고 있다. 그러한 결정은 처음 한국에 갈 때와 마찬가지로 어떤 계산에 의한 합리적 결정이라기보다는 순수한 직관에 의한 결정이어서 귀국 동기를 명확하게 설명하기 어렵다고 말한다. 이번 여름에 먼저 안네롱과 그 주변에 사는 주민들을 대상으로 5회에 걸쳐 성경 강좌를 진행할 예정이라고 한다.

정이 많고 직관적인 한국 사람을 좋아하는 콜레트는 데카르트의 후예인 프랑스 사람들이 합리성과 이성만을 가지고 살기 때문에 삶이 메마르고 불안정하고 불행하기 쉽다고 말한다. 그래서 프랑스 사람들은 항상 무언가를 힘주어 말하지만, 듣는 사람도 말하는 사람도 공허감을 해소할 길이 없다. 우리 인간의 내면에는 무언가 신적인 요소가 있는데 프랑스 사람들은 그것을 합리주의의 이름으로 오랫동안 억압하고 묻어두었기 때문에 인간성이 온전히 발현되기 힘들다는 것이다. 콜레트는 한국 사람들은 합리성 너머 존재하는 인간의 다른 차원을 잘 간직하고 있기 때문에 프랑스 사람보다는 한국 사람들과 마음을 열고 쉽게 소통할 수 있다고 말한다. 그녀는 전생에 한국 사람이었던 모양이다. 그녀의 말을 들으면서 한국을 사랑하는 프랑스 사람 콜레트와 프랑스를 사랑하는 한국 사람 나 사이의 묘한 관점의 차이를 느꼈다. 뉴욕 유니온 신학대학의 페미니스트 신학자 정현경이 "한국에 오면 정이 넘치는데 답답하고, 미국에 가면 쓸쓸하지만 자유롭다"고 말한 바 있는데, 한국 사람은 좀 더 차가워질 필요가 있고 프랑스 사람들은 좀 더 따뜻해질 필요가 있다. 한국 사람은 좀 더 합리적이어야 하고 프랑스 사람은 이성의 한계를 알아야 한다.

택시에서 내려 콜레트의 시골집 대문 안으로 들어서자 큰 집 현관 벽에 1856이라는 숫자가 쓰여 있다. 집을 지은 해의 숫자다. 그러니까 지은 지 거의 150년이나 된 돌집이다. 콜레트의 할아버지 대에 지어졌을 법한 그 집에는 현재 얼마 전에 은퇴한 콜레트의 여동생 부부가 살고 있다. 콜레트는 그 앞에 새로 지은 작은 집에 머무르고 있다. 그 새집 자리는 콜레트가 어렸을 때는 닭을 키우던 양계장이었다고 한다. 콜레트가 준비해놓은 드롬 지방의 음식인 가지, 양파, 호박, 피망 등 여러 가지 채소를 섞어 만든 라타투이와 쌀밥을 함께 먹었다. 점심식사 후 마당에서 조금 쉬었다가 오후 3시경 뜨거운 햇살을 받으며 동네 산책을 나섰다. 먼저 집에서 조금 떨어진 호숫가로 갔다.

한가하게 낚시하는 사람들이 보였다. 그곳에서 골목길들을 지나 콜레트의 오래된 고향친구인 자클린의 집을 방문해 시원한 음료수를 마시면서 함께 이야기를 나누었다. 자클린의 거실 벽난로 위에는 전통의상을 입은 젊은 여성의 초상화가 걸려 있었는데 한눈에 젊은 날의 자클린임을 알 수 있었다. 자클린에게 물어보니 스물세 살 때의 모습으로, 당시 자클린에게 그림을 가르쳐준 미술 선생이 생일선물로 그려준 것이라고 한다. 오른쪽 벽에는 자클린이 직접 그린 풍경화들이 걸려 있다. 자클린은 콜레트와 어린 시절부터 친구였는데 평생 안네롱 마을을 떠나지 않고 지금까지 이 마을을 지키고 있다. 콜레트의 이야기에 따르면 자클린의 아버지는 아주 완고한 지방 공무원이었는데 자클린이 고등학교를 졸업하자마자 당신이 근무하는 읍사무소에서 일하도록 주선했고 자클린에게 당신 눈에 드는 남자들을 선보여 결혼시키려고 했다. 그러나 자클린은 이미 따로 사랑하는 남자가 있어서 아버지가 중매를 선 여러 남자를 계속 마다했다. 하지만 그사이에 자클린이 사랑하는 남자는 더 이상 기다릴 수 없다며 다른 여자와 결혼해 고향을 떠났다고 한다. 그래서 자클린은 나이 서른에 사범학교에서 다시 공부를 시작해 학교 선생님이 되었고, 평생 독신으로 교직에 종사했다. 몇 년 전 은퇴한 후 지금은 자기가 좋아하는 그림을 그리며 성당 일에 봉사하는 삶을 살고 있다. 자클린의 경우는 2차대전 이후 1950년대 프랑스 농촌마을에 가부장제의 전통이 얼마나 깊게 작용하고 있었나를 보여준다.

자클린의 집을 나와 그녀의 안내를 받으며 안네롱 마을의 성당으로 향했다. 성당은 집에서 아주 가까운 거리에 있다. 자클린은 은퇴 이후 성당 일을 열심히 하기 때문에 아예 성당 열쇠를 하나 가지고 있다. 그녀의 설명에 따르면 안네롱 성당은 12세기의 로마네스크식 성당을 19세기에 증축하여 큰 성당으로 만든 것이다. 자클린은 성당 건축과 그 안에 걸려 있는 16세기 성화, 햇빛이 들어오는 스테인드글라스 등을 설명해주었고 사제실에 보관되어 있는 오래된 여러 양식의 사제복들도 보여주었다. 시골 성당의 사제복들을 보니 베르나노스가 쓴 『어느 시골 신부의 일기』에 나오는 신부의 모습이 떠올랐다.

그날 저녁에는 콜레트의 여동생 클로딘 부부가 살고 있는 본채에 온 식구가 다 모였다. 모두 한 상에 둘러앉아 저녁식사를 하면서 이런저런 이야기를 나누었다. 클로딘은 사회복지기관에서 청소년 상담사로 일하다가 은퇴하고 얼마 전부터 고향에 돌아와 살고 있다. 그의 남편 알렉상드르는 기업체의 사무직원으로 일하면서 노조활동을 열심히 했던 사람인데 "프랑스의 학교는 불평등을 재생산하는 기계"라며 열변을 토한다. 두 사람의 딸 안느는 대학을 졸업하고 공무원이 되어서 파리 11구 구청에서 아동복지 담당관으로 일하다가 지금은 파리 근교의 에브리Evry 시청에서 같은 일을 하고 있다. 그의 아들로 보이는 대여섯 살쯤 된 남자아이가 함께 식사를 했는데 알렉시라는 이름의 이 아이는 알고 보니까 안느의 아들이 아니라 그의 남편이 전 부인과 이혼하고 데리고 들어온 아들이었다. 남편은 파리에서 식당을 운영하기 때문에 시골에 내려오지 못하고 안느가 남편의 아들을 자기 아들처럼 데리고 내려와서 함께 지내고 있다. 안느는 현재 임신중인데 10월경에 출산할 예정이라고 한다.

1970년대 이혼이 일반화되어 배다른 아이들이 2분의 1 형제자매라는 이름으로 한 지붕 아래 사는 경우가 많아졌다. 엄마 아빠 한쪽만 같은 아이들이 모여 살다보니 복잡한 심리적 문제들이 많이 생기지만 그래도 부모와 아이들이 각자 서로에게 적응하면서 한 가족을 이루며 살아가고 있다. 식사 후 차를 마시며 이야기하다가 11시경이 되어 건너편 콜레트의 집으로 돌아와 2층 침실에서 11시 30분쯤 잠자리에 들었다.

오늘 아침 8시 30분에 일어나 아침식사를 하고 나서 집에서 쉬었다. 콜레트는 집안에 볼일이 있어서 외출했다. 집 안을 어슬렁거리다가 콜레트의 서가에 한국에서 가져 온 책들이 꽂혀 있어서 들여다보았더니 『카이에 드 코레Cahier de Corée』라는 잡지가 꽂혀 있었다. 한국외국어대학교에서 가르치다가 몇 년 전 암으로 작고한 불레스텍스가 만든 잡지이다. 나도 그 잡지의 1999년호엔가 '느림의 찬양'이라는 제목의 글을 실은 적이 있는데 내가 한국을 떠나 있는 사이에 나온 2003년호를 펼쳐보았더니 시인 김지하와 불레스텍스의 대담이 실려 있었다. 김지하의 가족사가 나의 관심을 끌었다.

그의 증조할아버지는 목포 앞바다의 섬에서 소작농으로 일하다가 부당한 일을 당해 주인집에 불을 지르고 섬을 떠나 목포로 나와 살게 되었다고 한다. 김지하의 할아버지는 동학교도였고, 아버지는 겉으로는 가톨릭 신자였지만 속으로는 마르크스주의자로서 빨치산 활동을 한 바 있고, 어머니는 급진 가톨릭 신자였다고 한다. 그런 이야기를 공공연히 할 수 있게 된 것을 보면 한국 사회가 많이 달라졌음을 실감할 수 있다. 대담에서 1941년생인 김지하 시인은 어린 시절을 회상하면 군대와 경찰만 떠오른다고 말했다. 아마도 그런 억압적인 사회 분위기와 저항적 집안 분위기가 상호작용하면서 그의 비판적이며 대안적인 감성구조와 사고방식이 형성되었을 것이다. 그는 일찍부터 화가가 되고 싶었지만 집안의 반대로 미학과에 진학했는데, 대학 시절에는 공부와 연극반 활동과 데모 세 가지를 열심히 했다고 한다. 그는 마르크스주의가 사회정의에 대한 문제에는 어느 정도 해결책을 제시해주었지만 영혼의 평화와 구원이라는 내적 갈증은 채워주지 못했다고 고백하면서 자신은 예수와 마르크스, 석가와 최제우를 모두 다 받아들인다고 말한다.

김지하의 대담을 읽고 있는데 아침식사 후 집안 상속 문제로 법률사무소에 갔던 콜레트가 돌아왔다. 그래서 이런저런 이야기를 하다가 콜레트의 종교에 대한 이야기를 듣게 되었다. 그녀는 로마 가톨릭의 권위주의와 남녀차별주의를 구시대의 유물로 보면서 오히려 개신교 목사들과 더욱 이야기가 잘 통한다고 했다. 그러고는 얼마 전 분도출판사에서 나온 『콜레트가 들려주는 마태오 복음 이야기』라는 책을 선물로 주었다. 서울 명동 '전진상 기념관'의 성서 연구모임에서 이야기한 것들을 정리한 책이다.

점심식사 후 콜레트의 동생 클로딘이 자기 차로 콜레트와 우리 일행을 생-랑베르-달봉 역까지 데려다주었다. 발랑스로 가는 기차를 타는 줄 알고 플랫폼에 가서 안내판을 보는데 발랑스 행 표시가 안 나와서 역무원에게 물어보았더니 기차가 아니라 역 바로 앞에 잠시 후 버스가 도착할 것이라고 한다. 표를 자세히 들여다보니 그의 말대로 기차가 아니라 버스를 타고 가는 걸로 되어 있다. 손님이 많지 않은 외딴 시골 역은 기차 대신 국립철도회사에서 운영하는 버스가 사람들을 큰 도시까지 싣고 가서 기차로 갈아타게 하는 방식으로 되어 있다. 버스로 발랑스에 도착하여 그곳에서 기차를 타고 아비뇽 역에 도착한 후 더위를 무릅쓰고 다시 기차를 갈아타고 드디어 아를에 도착했다. 여름에 더위에 시달리며 버스에다 기차를 두 번씩 갈아타고 다니다보니 슬그머니 자동차가 있으면 편리하겠다는 생각이 들었다. 그렇다 해도 문명의 흉기가 된 자동차를 사서 타고 다닐 생각은 없다. 아를 원형경기장 앞 아파트로 돌아와 생선 통조림으로 찌개를 끓여서 맛있게 먹고 일찍 잠자리에 들었다.

2007년 8월, 루르마랭. 귀족의 영지 안에 있는 작은 성당 모습이다. 이 성당에 조상들의 유해가 안치되어 있다.

7/29
VEN

약간의 비, 흐리다가 맑음

빈센트의 방과 남불에서 농사짓기

"나의 연애 대상은 아름다운 여성이 아니라 남불에 있는 직사각형의 작은 텃밭이다"

2010년 7월, 아를. 원형경기장 옆의 사람들이 잘 다니지 않는 구석진 광장에 있는 어느 집 베란다에 주인 여자가 나와 화분에 물을 주고 있다. 오후 늦게 해가 지기 전의 고요한 시간이다. 반원형 베란다에 피어 있는 꽃과 여인의 옷 색깔이 조화를 이룬다.

오늘 아침에는 아주 늦게까지 실컷 자고 느지막하게 일어나 아침식사를 하고 오전 11시경에 아를 중심부에 있는 생-트로핌 회랑에 갔다. 1박 2일 여행으로 다소 흔들린 마음의 균형을 다잡기 위해서였다. 오전에 관광객이 몰려오기 전 조용한 회랑을 천천히 돌다보면 마음이 차분하게 가라앉는다. 생-트로핌 대성당에 부속된 이 회랑은 12세기와 14세기 두 번의 공사를 거쳐 완성되었기 때문에 로만 양식과 고딕 양식이 혼합되어 있다.

집을 나와 그곳에 가기 위해 마조르 광장 쪽의 언덕길을 올라가다보니 전에는 보지 못했던 '빈센트의 방'이라는 간판이 붙어 있다. 들어가보니 반 고흐가 아를에서 살던 방의 모습을 그대로 재현해놓은 곳이었다. 반 고흐는 침대와 밀짚의자 두 개 그리고 탁자 하나가 전부인 그의 초라한 방을 그림으로 남겨 모든 사람의 심금을 울리는 잊을 수 없는 이미지로 바꾸어놓았다. 반 고흐는 자기가 살던 방을 유화 세 점과 데생 두 점으로 그렸는데 그 가운데 가장 정교하고 힘찬 느낌을 주는 첫번째 유화는 암스테르담 반 고흐 미술관에 있고, 두번째 유화는 파리 오르세 미술관에 있으며, 세번째 유화는 시카고 미술관에 소장되어 있다고 한다. 1888년 반 고흐가 동생에게 보낸 편지에 이 방이 자세하게 묘사되어 있다. 반 고흐의 그림에 나오는 방이 오베르-쉬르-우아즈Auvers-Sur-Oise에 있는 그의 하숙방인 줄 알았는데 이번에 그 방이 아를에 살던 시절의 방이었음을 알게 되었다. 재현된 방에 들어서면 시간을 거슬러 올라가 고흐의 살아 있는 영혼과 만나게 된다. 방 2층에는 그가 아를로 내려오기 전 파리에서 그린 자화상 복사본이 걸려 있다. 강렬한 눈빛과 굳게 다문 입에서 앞으로 오로지 창작에만 자신의 모든 것을 걸겠다는 결의가 진하게 느껴진다. 그가 실제로 살았고 그림으로 그린 '노란 집'은 아를 역에서 가까운 라마르틴 광장 부근에 있었는데 2차대전 당시 폭격을 맞아 파괴되었다. 전쟁으로 집은 사라졌지만 고흐의 그림은 그대로 남아 있다. '노란 집'이 있던 그 자리에는 지금 예전과 다른 모습의 집이 들어서 있다. 그 대신 원형경기장 부근 내가 머무르고 있는 집 근처에 사라져버린 '노란 집'의 모습을 재현한 건물이 한 채 있다.

반 고흐는 1888년 2월 눈 내리는 아를 역에 첫발을 내딛었다. 아마도 그 전날 밤 파리의 리옹 역에서 야간열차에 몸을 실었던 모양이다. 그는 호쿠사이와 히로시게 등 에도 시대 일본 판화가들의 그림에 매료되어 일본으로 떠날 꿈을 꾸다가 일본 대신 프로방스의 고대 도시 아를로 내려왔다. 반 고흐에게 일본은 구체적인 지역이라기보다는 현실을 벗어난 다른 곳을 의미했던 모양이다. 프로방스의 햇빛과 색채는 그의 예술혼을 자극했고 그가 아를과 생-레미에 머무르며 작업에 몰두하던 2년은 그의 인생에서 가장 왕성한 창조의 시기였다. 그는 아를에서 고갱과 함께 '남녘 아틀리에'를 꾸미고 다른 몇몇 친구들을 불러 예술가 공동체를 만들어 함께 그림을 그리려는 야심찬 계획을 가지고 있었다. 1888년 10월 고갱이 그 계획을 실현하고자 아를로 내려와 함께 생활을 시작했다. 그러나 두 사람 사이에 이견이 생겼던 모양이다. 급기야 1888년 12월 24일 고흐는 고갱과의 말다툼 끝에 자신의 귀를 잘랐고 그 귀를 종이에 싸서 길 건너편에 사는 어느 여인에게 보내는 '사건'이 벌어졌다. 그는 곧바로 아를의 병원에 입원하여 치료를 받고 얼마 후 퇴원했으나, 아를 주민들은 그가 위험한 인물이기 때문에 가두어 둬야 한다는 연판장을 돌려 시장에게 진정서를 보냈고 결국 반 고흐를 정신병원에 강제로 감금시켰다. 이후 고흐는 상태가 악화되어 1889년 5월에는 아를을 떠나 생-레미의 정신병원으로 옮겼다. 고흐를 감금하고 쫓아버렸던 사람들의 자손들이 그의 흔적을 찾아오는 여행객들에게서 벌어들이는 관광수입으로 살아가고 있음은 역사의 아이러니다.

'빈센트의 방'을 나와 원형경기장 옆 언덕을 넘고 고대 극장 옆 골목길을 지나 레퓌블리크République 광장에서 생-트로핌 회랑으로 들어갔다. 회랑을 천천히 서너 바퀴 돌다보니까 어느 쪽이 12세기 로마네스크 양식이고 어느 쪽이 14세기 고딕 양식인지 분간할 수 있게 되었다. 이곳에서 묵상하며 회랑을 도는 맛을 알게 된 나는 어느 수도원에 가든지 회랑이 있으면 주의 깊게 걸어보게 되었는데 생-레미의 반 고흐가 머물렀던 병원 옆의 성당에도 회랑이 있다. 그래서 그곳에 갈 때면 늘 그 회랑을 여러 바퀴 돌면서 고흐를 생각한다. 앞으로 기회가 되면 가톨릭 건축 양식 가운데 기도와 명상의 장소인 회랑에 대해서 좀 더 자세히 공부해보고 싶다. 생-트로핌 성당의 회랑을 나와 리스 대로의 쥘 세자르 호텔 옆에 있는 아를 관광안내소에 들러 로마 시대와 르네상스 시대를 설명한 알기 쉬운 역사책을 사 가지고 돌아왔다.

미란과 대인은 벌써 점심식사를 마치고 아를 역으로 떠날 준비를 하고 있었다. 어제 발랑스에서 아를로 돌아오는 기차에서 열린 가족회의에서 대인이 혼자서 다시 파리로 올라가기로 결정했다. 루르마랭을 포함하여 아를에서 열흘 이상을 친구도 없이 부모와 함께 지내더니 답답했던 모양이다. 이번 기회에 파리에 올라가서 혼자서 밥하고 청소하고 공부하는 독자적 생활 능력을 실험해보겠다며 우겨서 그렇게 하도록 허락했다.

점심식사를 하고 나서 더위를 뚫고 나갈 용기가 없어서 집에서 쉬다가 오후 4시경 원형경기장 오른편의 반 고흐 재단 미술관에 갔다. 그곳에서는 피카소가 그린 '아를의 여인'전이 열리고 있다.

반 고흐와 고갱이 그린 아를의 여인을 비롯해 다른 화가들의 아를 여인 그림들도 여러 작품 걸려 있다. 전시회의 주인공인 피카소가 그린 아를의 여인은 10여 점에 달한다. 피카소가 자신의 마지막 반려였던 자클린과 맨 레이의 모델이었던 리 밀러에게 아를의 여인 의상을 입혀 그린 작품들이었다. 전시장에는 피카소와 그의 주변 인물들을 찍은 자료사진들도 여러 점 걸려 있다. 그 가운데 1936년 피카소의 아틀리에가 있던 남불의 무젱Mougins에서 초현실주의 사진작가 맨 레이와 어느 흑인 모델, 시인 폴 엘뤼아르와 그의 부인 뉘슈 엘뤼아르 그리고 맨 레이의 모델이자 애인이었던 리 밀러가 함께한 장면을 찍은 사진이 인상적이었다. 그 사진을 자세히 들여다보면 여인들은 상의를 벗고 앞가슴을 다 드러내고 있는데 남자들은 모두 상의를 입고 있다. 마네의 〈풀밭 위의 점심〉을 연상시키는 장면이었다. 그 사진에는 사연이 있다. 맨 레이와 함께 일하던 리 밀러는 활기차고 매력적인 여성이었는데 1937년 맨 레이를 버리고 떠나 롤랑 팡로즈라는 다른 남자와 결혼했다고 한다. 관람을 마치고 아래층 입구 기념품 매장으로 내려오니까 방금 전에 본 그 사진과 거의 비슷한 사진이 한 장 걸려 있었다. 그런데 자세히 보면 이 사진 속에는 리 밀러가 앉아 있던 자리에 롤랑 팡로즈가 앉아 있다. 앞에서 본 사진은 롤랑 팡로즈가 찍은 것이고 나중에 본 사진은 똑같은 장소에서 리 밀러가 자리를 바꾸어서 찍은 사진임을 알 수 있었다. 이렇게 두 장의 사진 사이의 작은 차이를 발견하는 것도 때로는 재미있다. 전시장 입구의 기념품 매장에서 2004년 봄 오베르-쉬르-우아즈에 갔을 때 사려다 만 반 고흐가 동생 테오에게 보낸 서간집을 샀다. 고흐가 그린 낙엽이 쌓인 알리스캉의 모습이 담긴 엽서도 한 장 사 가지고 미술관을 나왔다. 이번에 아를에 머무르는 동안 고흐의 편지글을 읽으면서 그의 내면세계를 좀 더 깊이 알아보아야겠다.

저녁식사 후 아파트 서가에 있는 책들을 둘러보다가 재미있는 책 한 권을 발견했다. 내가 현재 머무르고 있는 이 아파트에 매년 7월 미국 시카고 대학의 교수 부부가 와서 한 달 정도 머무르고 간다고 하는데 아마도 그들이 다 읽고 남겨놓고 간 모양이다. 책 제목은 '프랑스의 흙: 남불에서 텃밭 가꾸는 이야기French Dirt: The Story of a Garden in the South of France'이다. 1991년에 출간된 이 책의 저자 리처드 굿맨은 버지니아와 미시간에서 자랐으며 뉴욕에서 프리랜서 작가로 일하고 있다. 그는 이 책에서 남불의 아비뇽 근처 시골마을에서 1년 동안 살면서 텃밭 가꾸던 이야기를 재미나게 쓰고 있다. 굿맨은 자기의 책이 연애소설이라는 말로 시작한다(This is a love story).

대부분의 연애소설처럼 나의 이야기 속에도 즐거움과 정열, 상실과 고통이 들어 있다. 대부분의 연애 이야기처럼 나의 이야기에도 멜로드 라마와 복받치는 분노의 감정과 의심과 걱정과 불안과 자부심과 공황과 질투의 순간들이 있다. 나의 이야기에서도 다른 많은 연애 이야기들처럼 엄청난 즐거움과 완전한 행복감의 순간이 운명처럼 갑작스럽게 막을 내린다. 그런데 나의 연애 대상은 아름다운 여성이 아니라 남불에 있는 직사각형의 작은 텃밭이다.

프랑스를 사랑하는 그는 프랑스와 가장 직접적인 관계를 맺는 방법은 프랑스의 땅을 밟고 흙을 만지고 농사를 짓는 일이라고 생각해서 마흔세 살의 나이에 론 강이 흐르는 아비뇽 근처의 작은 마을에 들어가 9×13미터 크기의 밭을 빌려 농사를 짓기 시작했다. 이 책은 상추와 토마토와 감자와 홍당무와 파슬리를 키우면서 그가 겪었던 일들을 이야기하고 있다. 책을 읽으면서 한국에서 귀농운동을 하고 있는 이병철 선생이 생각났다. 어느 날 내가 이병철 선생에게 농담 삼아 "꼭 한국이 아니라 프랑스 남부로 귀농해도 귀농으로 쳐줍니까?"라는 질문을 던졌는데 이병철 선생은 약간 난처한 표정을 짓더니 이내 "그럼요. 어느 나라든 농촌으로 돌아가 농사를 지으면 다 귀농입니다"라고 대답했었다. 그런데 남불로의 귀농이라는 나의 꿈을 벌써 실천한 미국 친구가 있었던 것이다.

굿맨은 뉴욕이라는 대도시의 복잡한 생활에 염증을 느껴 남불로 피신하여 흙을 통해 프랑스와 깊은 원초적 관계를 맺었다. 그는 흙을 만지면서 쓸모없는 사회적 옷들을 다 벗어버렸다. 밭을 가꾸면서 자기 자신을 찾았다. 피상적이고 인위적인 것들을 다 버리고 가장 본질적인 것만 간직한 단순화된 자기의 참모습을 찾았다. "한 사람이 가꾸는 밭은 그 사람의 내면을 드러내 보여준다"는 말이 있듯이 그는 밭을 가꾸면서 자기 자신이 조급하고 게으르고, 감상적이지만 동시에 고집이 세고, 관대하며 열심히 일하는 사람이라는 것을 알았다. 처음에는 냉담했던 마을 사람들이 서서히 그에게 마음의 문을 열기 시작했다. 그를 배척했던 동네의 한 영감도 나중에는 "미국 사람치고는 농사를 아주 못 지은 것은 아니다"라는 평가를 내렸다.

그는 애초부터 훌륭한 농사꾼과 못난 농사꾼이 구별되는 것이 아니라 다만 농사짓는 사람과 농사짓지 않는 사람의 구별만이 있을 뿐이라고 말한다. 그에 따르면 농사를 짓는 데는 단 두 가지가 필요하다. 농사를 짓고 싶다는 욕망과 그 욕망을 충족시키기 위한 땅만 있다면 누구나 농사를 지을 수 있다는 것이다. 지금 내가 글을 쓰고 있는 책상 앞에는 프로방스의 푸른 하늘과 완만한 산을 배경으로 포도밭에 둘러싸여 있는 '카바농cabanon'이라고 부르는 프로방스 양식의 농가가 자리 잡고 있다. 물론 그림 속의 집이다. 장 브룅Jean Brun이라는 수채화가가 그린 이 그림을 바라보면서 흙을 만지며 채소농사를 짓는 것이 아니라 문자와 싸우면서 글농사만 짓고 있는 나의 모습을 들여다본다. 내가 땅으로 돌아갈 날은 과연 언제인가?

8 / 1
LUN

햇살과 바람

나의 메자닌, 그리고 계단에서 일어난 사고

메자닌은
햇빛과 바람과 바깥의 소리에
열려 있는
편안한 휴식의 공간이다

2005년 8월, 아를. 아를 언덕에서 내려다보이는 옹기종기 붙어 있는 집들의 붉은색 기와를 얹은 지붕들의 모습이 정겹다. 저녁이 다가오지만 붉은 기와는 아직 한낮의 열기를 품고 있다.

오늘 오후 같은 건물의 1층에서 3층으로 이사했다. 지난 2002년 3월 한 달 동안 지냈던 바로 그 아파트이다. 집 주인은 3층 아파트의 3분의 1 정도에 해당하는 면적 위에 계단을 통해 올라갈 수 있는 메자닌이라고 부르는 공간을 만들어놓았다. 그러니까 하나의 아파트 안에 두 개의 층이 구별되어 있다. 천장이 높기 때문에 한 층을 두 층으로 갈라 분위기도 내고 사용 공간도 늘려놓은 것이다. 지붕을 접하고 있는 메자닌의 천장에는 하늘을 향해 난 유리창이 하나 있다. 그 유리창을 통해 수직으로 들어오는 햇살이 밝은 공간을 만들어준다. 오늘부터는 이 메자닌의 책상 앞에 앉아 글을 쓰기로 했다. 이곳은 평소에 글을 쓰는 파리 16구 아파트의 내 서재와는 완전히 다른 느낌이다. 큰 책상이 있는 평소의 내 글방이 아파트 맨 구석 자리의 침묵과 명상과 글쓰기의 공간이라면 이곳 아를의 조그마한 책상이 자리하고 있는 메자닌 공간은 햇빛과 바람과 바깥의 소리에 열려 있는 다소 편안한 휴식의 공간이다.

원래 오늘 아침에는 카트린과 브뤼노를 만나기 위해 아를에 가까이 있는 님Nîmes으로 갈 예정이었다. 카트린은 프랑스 여성 외교관인데 서울에 있는 프랑스대사관에서 정무관으로 일할 때 알게 된 친구이다. 서울 근무 당시에는 프랑스와 북한 사이의 수교 가능성을 타진하기 위해 평양을 몇 번 다녀오기도 했다. 지금은 말레이

시아의 쿠알라룸푸르에서 일하고 있는데 며칠 전 여름휴가를 맞이하여 고향인 님의 부모님 댁에 와 있다는 연락이 왔다. 3년 전 두 아이를 데리고 브뤼노와 재혼하여 딸 하나를 낳았다. 2002년 내가 다시 파리에 와서 살기 시작한 지 얼마 되지 않았을 때 파리 15구청에서 열린 결혼식에서 증인을 서주기도 했다. 님은 아를과 마찬가지로 원형경기장을 비롯해 로마 유적이 많이 남아 있는 도시인데 아를에서 기차로 삼십 분이면 갈 수 있는 거리다. 그런데 오늘 아침 님으로 가기 위해 미란이 서둘러 계단을 내려가다가 발을 헛디뎌 발목이 완전히 뒤틀리는 사고를 당했다. 아파트 주인인 루보 부인이 마사지 연고와 압박붕대를 가져다주면서 하루 정도 기다려보라고 했다. 그런데 밤부터 미란이 심한 통증을 호소하기 시작했다. 걱정이 되지만 어쩔 도리가 없었다. 내일 아침 일찍 택시를 불러 타고 병원에 가보기로 했다.

8 / 2
MAR

아침에 약간의
비, 바람 불고 시원한 날씨

만국박람회 사진전과
레아튀 미술관

"마당에 서 있는
몇 그루의 나무들이
내 삶을 그렇게 행복하게
만들 줄은 몰랐다"

2007년 7월, 보진느. 뤼베롱 산 속에 있는 보진느 마을 사람들이 성당 앞 플라타너스 나무 그늘에 모여 한담을 나누고 있다. 아이는 어른들이 이야기하는 동안 장난감을 들고 자유의 영역으로 넘어가고 있다.

어제 이사해서 지금 내가 글을 쓰고 있는 방에는 창문이 세 개 열려 있다. 위층에는 두 개의 창문이 아래층에는 한 개의 창문이 열려 있다. 내 책상 정면 창문으로는 옆집 지붕 위로 올라온 담벽과 지붕 그리고 저 멀리 떨어져 있는 집의 옥상 테라스가 보인다. 그리고 그 오른쪽으로 작은 정사각형 창문으로는 아를에서 남동쪽을 멀리 바라볼 수 있는 전망대인 마조르 언덕의 성당이 보인다. (그곳에 서면 몽마주르 수도원과 방투 산 그리고 알피유 산맥까지 바라볼 수 있다.) 성당의 맨 꼭대기에는 성모 마리아 상이 서 있다. 그리고 아래층에 난 유리창으로는 원형경기장의 둥근 외곽 기둥과 아치형 문들이 보인다.

어젯밤 미란이 발목의 통증을 호소해서 잠을 자는 둥 마는 둥 하다가 아침 일찍 택시를 불러서 푸르숑Fourchon에 있는 아를 국립 종합병원 응급실로 가서 방사선 사진을 찍어보았다. 바캉스 기간이라 의사들이 휴가를 가서 대리 의사가 방사선 사진을 보고 처방을 해주었다. 촬영 결과 뼈에는 이상이 없지만 발목 주변의 근육이 늘어난 상태였다. 의사는 4~5일 동안 움직이지 않고 지내고 나면 차도가 있을 것이라면서 진통제 돌리프란과 걸을 때 양쪽 어깨에 끼는 지지도구를 사서 사용하라고 처방해주었다. 오는 길에 큰 쇼핑센터에 들러 약국에서 약도 사고 지지대도 사서 택시를 타고 돌아왔다. 병원에 다녀오니 기운이 쭉 빠져서 조금 쉬다가 달걀에 햄을 썰어 넣고 프라이팬에 지져 만든 오믈렛 장봉으로 간단하게 점심식사를 했다. 어제 미란이 발을 다친 이후에는 내가 모든 살림을 담당한다. 시장 보기와 식사 준비가 주된 일이고 미란이 요구하는 물컵, 휴지, 전화기, 책, 지지대 등의 물건들을 가져다주거나 기타 심부름을 하고 같이 이야기하면서 위로하는 일도 한다.

점심식사를 하고 나서 답답한 기분을 전환하기 위해 미란에게 양해를 구하고 론 강변에 있는 레아튀Réattu 미술관으로 갔다. 아픈 사람을 놓아두고 혼자 나오니까 기분이 찜찜했다. 미술관은 걸어서 오 분 거리에 있다. 그런데 이상하게 미술관 문이 닫혀 있었다. 닫힌 대문을 몇 번 두드렸더니 직원이 나와서 12시에서 2시 사이에는 점심시간이기 때문에 문을 닫는다고 알려준다. 시계를 보니 1시 30분이었다. 그래서 남은 삼십 분을 보내기 위해 그 앞에 있는 라 코망드리 생트-뤼스La Commanderie Sainte-Luce에 들어갔다. 지중해에 있는 말타 섬의 기사들이 힘을 발휘할 때 아를에 와서 머물던 중세의 유적이다. 현재 전시공간으로 쓰이는 그곳에는 프랑스 국립도서관이 소장하고 있는 파리 만국박람회 기록사진전이 열리고 있다. 19세기 동안 파리에서는 1855년, 1867년, 1878년, 1889년 그리고 1900년 이렇게 다섯 차례에 걸쳐 만국박람회가 열렸다. 1855년에 열린 박람회를 제외한 나머지 네 차례의 박람회 사진이 건물 1층에 전시되어 있다. 19세기는 영국과 프랑스를 비롯한 유럽 여러 나라들의 산업화가 본격화되던 시기이다. 만국박람회는 시간이 갈수록 빠른 속도로 발전하는 산업사회의 첨단기술을 보여주는 기획 전시의 공간이었다. 한껏 부풀어오른 유럽 자본주의의 야심찬 근대성의 기획을 만국박람회를 통해 눈으로 보고 몸으로 느낄 수 있었다. 그러나 만국박람회는 기술 발달만이 아니라 문화예술, 무역의 발달, 스포츠 경기 등을 수출하면서 프랑스가 해외 식민지를 확장해나가는 과정도 보여주었다.

만국박람회 사진전을 보면서 1962년 경복궁에서 열린 대한민국 산업박람회에 아버지와 함께 갔던 기억이 떠올랐는데, 그 박람회의 원형이 바로 19세기 런던과 파리 등지에서 개최된 만국박람회였음을 알았다. 1851년 쿠데타를 통해 황제로 등극한 나폴레옹 3세가 1855년 세계만국박람회를 유치했다면 1961년 쿠데타를 통해 집권한 박정희 대통령은 1962년 산업박람회를 개최했던 것이다. 물론 박정희가 주도한 박람회의 직접적 모델은 메이지 시대 도쿄에서 열린 산업박람회였을 것이다. 독재 권력 체제에서 개최되는 산업박람회는 어떤 점에서 보면 장밋빛 미래를 보여주는 이데올로기 조작의 한 방편이다. 독재 권력은 언제 어디서나 정당성의 부재를 환상적 미래의 제시를 통해 덮어씌우려고 노력한다. 올림픽이나 월드컵 등 스포츠 경기도 이데올로기 조작에 기여한다. 전시장에 걸려 있는 기록사진에는 에펠탑이 만들어지는 모습이나 자동으로 이동하는 계단, 움직이는 양탄자 등의 모습이 보이고 에펠탑 주변의 거대한 공간인 샹-드-마르스Champ-de-Mars에 세워진 여러 나라관의 모습도 보인다. 지금은 사라졌지만 1889년에 지은 트로카데로Trocadéro 언덕 위의 옛 건물 사진도 보인다. 전시장을 한 바퀴 돌고 나오니 2시가 조금 넘었다. 사면이 건물들로 둘러싸인 ㅁ자 모양의 마당 벤치에 앉아 프로방스의 하늘을 바라보다가 길 건너편에 있는 레아튀 미술관으로 갔더니 드디어 대문이 열려 있다.

레아튀 미술관은 원래 아를 출신의 화가인 자크 레아튀Jacques Réattu(1760~1833)의 작품을 전시하기 위해 만들어진 공간인데 이후 현대 미술작품들도 전시하고 있다. 17세기에 지어진 수도원과 교회 건물을 개조해서 미술관으로 만들었다. 매표소를 지나면 바로 마당이 나온다. 마당에는 몇 그루의 나무들이 서 있다. 마당 정면에 서 있는 미술관 건물의 입구에는 "자크 레아튀, 예술가의 꿈"이라는 글씨가 관람객을 맞이한다. 미술관 앞마당에서 왼쪽으로 들어서면 또 다른 마당이 나오고 그 마당을 둘러싼 건물들의 전시장에는 사진과 현대 미술작품 들이 전시되어 있다. 파리에 있는 '마욜Maillol 미술관'이나 '부르델Bourdelle 미술관'도 그런 경우이지만 레아튀 미술관 역시 여러 건물을 연결해 하나의 미술관으로 만들었기 때문에 이곳저곳을 다니면서 다양한 높이와 크기의 공간들을 체험할 수 있다. 레아퉈의 작품이 전시되어 있는 본관 1층에는 알자스 Alsace 지방에 있던 나치의 유태인 수용소를 찍은 사진들이 전시되고 있어서 잠깐 보고 나왔다. 올해 1월에 아우슈비츠 60주년을 기념해서 언론을 통해 수많은 이미지들을 보았기 때문인지 큰 감동이 없었다. 본관 2층으로 올라가 19세기 유화를 보려다가 마음을 바꿔서 사진작품과 현대 미술작품을 보기 위해 입구에서 왼쪽으로 난 마당으로 들어서니 1998년에 처음 보았을 때 나에게 큰 감명을 주었던 제르맨 리시에Germaine Richier(1902~1959)의 청동 조각작품 〈갈퀴손〉이 옛날 그 자리에 그대로 서 있다. 17세기 건축 공간과 20세기 조각작품이 대화를 나누고 있는 모습이다. 나중에 알고 보니 제르맨 리시에는 우리나라에는 잘 알려지지 않았지만 알베르토 자코메티 그리고 로베르 쿠튀리에와 함께 전후 실존주의 조각을 대표하는 세 명의 조각가 가운데 한 사람이었다. 이 작품은 그가 세상을 떠나기 2년 전인 50세에 만든 것인데 허리를 약간 구부리고 양 갈퀴손으로 두 갈래 실을 잡아당기고 있는 고통에 찬 인간의 모습이다.

별관 건물 내부로 들어가니 옛 수도원을 개조한 장소에 '장소의 정신'이라는 제목으로 현대 설치미술작품들이 전시되고 있다. 레아튀 미술관은 1981년부터 아를 생-트로핌 회랑에 있는 로마네스크식 공간에 현대 미술가들을 초청해 작품을 창작하게 하고 전시하는 메세나 프로그램을 진행하고 있는데, 전시품 중 일부를 미술관이 구입하여 소장한다. 현재 전시중인 설치미술작품들은 소장품의 일부라고 한다. 하나하나 자세하게 들여다보면 모두 참신한 구상으로 이루어진 작품들이다. 유리로 만든 병풍 위에 바위를 얹어놓은 작품과 마른 나뭇가지 위에 달팽이를 얹어놓은 작품이 인상적이었다. 인공과 자연, 식물과 동물을 대비시키는 그 작품들은 일상의 관점에서 보면 '쓸모없는' 헛짓들이지만 보는 순간 정신을 일깨우고 감동을 준다. 그래서 '쓸모없음의 쓸모 있음'이라는 역설이 성립한다. 사진과 조각과 건축의 대화를 사진에 담은 코린 메르카디에의 사진작품, 1998년에 보았던 자클린 살몬의 '그림자와 구름의 이성'이라는 제목의 작품도 전시되고 있었다. 그는 아를의 크립토포르티크라는 로마 시대 포럼의 기하학적 지하 공간의 그림자 효과와 아를을 지나며 흐르는 론 강 하늘 위의 무한한 구름들을 사진 속에 담았다. 자클린 살몬은 사람들이 주로 활동하는 지상공간이 아니라 땅 위의 하늘과 땅 밑의 지하공간을 사진에 담으며 철학과 예술사와 건축의 관계에 주목하고 있다. 그의 작품 가운데 론 강 위에 떠 있는 구름 사진을 보니 헤르만 헤세가 생각났다. 헤세는 만년에 스위스의 작은 마을 테신에 살면서 저녁이면 아무런 방해도 받고 싶지 않아 집의 문을 다 잠그고 혼자 베란다에 앉아 흘러가는 구름을 멍하니 바라보았다. 그는 구름을 바라보면서 하루 일을 뒤로한 채 마음의 평화를 얻었다.

전시장을 돌다보니 자드킨의 조각작품이 눈에 들어왔다. 파리 6구의 뤽상부르 공원 뒤에 그가 살면서 작업하던 작은 아틀리에를 개조하여 만든 자드킨 미술관이 있다. 작은 공간이라 전시작품은 얼마 안 되지만 아담한 정원의 분위기가 마음에 들어 파리에서 내가 가끔 들르는 장소이다. 러시아에서 망명 온 자드킨은 이 집으로 이사 오고 난 다음 친구에게 보낸 편지에서 마당에 서 있는 몇 그루의 나무들이 자신의 삶을 그렇게 행복하게 만들 줄은 몰랐다고 토로한 적이 있다. 나는 그 마당에서 자드킨의 마음이 되어보곤 한다. 그런데 아를에 내려와서 그의 작품을 만나니 매우 반가웠다. 레아튀 미술관에 전시되고 있는 그의 작품은 1956년에서 1963년 사이에 제작한 것으로 반 고흐 형제가 나란히 앉아 있는 작은 규모의 청동상이다. 자드킨은 이 상을 큰 규모로 제작하여 두 사람의 형제애를 기리는 기념비적 작품으로 만들 생각이었다. 그 작품을 보면서 파리의 개선문을 배경으로 한 사진 속의 자드킨이 떠올랐다. 자드킨 미술관의 작품 카탈로그에서 우연히 발견한 그 사진 속에서 자드킨은 흰 양복을 입고 트럭의 적재함 바닥에 앉아 있었다. 한국에서 흔히 보던 뚜껑 없는 이삿짐 트럭에 짐을 싣고, 그 위에 앉아 있는 이삿짐센터 인부의 모습이 연상되는 사진이었다. 그런데 사진 속 그 트럭에는 자드킨이 만든 고흐의 청동상이 실려 있었다. 자드킨은 이젤을 메고 들판을 걸어가는 고흐의 모습을 형상화한 그 작품을 트럭에 싣고 행여나 다칠세라 바로 그 옆에 앉아 자식 보살피듯 하며 앉아 어디론가 가고 있었다. 아마도 오베르-쉬르-우아즈에 그 작품을 설치하러 가는 날 촬영한 사진인 모양이다. 바로 그 자드킨이 만든, 빈센트와 테오 두 형제가 서로 의지하며 하나로 붙어 있는 작은 청동상을 한참 동안 바라보면서 오베르-쉬르-우아즈에 나란히 누워 있는 두 형제의 무덤 앞에 가져다놓으면 잘 어울리겠다는 생각이 들었다.

반 고흐는 자드킨뿐만 아니라 피카소에게도 경애의 대상이었다. 피카소는 반 고흐의 예술혼에 '아를의 여인'을 그려서 헌정했다. 레아튀 미술관에는 피카소의 데생작품들이 상당수 전시되어 있다. 1958년 이 미술관에서 피카소 전시회가 열린 적이 있는데 피카소는 그때 전시되었던 작품 중의 많은 부분을 1971년 이 미술관에 기증했다고 한다. 피카소는 아를에 와서 원형경기장에서 열리는 투우 경기 장면을 여러 장 그리기도 했다. 피카소가 원형경기장의 투우 경기에 열광해서 그림을 그렸다면 반 고흐가 그린 원형경기장 그림에는 소는 멀리 희미하게 나오고 환호하는 군중의 모습에 초점이 맞춰져 있다. 소를 유도하는 투우사와 흥분해서 날뛰는 그

검은 소를 정면으로 관찰하여 그리기에는 고흐의 마음이 섬약했는지도 모른다. 피카소의 삶과 반 고흐의 삶은 여러 면에서 대조적이다. 반 고흐가 평생을 가난 속에 살다가 나이 마흔이 되기도 전에 자살로 인생을 마감한 비극적 삶을 살았다면, 피카소는 세상에서 명성을 얻고 구순이 넘도록 장수한 삶을 살았다. 반 고흐의 그림이 살아생전 딱 한 점밖에 팔리지 않았다면 피카소의 그림들은 일찍부터 고가로 팔려서 만년의 피카소는 돈 걱정 없이 호화롭게 살았다. 반 고흐가 평생을 결혼도 하지 않고 독신으로 외롭게 살았다면 피카소는 다섯 명의 여인과 결혼하여 남자라면 누구나 부러워할 법한 삶을 살았다. 반 고흐가 혼자 그림에 몰두하며 친구도 없이 살았다면 피카소는 친구들과 숭배자들 속에 둘러싸여 살았다. 두 사람은 서양 미술사에서 서로 다른 방식으로 전설적인 인물이 되었다.

2005년 7월, 아를. 레아튀 미술관에 있는 자드킨이 만든 빈센트와 테오 반 고흐 형제상이다. 누가 형이고 누가 동생인지 구별할 길이 없지만 서로 머리를 기대고 앉아 있는 모습에서 진한 형제애를 느낄 수 있다.

프로방스 시골 마을의 장날

● 슈퍼마켓이 시장을 없애고 있다. 슈퍼마켓의 진열대 사이를 한 바퀴 돌고 나서 계산대에서 물건 값을 지불하고 물건을 비닐봉지에 담아 가지고 나오는 일은 이제 무의미한 일상의 한 장면이 되었다. 거기에는 편리함은 있을지 모르지만 살아 있다는 느낌이 없다. 그러나 프로방스에는 아직 시장이 살아 있다. 마을 광장이나 대로변에 일주일에 한 번씩 펼쳐지는 프로방스의 시장에는 삶의 활기가 느껴진다. 여름날 아침 일찍부터 점심시간 무렵까지 계속되는 시골장에는 초록색, 붉은색, 노란색, 보라색 등 원색의 채소와 과일 들, 올리브유와 갖가지 잼, 달걀, 소고기, 닭고기, 오리고기, 소시지, 치즈, 빵, 포도주, 골동품, 의류, 구두, 모자, 사탕, 칼, 주방용구 등 생활에 필요한 물건들이 즐비하게 펼쳐져 있다. 그런 시골장을 한 바퀴 돌고 나면 삶의 의욕이 솟아오른다. 그곳은 물건을 사고파는 장소이면서 사람들 사이의 관계가 형성되는 장소이기도 하다. 같은 시장을 몇 번 가보면 지난번에 보았던 채소 팔던 아저씨가 같은 자리에 있다. 그 아저씨도 나를 알아본다. 그래서 인사를 하고 이야기를 나누게 된다. 이야기를 나누다가 물건을 사고 물건을 사면서 이야기를 나누고 마음도 나눈다. 물건의 질과 가격만이 아니라 사용법과 요리법에 대해서도 이야기한다. 그렇게 해서 단골이 되면 매주 한 번씩 만나는 사이가 되고 서로 이름을 부르며 이야기하게 된다. 아저씨는 나를 위해 가장 질 좋은 물건을 챙겨놓고 기다리기도 한다.

자기가 직접 기른 채소나 과일, 육류를 가지고 나온 시골 농부들은 자부심을 가지고 자기 물건을 자랑한다. 물건의 질은 그 자리에서 판가름된다. 노련한 감식력을 가진 동네 아주머니들이 심판관들이다. 싱싱한 정도나 맛이 기대에 못 미칠 경우 아주머니들은 그 자리에서 옆에 있는 사람들에게 자기 의견을 말해준다. 그 이야기를 들은 사람들은 다른 물건을 찾아간다. 세련된 미각을 훈련해 맛있는 음식을 즐기는 프랑스 사람들은 그 점에서는 야박할 정도로 단호하다. 프로방스에는 마을마다 서로 다른 날에 장이 선다. 내가 다녀본 마을에 장이 서는 날을 요일별로 적어보면 다음과 같다. 월요일에는 카바용과 카드네, 화요일에는 퀴퀴롱과 퐁텐-드-보클뤼즈, 수요일에는 생-레미-드-프로방스와 벨르롱Velleron, 목요일에는 엑상-프로방스와 앙쉬, 금요일에는 보니외와 에갈리에르, 토요일에는 압트와 오페드, 일요일에는 에그-모르트Aigues-Mortes와 릴-쉬르-라-소르그에 장이 선다.●

8 / 3
MER

바람 부는 날
폰텐의 페트라르카

보통 사람의 삶은
죽음을 통해 끝나지만
위대한 인간의 삶은
죽음을 통해 완성된다

2005년 7월, 퐁텐-드-보클뤼즈. 소르그 강의 발원지인 퐁텐-드-보클뤼즈의 깊은 바위 속에서 솟아나온 맑은 물이 흘러내리고 있다. 이 근처에 페트라르카가 글을 쓰던 작은 집이 있다. 일렬로 걸어가고 있는 어느 가족의 모습이 다정스럽다.

며칠 지났지만 7월 30일과 31일 양일간 있었던 일을 기록해두어야겠다. 미란이 발목을 다치기 전인 지난 7월 30일 토요일 아침 아비뇽에서 멀지 않은 퐁텐-드-보클뤼즈에 있는 친구 미셸의 별장에 가서 하룻밤을 지내고 7월 31일 일요일 저녁에 다시 아를로 돌아왔다. 아를 역에서 기차를 타고 남쪽으로 내려가다가 미라마스Miramas 역에서 내려 기차를 갈아타고 북쪽으로 방향을 바꾸어 릴-쉬르-라-소르그까지 갔다. 기차에서 내려 작은 역 앞 광장으로 나갔더니 미셸과 베아트리스가 차를 가지고 와서 기다리고 있었다. 퐁텐(이곳 사람들은 퐁텐-드-보클뤼즈를 줄여서 그냥 퐁텐이라고 부른다)은 1996년 이후 다섯번째 방문이었다. 새로운 장소에 가면 언제나 새로운 것을 발견하게 된다. 하지만 이미 가보았던 곳에서도 과거에 보지 못했던 새로운 것을 발견할 수 있고 이미 보았던 것의 새로운 의미를 알게 될 수도 있다. 이번 퐁텐 주말여행은 후자의 경우였다. 발견의 내용은 두 가지인데 그 둘은 서로 연관되어 있다.

별장에 도착해서 베아트리스가 차려놓은 테라스의 식탁에서 점심식사를 했다. 시원한 로제 포도주 한 잔에 익히지 않은 햄을 둥근 참외 위에 얹어서 가볍게 식사를 마쳤다. 식사 후 커피를 마시며 친구들과 이야기를 나누다가 별장 아래쪽에 있는 페트라르카

박물관으로 갔다. 1927년에 문을 열었다는 이 박물관 앞을 이곳에 올 때마다 지나다녔지만 한 번도 들어가볼 생각을 하지 않았다. 그냥 아무렇지도 않게 지나치던 장소였다. 남불의 햇살이 내리쪼이고 시원한 물이 흐르는 아름다운 풍경을 뒤로한 채 답답한 건물 안으로 들어가고 싶지 않았던 모양이다. 그런데 작년 연말에 베아트리스의 부친이자 미셸의 장인인 베르나르가 보낸 연하장을 받고 나서 페트라르카에 관심을 갖게 되었다. 베르나르는 퐁텐에서 2004년 연말을 페트라르카의 책을 읽으며 지냈다고 한다. 2004년은 페트라르카 탄생 700주년이 되는 해이기도 했다. 베르나르의 연하장은 쇠퇴한 서양 현대문명을 새롭게 할, 페트라르카에 비견될 새로운 사상가의 등장을 기대한다는 내용의 명문장이었다. 무슨 일에든 계기가 있다. 그 편지 이후 퐁텐에 가면 페트라르카 박물관을 가보아야겠다는 생각이 들었다.

박물관 옆으로 굽이쳐 흐르는 시원한 물소리를 들으며 건물 안으로 들어갔다. 14세기에 페트라르카가 연구와 집필에 몰두하던 장소에 지어진 박물관 아래층에는 프로방스의 시인 르네 샤르의 시에 니콜라 드 스탈과 브라크의 삽화가 곁들여진 시화전이 열리고 있다. 위층으로 올라가니 페트라르카의 초상화와 저서, 퐁텐 주변 경관을 그린 오래된 풍경화 등이 전시되어 있다. 전시장에 붙어 있는 설명문을 보면서 페트라르카에 대해서 조금씩 알게 되었다. 페트라르카는 치열한 권력 다툼이 벌어지고 있던 혼잡한 도시 아비뇽을 피해 한적하게 지낼 장소를 찾아다니다가 퐁텐에 와서 여기가 바로 자기를 위해 만들어진 가장 적합한 장소라고 느꼈다. 조선 시대에 벼슬길을 뒤로한 선비들이 자신의 몸과 마음에 맞는 장소를 찾아 정자를 짓고 그곳에서 학문에 정진하는 것이 이상적인 삶이라고 생각했듯이 페트라르카도 세속을 피해 조용하고 한적하고 평화로운 장소에서 학문에 몰두하는 삶을 원했다. 그런 삶을 위한 이상적인 장소가 바로 퐁텐이었다. 그에게는 "퐁텐만큼 풍요롭고 생생한 자극을 제공한 장소는 그 어느 곳에도 없었다". 퐁텐은 그에게 피난처이자 은신처이자 안식처였다. 프로방스의 푸른 하늘 아래 언제인지 모를 아주 오랜 옛날 솟아오른 바위산은 마치 병풍처럼 퐁텐 계곡을 둘러싸고 있다. 그 바위산 아래로 깊이를 알 수 없는 신비로운 수원지가 있다. 그곳이 바로 소르그 강의 발원지이다. 쉬지 않고 물을 뿜어내는 지하 동굴 속의 수원지에서 솟아오르는 물줄기에 발을 집어넣으면 얼마 되지 않아 견디지 못할 정도로 발이 시려온다. 그만큼 물은 차고 깨끗하다.

페트라르카는 그 수원지에 처음 도착한 날을 기억하면서 다음과 같이 썼다.

"바로 어제 일어난 일 같다. 그때 나는 그 고요한 장소의 신비한 아름다움에 놀란 최고의 감정 상태에서 '바로 이곳이야말로 나를 위한 장소다'라고 중얼거렸다."

그는 그 강줄기 옆에 작은 집을 짓고 물 흐르는 소리를 들으며 버질과 키케로와 성 아우구스티누스 등의 책을 읽으며 르네상스 시대 인문학의 기초를 마련할 수 있었다. 박물관을 끼고 흐르는 물줄기 옆에 서서 하늘을 바라보면 바위산이 시야에 들어오고 그 위에는 12세기에 지었다는 성채가 서 있다. 성에는 노란색 바탕에 푸른색 줄 셋이 세로로 그어진 깃발이 나부낀다. 지금은 지붕도 없이 오랜 세월 햇빛에 시달린 헐벗은 네 벽면만 남아 있는 이 성은 이 부근에서 가장 큰 도시인 카바용의 대주교와 보클뤼즈 지방의 영주가 살던 거처였다. 성에 올라가 산 아래를 내려다보면 좌우로 언덕이 펼쳐지고 그 가운데로 물줄기가 흐르며 멀리 아득히 줄지어 선 산줄기들이 보인다. 우리나라의 풍수지리로 보더라도 가히 명당자리임을 온몸으로 느낄 수 있다. 예전에 이곳에 왔을 때도 어렴풋이 자연이 주는 기운을 몸으로 느낄 수 있었지만 페트라르카가 이곳에서 홀로 지내면서 학문과 저술에 몰두했다는 사실을 알고 나니까 퐁텐의 풍광이 주는 강력한 자연의 원초적 기운이 더욱 신선하게 느껴졌다. 사람이든 장소든 아는 만큼 보이고, 아는 만큼 느낄 수 있고, 아는 만큼 사랑할 수 있다. 페트라르카를 통해 퐁텐을 재발견하고 나자 조금 더 깊이 있는 방식으로 그 장소를 느끼고 사랑하게 되는 듯하다.

퐁텐에는 수원지가 뿜어내는 강력한 물의 흐름을 이용하여 오래전부터 물레방아가 많이 설치되었고 거기서 나온 동력을 활용하는 두 개의 큰 제지공장이 있었다. 큰길가에 있던 공장은 지난번에 왔을 때까지만 해도 문을 닫은 채 방치된 상태에 있었는데 이번에 가보니 폐쇄된 공장 건물을 다 허물고 주민들을 위한 대규모 임대 아파트를 짓고 있다. 작은 집들이 옹기종기 모여 있는 마을의 분위기와 어울리지 않는 대규모 아파트 단지이다. 주민들의 주거생활 수준을 끌어올리기 위해 불가피하게 시행한 시의 개발 정책이라고 한다. 일본을 연구하는 프랑스의 지리학자 오귀스탱 베르크는 인간이 자연에 개입할 때 지켜야 할 세 가지 원칙을 제시했다. 모든 개발은 생태적으로 지속 가능하고, 윤리적으로 정당화할 수 있으며, 미학적으로 수용 가능한 범위 내에서 이루어져야 한다. 그의 이 세 가지 원칙에 따르면 퐁텐의 대규모 아파트 단지는 주위의 경관을 고려할 때 일단 미학적으로 수용 불가능해 보인다.

길가에서 조금 들어서 있는 두번째 제지공장은 건물의 기본 틀을 유지한 채 '시인의 호텔'이라는 이름의 퐁텐 최고급 호텔로 바뀌었다. 여기서 시인은 일반 명사이기도 하지만 아마도 페트라르카를 염두에 두고 지은 이름일 것이다. 저녁식사를 마치고 산책을 하다가 호기심으로 그 호텔 정원에 들어가보니까 과거 물이 흐르던 수로를 잘 보존하여 군데군데 차를 마시며 쉴 수 있는 테이블을 배치해놓았다. 호텔을 나와 퐁텐 마을의 작은 성당과 시청 앞 광장을 지나 언덕 위의 성으로 올라가는 길목에 있는 미셸의 별장으로 돌아왔다. 오는 길에 하늘을 보니 별들이 또렷하게 보였다. 프로방스의 하늘에는 별도 많다.

다음 날, 일요일 아침 9시 30분경에 미란과 퐁텐-드-보클뤼즈 성에 올라가 경치를 감상하고 있는데 10시가 조금 넘자 미란이 일요일 오전 미사에 참석하겠다고 그만 내려가자고 한다. 나는 솔직히 성당에 가기보다는 그 자리에서 풍경을 더 즐기고 싶었다. 그래서 각자 원하는 대로 한 사람은 내려가고 한 사람은 남았다. 나는 성의 위쪽 자리에 앉아 사방으로 펼쳐진 기암절벽과 먼발치에 내려다보이는 마을 풍경을 둘러보며 한참을 즐기다가 위쪽으로 나 있는 길을 따라 천천히 걸어 올라갔다. 길가에 작은 돌을 가지런히 쌓아올려 만든 돌탑들이 한국의 절 입구를 연상시켰다. 어느 정도 올라가다보니까 완만한 내리막길이 나오면서 갑자기 조금 전에 보았던 성채만큼 큰 바윗덩어리가 하늘에서 쿵 하고 떨어진 듯 자리잡고 있는 모습이 나타난다. 전혀 예상하지 못한 풍경이었다. 그리고 그 오른쪽으로는 커다란 바위산이 편안한 자태로 마치 병풍처럼 둘러서 있다. 느닷없이 나타난 신비로운 장소였다. 마치 꿈속에 들어와 있는 느낌이었다. 오랫동안 비가 오지 않아 누렇게 타버린 풀밭이 보였고 이어서 엉겅퀴와 토끼풀 등의 야생화들이 완만한 경사로 내려가는 언덕 위에 자연스럽게 피어 있었다. 구름 한 점 없이 푸르고 푸른 하늘 아래 펼쳐진 기묘한 모습의 바위산을 바라보노라니 내가 산을 바라보는 건지 산이 나를 바라보는 건지 분간이 되지 않았다. 벌과 나비 들이 날아다니고, 메뚜기가 갈색 날개를 펼치며 이리저리 툭툭 튀고 있었다. 그때 북쪽에서 미스트랄 바람이 윙윙 소리를 내며 불어오자 나뭇가지들이 일제히 고개를 숙이고 나뭇잎들이 파르르 떨면서 '후루루' 하는 소리를 낸다. 차마 그곳을 금방 떠날 수가 없어서 한참 동안 멍하니 서 있다가 길가의 평평한 바윗돌 위에 앉아 하늘 아래 펼쳐진 바위산의 모습과 들판의 풀들을 하염없이 바라보았다. 그러다보니 언젠가 꿈속에서 배를 타고 어느 장소에 내려 깊은 산속으로 들어가서 넓게 펼쳐진 바위산을 마음껏 뛰어다닌 적이 있었는데 여기가 혹시 그곳이 아닌가 하는 생각이 들었다. 그때 꿈속에서 나는 그곳을 분명 현실에서 가본 적이 있는 장소라고 생각했었다. 꿈이 현실같이 생각될 때가 있는가 하면, 현실이 꿈처럼 생각될 때도 있다. 1998년 5월의 봄날 청량리역에서 기차를 타고 강원도 영월에 갈 때 창밖으로 펼쳐지던 복숭아꽃과 배꽃이 지천으로 핀 언덕의 모습도 떠올랐다. 그때도 현실이 꿈처럼 생각되었다.

꿈속처럼 느껴지는 그 장소에 하염없이 앉아서 하늘과 산과 나무와 풀들을 바라보고 있는데 갑자기 메뚜기들이 '툭' 하며 튀어 오르는 모습이 보였다. 그러자 이번에는 내 머릿속에 초등학교 때 여름방학 숙제로 곤충채집을 하기 위해 서울 약수동 꼭대기의 매봉산에 잠자리채를 들고 동생과 함께 뛰어다니던 어린 시절이 떠올랐다. 한참을 그 장소에 앉아 있다가 아쉬운 마음을 뒤로하고 서서히 언덕을 내려오는데 길 왼쪽에 조그만 흰색 돌들이 메마른 흙 속에 알알이 박혀 있다. 그 가운데 마음에 드는 돌을 하나 꺼내 손에 넣어보니 내 손 안에 꼭 들어오면서 그동안 햇빛을 받아 간직하고 있던 따뜻한 기운을 온몸에 불어넣어준다. 그 작고 둥근 흰색 돌을 바지주머니 속에 넣고 만지작거리며 산을 내려왔다. 얼마를 내려오자 바위와 바위가 만나 비를 피할 수 있게 움푹 들어간 동굴 모양의 장소가 나온다. 한국 같으면 고승들이 면벽 수련을 했을 장소처럼 보였다. 지금은 세상을 떠난 최종욱 학형과 함께 그의 고향인 남해도에 갔을 때가 생각났다. 바다가 내려다보이는 금산 한구석에서 바로 그와 비슷한 암벽 사이에 수련 장소가 있었다. 이성복의 시 「남해 금산」이 떠올랐다.

한 여자 돌 속에 묻혀 있었네
그 여자 사랑에 나도 돌 속에 들어갔네

어느 여름 비 많이 오고
그 여자 울면서 돌 속에서 떠나갔네
떠나가는 그 여자 해와 달이 끌어 주었네
남해 금산 푸른 하늘가에 나 혼자 있네
남해 금산 푸른 바닷물 속에 나 혼자 잠기네

입속으로 시를 중얼거리며 언덕길을 걸어 내려오는데 바람 소리가 계속 윙윙거렸다. 흔히 바람 소리라고 말하지만 엄밀하게 말하면 바람이 나무, 바위, 풀 등과 부딪치면서 나는 소리이다. 그런데 언제부터인가 바람이 불면 나무가 흔들리는 모습과 바람과 나무가 부딪치면서 내는 소리를 나도 모르게 좋아하게 되었다. 시각과 청각을 통해 나는 한순간 자연 속에 잠긴다. 나무가 바람에 흔들리는 모습은 마치 나무와 바람이 이야기를 나누며 애무하는 것처럼 보이기도 한다. 비가 오지 않아 척박한 마른 산에 사는 나무와 풀과 들꽃 들이 조금은 안쓰러웠지만 그들은 이미 그런 환경에 자신을 맞추어 사는 지혜를 몸으로 익힌 듯이 보였다.

퐁텐 언덕의 성에서 시작한 나의 우연한 산행은 수도원이 있는 고르드로 이어지는 산속 도로와 마주치면서 끝났다. 오전 11시 30분경이었다. 아직 참을 만한 따스한 햇살을 받으며 언덕길을 내려오다보니까 길 오른쪽 언덕바지에 퐁텐 마을묘지가 자리하고 있다. 아무도 없는 묘지 안쪽으로 걸어 올라가다가 어느 묘비에 적혀 있는 문장을 읽게 되었다.

나의 사랑이 그대에게 건넬 수 있는 것은 꽃다발과 눈물과 기억뿐이다.

꽃다발은 떠난 사람에 대한 사랑의 표현이고, 눈물은 살아남은 사람의 외로움의 표시이며, 기억은 죽은 사람과 산 사람을 연결시킨다. 완만하게 경사진 양지바른 언덕에 가지런히 정돈된 묘지들은 대부분 가족묘지이다. 묘지를 돌면서 내가 죽어서 땅에 묻힌다면 이곳도 좋을 것이라는 생각이 들었다. 그런데 나중에 책을 읽다보니까 퐁텐에서 은둔하며 글을 쓰던 페트라르카도 퐁텐 언덕에 묻히고 싶다고 말했다 한다. 제대로 된 삶을 살기 위해서는 죽음과 대면해야 한다. 보통 사람의 삶은 죽음을 통해 끝나지만 위대한 인간의 삶은 죽음을 통해 완성된다. 그런데 재산이나 권력을 추구하는 세속의 길을 떠나 지식과 지혜를 추구한 페트라르카의 삶이 끝난 장소는 책상 앞이었다. 1304년 태어난 그는 1374년 책상에 앉아 책을 보다가 홀연히 세상을 떠났다. 전쟁터에서 죽는 것이 군인으로서 가장 명예로운 죽음이고, 공연중에 세상을 떠나는 것이 연극배우 최고의 죽음이며, 그림을 그리다가 세상을 떠나는 것이 화가의 가장 명예로운 죽음이라면, 학자를 위한 최고의 죽음의 장소는 책상 앞이다. 책을 읽다가 죽든지 글을 쓰다가 죽든지 그것은 상관없다. 페트라르카는 책상 앞에서 가장 명예롭게 세상을 떠났다.

페트라르카는 조화를 이룰 수 없는 두 세계를 오가는 삶을 산 인물이다. 그의 아버지는 원래 이탈리아의 피렌체 사람이었는데 그곳의 권력투쟁 과정에서 밀려나 프랑스의 아비뇽으로 망명 온 사람이었다. 그래서 페트라르카는 이탈리아와 프랑스 두 나라 사이를 오가며 살았다. 이탈리아에 가면 프란체스코 페트라르카가 되었고 프랑스 땅에서는 프랑수아 페트라르크로 불렸다. 프랑스의 몽펠리에 대학과 이탈리아의 볼로냐 대학에서 공부했고 로마와 파리를 여행했다. 그는 두 세계를 오가며 새로운 방식으로 세상을 보기 시작했다. 새로운 생각은 한곳에 뿌리내린 정주민이 아니라 어떤 이유에서이든 자기가 살던 곳을 떠나 다른 곳으로 이동한 사람들에 의해 이루어지는 경우가 많다. 어디 페트라르카뿐인가. 프랑스 사람 데카르트는 『방법서설』을 네덜란드 암스테르담에서 썼고, 독일 사람 마르크스는 『자본론』을 영국 런던에서 썼으며, 영국 사람 제임스 조이스는 『율리시스』를 프랑스 파리에서 썼다. 삶의 장소를 바꾸는 일은 지리적 이동에 그치지 않고 오래된 습관적 사고에서 벗어나 자유로운 사고와 표현을 가능케 하기 때문이다. 물론 암스테르담과 런던과 파리는 그들이 기념비적인 그 책들을 쓰던 시절, 지적이며 예술적 영감을 자극하는 세상에서 가장 자유로운 분위기의 도시였기도 하다.

페트라르카는 무엇보다도 과거와 미래 사이를 오가는 전환기의 사상가였다. 서양 문명의 방향 전환이 이루어지던 중세와 근대를 가르는 르네상스 시대의 문을 연 그는 고대 그리스 시대의 인문주의에 매료되면서도 동시에 성 아우구스티누스의 신학에서도 깊은 영향을 받았다. 그는 프랑스와 이탈리아를 오가듯이 인본주의와 기독교 신앙 사이를 오갔다. 열아홉 살 나던 1325년 아비뇽에서 『신국론』을 놀라운 마음으로 읽기 시작했지만 1327년 4월 6일 아비뇽의 생트-클레르Sainte-Claire 성당 앞에서 마주친 로르라는 여성에 대한 인간적 연애 감정을 수많은 시편을 통해 표현하기도 했다. 그는 세속적 감정의 무게에서 벗어나기 위해 성 아우구스티누스와 상상의 대화를 계속했다. 그러나 세속적 감정을 떨쳐버리고 초월적 숭고함으로 귀의하지 못했다. 그는 어느 한곳에 머물지 못하고 두 세계 사이를 오가는 '사이'의 인물이었고 '경계선' 위의 인물이었다. 그에게 균형이 있다면 그것은 언제나 '기우뚱한 균형'이어서 시간이 지나면 옛 균형이 깨지고 사색과 명상을 통해 새로운 균형이 이루어졌다.

1336년 4월에 페트라르카는 프로방스에서 가장 높은 방투 산을 최초로 등반했다. 그는 매일 그 산을 바라보면서 언젠가는 정상에 한번 오르겠다는 마음을 먹고 있었다. 그러다가 드디어 어느 날 마음이 맞는 동생과 함께 그 산을 올랐다. 그가 정상에 도착하여 가지고 갔던 아우구스티누스의 『고백록』을 무작정 폈을 때 다음과 같은 구절이 나왔다. "인간은 산의 정상과 바다의 파도와 큰 강의 물줄기와 대양의 물길과 별들의 움직임을 바라보면서 자기 자신을 잊는다." 그는 발아래 있는 구름을 바라보며 맑은 공기와 풍경에 취해 있다가 영혼의 눈을 자기 자신의 내면으로 돌려 사색을 시작했다. "나는 침묵 속에서 인간의 어리석음에 대해 생각했다. 인간은 자신의 가장 고귀한 부분을 가볍게 여기면서 수없이 많은 길에서 방황하고 헛된 구경거리를 찾는다. 인간은 자기 안에서 찾아야 할 것을 자기 밖에서 찾고 있다." 그는 산을 내려오면서도 생각에 잠겨 한마디 말도 하지 않았다.

개인의 주체의식과 권리의식은 서양 문명의 산물이다. 그 어느 것에도 종속되지 않고 독자적인 감정과 사고의 주체가 되는 개인에 대한 존중은 어디서 그냥 주어진 것이 아니라 서양에서 발명된 사상이다. 신에게 종속되지 않는 인간 중심주의가 바로 그리스의 인본주의이고 그 인본주의가 르네상스 시대를 거치면서 개인주의로 발전했다. 페트라르카는 신 중심의 사회였던 중세에 무시되고 억압되었던 인간 존재의 '감정sentiment' 차원을 재발견하고 세련했다. 그는 자신의 감정을 시로 표현하면서 스스로의 내면을 파고들어갔다. 개인의 정체성 추구와 내면적 성찰이 시작된 것이다. 개인의 감정 세계를 존중하고 그것을 소중히 여기며 잘 다듬을 때 인간관계와 남녀관계의 새로운 차원이 나타나며 인간의 마음에 호소하는 예술작품이 탄생하게 된다. 근대로 이행하면서 인간관계에서 친밀성의 구조가 변하게 되는 것은 개인의 재발견과 더불어 감정 세계에 대한 존중이 이루어졌기 때문에 가능했다.

오늘날은 전문화의 시대이다. 그런 세태를 반영해서 어느 대학 총장은 한 가지만 똑 부러지게 잘하면 그만이라고 말하기도 했다. 원래 서양에서 만들어진 대학은 유니버시티라는 말이 뜻하듯이 세상을 총체적이고 종합적으로 이해하는 장소였다. 그러나 오늘날 대학은 교수와 학생 들을 세분화된 전공 상자 속에 집어넣는 거대한 지식 생산 공장이 되었다. 그래서 정책적으로나 산업적으로 이용 가능한 '쓸모 있는' 지식이 만들어지고 있지만, 인간과 사회와 지구와 우주에 대한 종합적 이해라는 근본적인 지적 과제는 뒤로

물러난 상태이다. 생태계의 위기와 사회적 불평등과 인간성 파괴에 대응하는 새로운 지식체계를 추구해야 할 대학 연구소들이 이윤을 창출하고 부가가치를 높이는 지식과 기술 개발에 열을 올리고 있다.

앞서 말한 2004년 연말 베르나르가 보낸 편지는 이런 서양 중심 문명의 파괴성을 염두에 두고 새로운 문명의 출현을 염원하고 있다. 르네상스 시기 서양 인본주의 또는 인문학의 아버지인 페트라르카는 고고학자이면서 고문서 연구가이며 역사학자였고 시인이면서 신학자이자 철학자였으며, 종교와 도덕과 정치에 대한 사상가였다. 그는 종합적 인간이었으며 백과사전적 인물이었다. 그는 프랑스혁명 이전 계몽주의 시대에 백과사전을 만든 디드로와 달랑베르의 모델이었다. 새로운 사회가 새로운 사상에서 나온다면 새로운 사상은 문명의 뿌리를 천착하고 전체를 조감하는 종합적 사상이다.

지배자들은 항상 "분할하고 지배하라divide and rule"는 격언을 충실히 따른다. 그들은 피지배자들이 세상을 전체적인 모습으로 보지 못하게 만들고, 각자에게 주어진 본분에 충실하라고 가르친다. 전체를 알게 되면 지배자에 대한 도전이 일어날 수 있기 때문이다. 새로운 사회, 새로운 문명은 인간, 사회, 지구, 우주의 본질과 질서에 대한 새로운 정의로부터 시작한다. 그리고 그러한 새로운 정의는 전문화된 지식이 아니라 종합적 지식으로부터만 나올 수 있다. 그런데 그런 종합적 사상과 지식은 지식을 추구하는 인간 자신에 대한 질문에서 시작한다. 페트라르카는 자기 자신이 누구인가에서 출발하여 인간은 무엇이고, 산다는 것은 무엇이며, 세상은 무엇이고, 세상 너머 있는 존재는 누구인가를 묻고, 자기 나름의 답을 추구한 종합적 사상가였다.

8 / 4
JEU

맑음
미셸의 퐁텐 별장에서 만난 사람들

그녀는 도시를 떠나 숨 쉴 장소가 필요했다

2005년 8월, 아를. 아를 고대 박물관 앞 운하의 선착장 자리에서 집시 아이들이 놀고 있다. 반 고흐가 그린 '랑글루아 다리'가 있던 장소인데 지금 그 다리는 다른 곳으로 이전되었다. 한 아이는 낚시질을 하고 있고 한 아이는 지루함을 견디지 못해 몸부림치고 있다. 근처에 집시들이 모여 사는 마을이 있다.

내가 미셸을 알게 된 건 1982년이다. 프랑스 파리에 유학 와서 지도교수 알랭 투렌을 처음 만나러 갔을 때 투렌 교수는 자기와 함께 연구하는 미셸 비비오르카를 한번 만나보라고 했다. 그때 미셸은 폴란드 솔리다리티 노조 현장 연구를 마치고 건강 상태가 안 좋아서 잠시 요양중이었다. 10월 어느 날 파리 5구 몽주Monge 거리에 있는 그의 아파트에서 그를 처음 만났다. 미셸은 내 이야기를 잘 들어주었고 유학생활에 중요한 조언도 해주었다. 그 후 나는 그의 '테러리즘과 정치폭력' 과목을 들었고 투렌의 목요 세미나나 연구소 월례발표회에서 만나면 인사를 나누는 정도의 사이였다. 그러다가 1989년 초 나는 공부를 마치고 귀국했다.

미셸과 개인적으로 가까워진 계기는 그가 1991년 가을 한국사회학회에서 주최한 국제학술회의 참석차 서울에 왔을 때다. 그때 그의 부인 베아트리스도 함께 왔다. 학회가 끝난 이후 미셸과 나, 그리고 베아트리스와 미란 이렇게 넷이 강원도 소양댐과 청평사를 다녀오기도 했다. 어느 날 저녁 한국 사회를 알려면 노래방을 가봐야 한다고 부추겨서 압구정동의 노래방에도 함께 갔다. 그때 미셸은 〈I can't stop loving you〉를 불렀다. 그후 서로 소식을 주고받다가 1996년 여름 미란과 내가 대인을 데리고 프랑스에 여행 왔을 때 다시 한번 그와의 우정을 돈독히 하게 되었다. 미셸과 베아트리스가 퐁텐에 있는 그의 별장에 우리 가족을 초대해 며칠을 함께 지내면서 서로를 좀 더 알게 되었기 때문이다. 그때 파리에서 자동차를 빌려 프랑스 서부를 거쳐 남쪽으로 내려가는 야심찬 계획을 세워 출발했다. 푸아티에Poitiers와 앙굴렘Angoulême을 거쳐 카오르Cahors와 타른Tarn 계곡을 지나고 아비뇽과 릴-쉬르-라-소르그를 경유하여 드디어 퐁텐의 언덕에 위치한 미셸의 별장에 도착했던 그 여름의 기억이 새롭다.

미셸이 퐁텐에 별장을 갖게 된 것은 1980년이다. 그때 자신이 지도하던 박사과정 학생을 통해 이 별장의 맨 위층을 샀다. 그러다가 몇 년 후 가운데층을 사고 얼마 후 맨 아래층까지 사서 3층짜리 별장 전체를 소유하게 되었다. 세 층을 오르락내리락하다보면 층마다 서로 다른 분위기를 풍긴다. 각각의 층이 독립적인 생활공간이었으므로 샤워실과 화장실이 층별로 갖춰져 있어 편리하다. 그래서 손님들은 주인과 함께 지내면서도 독립적인 공간에서 자유로운 시간을 즐길 수 있다. 이번 주말에 미란과 나는 맨 아래층을 사용하게 되었는데 그곳은 이 별장에서 가장 시원한 층이다. 별장에는 테라스와 마당이 있다. 베아트리스가 움푹 파인 곳을 남동생과 함께 건너편의 언덕과 같은 높이로 맞춰 널찍한 공간으로 만들었다고 한다. 테라스에는 기둥을 세워 햇빛을 막는 지붕을 얹었고 식탁과 탁구대를 놓았다. 마당에는 그네를 설치하고 나무에는 해먹을 걸어놓았다. 그래서 별장의 야외공간에서 식사를 하고 책을 읽고 탁구를 치고 낮잠을 잘 수 있게 되었다. (그해 여름 별장에서 지내던 모든 사람이 참여한 탁구대회에서 내가 우승을 하기도 했다.) 거의 버려져 있던 공간들이 지금과 같은 모습을 갖추게 된 것은 베아(베아트리스의 애칭)의 공로다. 베아는 파리를 떠나 숨 쉴 장소가 필요했다. 베아는 엑상-프로방스에서 어린 시절을 보냈기 때문에 프로방스를 잘 아는데다가 파리의 아파트 생활에 답답함을 느끼고 있었다. 그래서 풍광이 좋고 자연의 기운이 흠뻑 느껴지는 이 별장을 고치고 또 고쳐 지금과 같이 안락한 장소로 만들어놓았다. 흙 만지기를 좋아하여 한때 조각을 하기도 했던 베아는 별장 여기저기에 아직도 고쳐야 할 곳이 많다면서 그동안 자기가 이 별장을 고친 이야기를 하면 한 권의 책이 될 거라고 말한다.

미셸은 프로방스의 뤼베롱 산과 방투 산 사이에 있는 자신의 별장이 세상에서 제일 좋은 장소에 위치했다고 생각한다. 그는 세상 어디에 가도 이곳만 한 곳은 없다고 말한다. 이곳에 비길 만한 곳으로 스페인의 카탈로니아 지방이 있지만 그곳은 너무 덥다고 말한다. 그런 점에서 그는 페트라르카의 후예다. 파리에서 그의 생활은 노트르담 사원에서 멀지 않은 5구의 아파트와 7구 라스파이 거리의 학교를 오가면서 이루어진다. 그의 생활은 학기 중간 중간에 유럽, 미국, 남미, 아시아 여러 나라를 학술회의나 연구차 여행하는 바쁜 일정으로 채워져 있다. 이번 9월 초에도 서울에서 열리는 학술대회에 참석할 예정이라고 한다. 그러나 여름 바캉스가 시작되면 곧바로 퐁텐의 별장으로 내려온다. 그의 퐁텐에서의 하루 일과는 아침 일찍 사이클을 타는 즐거움으로 시작된다. 동네의 사이클 동호회 회원인 그는 퐁텐 사람들과 어울려 두세 시간 동안 뤼베롱 산의 이쪽저쪽을 누비고 다닌다. 1998년 여름, 그가 함께 자전거를 타자고 권유해 방투 산 중턱까지 자전거를 몰아 올라갔다가 릴-쉬르-라-소르그를 거쳐 퐁텐으로 돌아온 적이 있는데 나중에 알고 보니까 방투 산 코스는 매년 7월 열리는 '투르 드 프랑스'(프랑스 일주 자전거 경기)에서 가장 힘든 코스로서 1967년에 강력한 우승 후보였던 영국의 톰 심프슨Tom Simpson이 심장마비로 사망했던 장소이기도 하다.

7월 30일 일요일 아침 미셸은 자전거 경주가 있다고 일찍 나갔다가 잘 익은 참외 하나를 들고 왔다. 75km 코스를 완주한 사람이면 누구에게나 주는 상이라고 한다. 그리고 자기가 자전거로 일주한 코스가 그려져 있는 노란색 종이를 나에게 건네주면서 "네가 프로방스에 대한 책을 쓸 때 사용할 역사적 자료다"라며 웃는다. 그 지도를 보니까 퐁텐에서 출발하여 렌Rennes과 뤼미에르Lumière를 지나 로마 시대에 지은 쥘리앵Pont Julien 다리를 건너 뤼베롱 산의 남쪽과 북쪽 경계에 있는 보니외에서 잠시 중간 휴식을 한 다음 메네르브, 오페드, 릴-쉬르-라-소르그를 거쳐 돌아오게 되어 있다. 경치 좋은 장소는 다 들어가 있다. 코스가 그려진 그 종이 위에는 교통신호를 꼭 준수하라는 경고와 함께 사고 발생시 연락할 전화번호가 적혀 있다.

미셸은 자기 어머니 안부를 묻기만 하면 언제나 "아 참! 어머니한테 전화해야 하는데……"라는 반응을 보인다. 그는 사 남매의 장남으로 아버지가 세상을 떠난 이후 홀로 사는 어머니와 각별한 관계를 유지하고 있다. 매년 바캉스 막바지에 다른 손님들이 다 떠나고 한가할 무렵을 택해 어머니를 자신의 별장으로 초청하여 일주일 정도를 함께 지낸다. 폴란드 유태인 출신인 미셸의 형제자매들은 모두 지식인이다. 장남인 그는 프랑스를 대표하는 사회학자의 한 사람이고, 둘째인 여동생 아네트는 나치의 유태인 학살에 관한 역사 연구의 대가이며, 셋째인 여동생 실비는 '적십자' 단체 활동을 열심히 하는 정신분석가이며, 막내 남동생 올리비에는 에콜노르말의 교수인데 20세기 역사를 전공했다. 점심식사를 하고 나서 이런저런 이야기를 나누다가 미셸에게 사 남매가 다 지식인이 된 것을 어떻게 설명할 수 있느냐고 물어보았다. 유태인 어머니들의 자녀 교육열이 대단하다는 이야기는 한국에도 알려져 있다고 말하니까 자기들의 경우에는 어머니만이 아니라 아버지도 중요하게 작용했다고 한다. 사회학자로서 자기 나름대로 더 정교한 설명체계가 있을 것 같은데 한 개인의 지적 성장은 어떤 요인으로 설명하기 힘든 연금술과 같은 과정이라고 얼버무린다. 미셸은 자신의 성장과정이나 가족사에 대한 이야기를 해야 하는 순간에 무척 괴로운 표정을 짓는다. 유태인의 가족사는 망명과 추방, 피해와 수난의 역사인데 보통 때 잊고 사는 그 역사를 들추어내 반추하는 행위가 아직도 고통스러운 모양이다. 미셸의 아버지는 유태인 학살을 피해 살아남아 전후 유통업에 종사하다가 비교적 일찍 세상을 떠났는데 나치 시절 남불에 피신해 있을 때 같은 유태인 출신 사회학자 뤼시앵 골드망과 함께 지낸 것을 자랑스럽게 생각했다고 한다. 지난 3월 어느 날 파리에서 미셸의 아파트에 저녁식사 초청을 받아 갔을 때 그는 나에게 자기 할아버지가 쓴 '동과 서: 뿌리 뽑힌 사람'이라는 제목의 책을 건네주었다. 1930년대 폴란드의 유태인 지식인 잡지에 실렸던 단편소설들을 수합하여 형제들이 돈을 모아 자비로 출판한 것이라고 한다. 원래 동유럽의 유태인들이 쓰던 언어인 이디시어로 쓴 것을 불어로 번역하여 출판한 이 책은 글쓰기가 그의 집안 내력이라는 것을 말해준다.

미셸과 베아의 딸 에브는 지난 6월에 바칼로레아 시험을 보았는데 좋은 성적이 나와서 파리 6구의 에콜 데 보자르École des Beaux-Arts(국립미술학교) 안에 있는 건축학교에 등록을 마쳤다. 에브는 지금 소피아에 가 있는데 여름 한 달 동안 아르바이트해서 번 돈으로 파리에서 만난 불가리아 남자친구를 만나러 갔다고 한다. 프랑스에서는 18세가 되면 법적으로 성인이며 따라서 부모의 허락 없이도 주거 이동의 자유가 있다. 부모는 딸의 그런 결정에 걱정이 앞서지만 딸의 결정을 존중해주는 수밖에 없다.

베아와 미셸의 아들 로만은 지난 6월 중학교를 마치고 오는 9월에 고등학생이 된다. 키 180cm가 넘는 거구가 된 로만은 어린 시절 퐁텐 별장에서 대인과 죽이 맞아서 잘 놀던 천진난만한 아이였는데 지금은 힘든 사춘기를 겪느라고 별로 말이 없다. 여름 바캉스가 시작되자 안시에 있는 친구네 별장으로 놀러 갔다가 우리가 퐁텐에 도착한 토요일 저녁에 돌아왔다. 커다란 배낭을 등에 지고 들어오는 모습이 마치 전쟁터에 나갔다가 돌아오는 군인같이 보였다. 우리가 떠나는 다음 날에는 로만의 친구 네 명이 이 별장에 와서 일주일 동안 함께 지낼 예정이라고 한다.

사실 미셸과 베아트리스는 재혼이다. 베아는 아들 하나 딸 하나를 데리고 미셸과 결혼했다. 베아의 큰아들 라파엘은 아시아에 관심이 많아 일본어를 배우기도 했으며 한국인 여자 친구도 있었다. 우리가 미셸의 집에 갔을 때 라파엘은 중국계 프랑스 여자 친구를 데려와서 함께 식사를 한 적도 있다. 그는 동티모르에서 유엔 평화유지군이 활동할 때 유엔 파견 직원으로 일한 적도 있다. 소르본대학을 2년 다니다가 파리정치대학(시앙스 포Sciences Po)에 들어가서 현재 박사학위 논문 마무리 단계에 있다. 신생국가의 탄생과정이 그의 논문 주제이다. 이번 여름에는 오스트레일리아에 있는 친척 집에 가서 바캉스를 보내고 있는데 다음 주에는 퐁텐에 돌아와 일주일 정도를 지낼 예정이라고 한다.

베아의 큰딸 로렌은 파리5대학에서 심리학을 전공하던 중 여름방학 때에 브르타뉴 지방으로 바캉스를 갔다가 그 지역 출신 남자를 만나 전격적으로 결혼하고 학업을 중단했다. 자신의 문제는 스스로 결정한다는 원칙 때문에 누구도 그 결혼을 말릴 수는 없었지만 베아는 딸이 시골 출신의 평범한 직업군인과 결혼해서 과연 잘 지낼 수 있을까를 걱정했다. 로렌의 이런 갑작스러운 결정은 어린 시절의 경험과 연관되는지도 모른다. 로렌은 어린 시절 엄마가 자기를 친할머니에게 맡기고 혼자 떠나버렸던 기억을 지울 수가 없어서 청소년기에 정신적으로 무척 방황했다고 한다. 그리고 엄마가 미셸과의 사이에서 난 어린 동생들과 함께 복닥대며 사는 데도 지쳐서 그냥 집을 뛰쳐나가듯이 결혼했는지도 모른다. 오빠 라파엘은 동생 로렌이 자기의 인생을 스스로 망쳤다고 화를 내며 한동안 로렌을 보지도 않았다고 한다. 로렌은 예상치 못한 일을 잘한다. 2000년 12월 20일경의 일이다. 당시 오스트레일리아 친척 집에 가 있던 로렌에게서 전화가 왔다. 며칠 후 서울에 올 예정이니 숙소를 찾아달라는 부탁이다. 그래서 며칠 후 추운 새벽에 김포공항으로 나갔더니 세 살 된 아이와 6개월도 채 안 된 아이를 데리고 대합실로 나오는데 오스트레일리아에서 입고 있던 여름옷 차림을 하고 있었다. 현재 로렌은 남편 에릭과 함께 군항인 툴롱Toulon 근처에 집을 사서 아들 셋을 키우며 잘 살고 있다. 에릭은 현재 해군 직업군인으로 헬리콥터를 정비하는 일을 하고 있는데 아주 순한 성격이다. 세 아들을 모두 집에서 산파를 불러 자연분만했고 모유로 키웠다. 로렌은 자연분만과 모유를 권장하는 여성들의 모임에 적극적으로 참여하고 있고 큰아들 프랑수아를 학교에 보내지 않고 홈스쿨링을 하고 있다. 내가 퐁텐에 있는 동안 로렌의 큰아들 프랑수아는 외할머니 별장에 와서 여름 바캉스를 보내고 있었다. 프랑수아는 엄마를 닮아서인지 호기심이 많고 묻는 말에 또박또박 이야기를 잘한다.

미셸의 별장에 등장하는 인물로 베르나르 푸예를 빼놓을 수 없다. 그는 베아의 아버지이다. 엑상-프로방스의 사립중학교에서 라틴어와 불어를 가르치다가 교장까지 지낸 그는 젊은 시절 여학생들에게 인기가 많았고 자유로운 여성 편력을 지닌 인물이다. 베아의 어머니와는 이혼하고 아비뇽 근처의 라스쿠르Lascours 성에서 혼자 살았는데 그 성은 그의 제자였던 어느 귀족 여성의 소유였다. 그 제자가 베르나르를 존경하여 그 성의 일부에 평생 동안 살 수 있는 권한을 주었던 것이다. 베르나르는 시인이기도 하다. 1996년 여름 별장의 맨 위층에서 지내게 되었을 때 책상 위에 잡지들이 놓여 있었는데 그 안에 베르나르가 쓴 시들이 들어 있었다. 그는 나이 예순이 넘어서 알제리 출신의 젊은 여자와 결혼해 아들을 하나 두고 있다. 그런데 그 여자와의 삶도 순탄치 못하여 엑상-프로방스에 있는 집을 떠나 라스쿠르 성에서 혼자 살다가 지금은 그곳을 떠나 프랑스 중부의 오베르뉴Auvergne 지방의 산속에 있는 농가를 고쳐 살고 있다. 그는 미셸과 베아가 해외여행을 떠날 때면 파리에 올라와 손자 손녀를 돌보며 박물관, 전시회, 도서관 등을 다닌다. 다방면으로 유식한 베르나르는 문화란 나무와 같은 것이어서 자꾸 자란다고 말한다. 그는 몽테뉴를 많이 읽고 잘 아는 전문가이기도 하다. 내가 이번에 퐁텐에서 페트라르카에 관심을 갖고 박물관에 들어가게 된 것도 그가 지난해 연말에 보낸 송년 카드에서 비롯된 것임은 이미 말한 바 있다.

미셸의 별장에 자주 오는 손님인 마리-프랑스는 베아의 가장 친한 친구이다. 두 사람은 젊은 시절 모로코에서 만난 이후 계속 우정의 나무를 키워오고 있다. 마리-프랑스는 고갱이 그림을 그리던 곳으로 유명해진 타히티 섬에 사는 조각가이다. 원래 아비뇽 출신인데 프랑스가 싫어서 고등학교 수학 교사인 남편으로 하여금 프랑스의 해외영토인 타히티에 발령을 받게 해서 아들 둘과 딸 하나를 데리고 그곳으로 이주했다. 태평양에 떠 있는 타히티 섬에서 마리-프랑스가 만들어온 조각작품들이 미셸의 별장 곳곳에 설치되어 있다. 그러니까 미셸의 별장은 마리-프랑스의 상설 작품전시장인 셈이다.

마리-프랑스의 작품들은 내부로부터 강력한 에너지가 분출하는 느낌을 주는데 그 조각작품을 만든 마리-프랑스도 그렇다. 1996년 미셸의 별장에 처음 갔을 때 군데군데 보이는 조각작품들이 매우 인상적이어서 누구의 작품이냐고 물어보았던 기억이 난다. 2002년 파리에서 베아트리스를 통해 마리-프랑스의 작품을 한 점 사서 거실에 놓고 매일 보고 있다. 마리-프랑스가 붙인 원래의 제목은 '여성 전사'인데 미란이 '여성 주체'라고 부르는 그 작품은 긴 머리에 고통스러운 모습을 하고 앞으로 걸어나가는 여성의 나체상이다.

1998년 여름, 미셸의 별장에서 마리-프랑스 가족을 처음 만났는데 약대에 다니던 그녀의 딸은 애인과 함께 왔었다. 그후 그의 딸은 미혼모로 아이를 낳았는데 그 아이를 마리-프랑스가 타히티에서 키우고 딸은 파리에서 계속 대학을 다니고 있다. 현재 마리-프랑스는 남편과 이혼하고 타히티 원주민인 연하의 남자와 살고 있다. 마리-프랑스는 언제 한번 타히티로 놀러 오라고 하는데 그날이 언제가 될지는 아직 모르겠다.

8 / 5
VEN

맑음, 약한 미스트랄 바람

세속적 성공과 예술가의 길

"남불의 영광스러운
태양과 열기는 북쪽 지방과 달리
가난을 덜 고달프게 하고
덜 슬프게 만든다"

2007년 7월, 루르마랭. 루르마랭 마을의 공동빨래터 모습이다. 지금은 각자 집에서 세탁기로 빨래를 하지만 옛날에는 모두 이곳에 모여 빨래를 했다. 약간 빛이 바랜 오래된 수건들이 빨랫줄에 걸려 있다. 오른쪽에 개신교 교회가 보이고 그 뒤에 루르마랭 성의 모습이 보인다.

어젯밤부터 자기 전에 침대에서 빈센트 반 고흐가 동생 테오 반 고흐에게 보낸 편지를 읽기 시작했다. (빈센트는 편지를 불어로 썼다.) 그러니까 지금으로부터 117년 전인 1888년 8월 초 고흐가 아를에서 쓴 편지를 똑같이 아를의 별이 빛나는 밤하늘 아래에서 읽는 느낌이 각별하다. 밤이 되니 사방이 정적에 묻혀 있는데 가끔 지나가는 기차들의 바퀴가 레일 위를 구르며 덜커덩 탕 덜커덩 탕 하는 소리만 확연하게 들린다. 회화건 문학작품이건 작품을 작가와 분리하여 그 자체로 이해하자는 주장을 하는 비평가들이 있지만 그런 입장은 작품을 작가의 삶에 환원시키는 관점만큼이나 일면적인 주장이다. 반 고흐의 편지를 읽으면 그의 고뇌를 함께 느끼게 되고 그가 그림을 통해 추구했던 세상을 엿볼 수 있다. 편지 속에 표현된 그의 내면을 알게 될수록 그의 그림이 더욱 친숙하게 느껴진다. 현실과 이상 사이의 창조적 긴장이 새로운 역사를 만들고 예술작품을 낳는다.

반 고흐의 편지에는 현실의 고통이 묻어나면서 동시에 쉽게 도달할 수 없는 유토피아를 절박하게 추구하는 모습이 담겨 있다. 동서고금을 막론하고 대부분의 부모들은 자식이 예술가가 되려고 할 때 언제나 극구 말리는 입장을 취해왔다. 현실에 밀착해 인생을 살수록 더욱 지독한 현실주의자가 될 수밖에 없고, 현실주의의 입장에서 보았을 때 예술가의 삶은 몽상적이고 배고픈 삶이라고 생각하기 때문이다. 그러기에 부모들은 언제나 자식들이 의사나 변호

사, 회계사나 고급 공무원, 엔지니어나 기업가가 되기를 바랐다. 반 고흐의 삶은 부모들의 그런 판단이 틀리지 않음을 보여주는 좋은 보기이다. 그는 언제나 생활고에 시달렸다. 그는 일정한 거처 없이 싸구려 호텔에 짐을 풀고 그곳에 아틀리에를 차렸다. 그런 생활에서 벗어나 안정된 아틀리에를 갖고 먹고 자는 걱정 없이 평생 그림에 몰두할 수 있는 삶을 꿈꾸었지만, 그런 꿈이 실현되리라고는 생각하지 않았다. 그는 자신의 그림이 팔릴 그림이 아니라는 것을 잘 알고 있었다.

우유 한 잔은 1프랑, 빵 한 쪽은 2프랑이 되지만 그림은 돈이 되지 않는다.

그는 팔기 위해 그림을 그린 것이 아니라 세상을 지금까지와는 다른 방식으로 보고 자기 가슴속에 느낀 것을 그대로 표현하기 위해 그림을 그렸다. 그는 동생에게 물질적으로 매우 힘든 생활을 하고 있다고 호소하면서 돈을 조금 더 보내주면 "자신을 위해서가 아니라 그림을 위해서 유익할 것이다"라고 썼다. 그는 둘이 살 수 있는 돈으로 혼자 사는 것은 범죄행위이며 가난한 생활을 감수하며 진정한 예술을 추구하는 사람은 생활비가 가장 적게 드는 곳으로 가서 살아야 한다고 생각했다. 그는 그림이 팔릴지 안 팔릴지, 성공할 것인지, 계속 무관심 속에 남아 있을 것인지를 생각하지 않고 그저 자유롭게 그림을 그릴 수 있는 삶에 만족했다.

> 나의 결론은 이렇다. 거의 수도승이나 은둔자처럼 물질적 안녕을 포기하고 살아가면서 자신을 지배하는 열정에 따라 작업에 몰두하라.

반 고흐는 나름대로 '대안적 삶의 양식'을 실천한 사람이며 그 원형을 수도승에서 찾고 있는 것이다. 그는 "자신이 옳다고 생각하는 바대로 살려면 가난과 사회적 격리를 기꺼이 감수해야 할 것이다"라고 썼다.

반 고흐가 파리를 떠나 아를로 내려온 까닭은 다만 생활비가 덜 든다는 경제적인 고려에서만은 아니다. 그런 이유에서라면 아를 말고 다른 장소가 얼마든지 있기 때문이다. 그는 호쿠사이와 히로시게 등 19세기 중반 이후 유럽에 알려지기 시작한 일본 판화작가들의 작품에 매료되어 언젠가 일본으로 떠나고 싶다는 꿈을 꾸었다. 아를은 일본으로 가는 꿈을 주어진 조건에서 가능한 현실로 만든 결행이었다. 그는 아를의 론 강가에 정박한 배에서 석탄 하역작업을 하는 노동자들의 모습을 보면서 영락없는 호쿠사이의 풍경화를 떠올렸다. 그가 실제로 일본에 갔더라면 어떤 작품을 남겼을지 모르지만 그는 히로시게의 작품들을 모사하기도 하면서 일본 판화 작품들로부터 많은 영향을 받았다. 일본 판화는 반 고흐의 그림 배경에 나오는 장식품의 자리를 넘어서 그의 그림의 구도와 색채에 많은 영감을 주었다. 현실이 괴로운 사람에게는 누구에게나 유토피아가 필요하다. 반 고흐에게 일본은 현실의 일본이 아니라 도달할 수 없는 이상향으로서의 유토피아였다. 그리고 아를은 그 유토피아에 가장 근접하는 현실 속의 장소였다. 고흐는 실제로 아를의 작열하는 태양과 푸른 하늘, 자연의 색채감과 맑은 공기, 밤하늘의 별과 광활한 벌판에 매료되었다. 그는 "자연과 기후는 남불의 이점이다. (…) 남불의 영광스러운 태양un soleil bien glorieux과 열기la bonne chaleur는 북쪽 지방과 달리 가난을 덜 고달프게 하고 덜 슬프게 만든다"라고 썼다. 파리의 혼탁하고 가식적인 삶을 떠나 아를에 온 이후 고흐의 건강은 좋아졌으며 넘치는 창작 의욕으로 쉬지 않고 그림을 그렸다.

그는 죽어라 그림을 그리면서도 무언가 채워지지 않는 영혼의 갈증을 느꼈다. 그래서 아를에 도착하여 "50여 점의 그림을 그렸지만 아무것도 하지 않은 듯한 느낌이다. (…) 예술이나 그 밖의 다른 것이나 모두 다 깨고 나면 아무것도 아닌 꿈에 지나지 않는다"라고 썼다. 그가 1888년 12월 성탄절 전야에 고갱과의 불화로 자신의 귀를 자른 사건은 너무 유명하다. 그는 이후 정신병원에 입원했으며 결국에는 스스로 심장에 권총을 쏘아 세상을 떠났다.

그는 보통 사람들은 화가를 미친놈이거나 부잣집 아들 둘 중의 하나로 본다고 말했다. 그는 의사들은 "모세, 마호메트, 예수, 루터, 버니언뿐만 아니라 렘브란트와 들라크루아도 다 미친 사람이라고 말할 것이다. 그렇다면 의사들에게 과연 멀쩡한 사람은 어디 있느냐고 반문할 수 있다"라고 썼다. 반 고흐가 고갱과의 말다툼 끝에 자신의 귀를 잘랐다는 사실은 그가 미친 사람이라는 것을 입증하는 하나의 사실이다. 멀쩡한 정신으로 자신의 귀를 자르는 자해행위를 할 사람은 없기 때문이다. 그는 자신의 자른 귀를 종이에 싸서 길 건너 유곽에 있는 매춘부에게 보냈는데 이 또한 맨정신으로는 이해하기 힘든 기이한 일이다. 그런데 1888년 8월 초에 쓴 편지에 이미 그와 고갱 사이에 일어날 갈등이 예견되어 있다. 고흐 자신은 세속적 성공과 행복은 말할 것도 없고 사후의 인정도 바라지 않고 그림을 그리고 있는 반면에 고갱은 파리에서의 세속적 성공을 포기하지 않을 것이라고 쓰고 있다. 그리고 고갱이 계속해서 돈을 쓰며 빚을 지고 있기 때문에 어려운 상황에 처할 것을 예견하고 있다.

고흐는 고갱을 비롯해 자신과 뜻이 맞는 사람들이 프로방스에 정착해 함께 그림을 그릴 수 있는 물적 기반을 원했다. 그러나 테오의 재력은 그런 정도는 되지 못했던 모양이다. 반 고흐와 고갱의 말다툼은 작은 돈 문제에서 시작되었을 수 있다. 그러나 그 말다툼의 뿌리에는 무엇을 위해 어떻게 살 것인가라는 문제가 자리하고 있었던 것이다.

고흐는 그림만 그린 화가가 아니라 책을 읽으면서 많은 생각을 한 지식인이었다. 하기야 생각 없이 어떻게 그림을 그리겠는가. 그림은 붓끝에서 나오는 기술의 결과물인 동시에 화가가 세상을 바라보는 방식의 표현이다. 예술은 일상의 그렇고 그런 '현실'을 넘어서 특별한 정신 상태에서 이루어지는 창조행위이다. 그러기에 진정한 의미에서의 예술가들은 세속적 성공은 예술적 성취와 거리가 멀다고 생각해왔다. 혹시 살아생전 세속적 성공을 거둔 진정한 화가가 있다면 그것은 의도해서가 아니라 우연의 결과일 것이다. 고흐는 당시 에밀 졸라의 소설을 많이 읽고 있었던 모양인데 예술가의 성공에 대한 졸라의 다음과 같은 글을 편지에 인용하고 있다.

어느 화가가 재능을 발휘하여 명성을 얻었을 때 그가 자신이 원하는 안전한 거처에 머무를 수 있다고 생각하는가? 천만에, 오히려 그 반대이다. 그는 이제 섣불리 그림을 그릴 수 없게 되고 아주 작은 실수만 해도 그를 질투하는 사람들의 비난의 화살이 쏟아져 그의 명성은 무너져내린다. 변하기 쉬운 세상 사람들이 그의 그림에 일시적으로 걸었던 기대는 그렇게 사라져버린다.

반 고흐는 칼라일의 다음과 같은 글도 인용했다.

아름다운 꽃이 무도회에 나가는 여인의 머리에 핀으로 꽂힌다. 예술가에게 평판과 영광이란 그 꽃을 꽂는 핀에 지나지 않는다. (…) 그대는 성공해서 각광받기를 원하는가? 그대는 그대가 원하는 것이 진정 무엇인지를 아는가?

2010년 10월, 아를. 아를 고대 박물관 앞을 반 고흐를 연상시키는 사람이 걸어가고 있다. (387쪽 그림을 볼 것.) 멀리 아를의 성당 건물들이 보인다. 반 고흐는 이 근처에서 아를 전경을 여러 번 그렸다. 바닥에 조명등이 장치되어 있는 난간의 뒤쪽은 로마 시대 전차경기장이 있던 자리이다.

8 / 6
SAM

덥고 건조함
아를의 골목길 풍경

플라느리 혹은 에랑스 위르벤, 도시에서 한가롭게 방황하다

2005년 7월, 아를. 볼테르 광장에서 원형경기장으로 올라가는 골목길 풍경이다. 한낮의 땡볕 아래 사람들의 모습은 보이지 않는다. 햇빛은 차단하고 바람은 들어오게 하기 위해 덧문이 느슨하게 닫혀 있고 멀리 자동차들만 햇빛을 듬뿍 받으며 벌을 받고 있다.

남불에는 작열하는 태양만이 아니라 미스트랄이라고 불리는 윙윙거리는 바람도 있다. 그런데 북쪽에서 불어오는 이 바람은 겨울만이 아니라 여름에도 남불을 찾아온다. 루르마랭에서 화랑을 운영하는 자클린은 미스트랄 바람이 사람을 피곤하게 만든다고 말했는데, 그때 나는 오히려 그 바람을 시원한 바람이라고 생각했다. 그런데 아를에 온 이후 며칠 동안 계속 미스트랄이 불어대는데도 강변과 시내를 산책하다보니까 보행에 상당히 지장을 받고 힘이 든다. 지난 일요일 퐁텐에 갔을 때 미셸이 뤼베롱 일대 75킬로미터를 주파하는 자전거 일주에 참가했는데 돌아오는 길에 미스트랄 바람을 만나 무척 애를 먹었다고 이야기했었다. 맞바람을 맞으니까 페달을 암만 밟아도 앞으로 나가지를 않더라는 것이다. "산 위에서 부는 바람 시원한 바람, 그 바람은 좋은 바람 고마운 바람"이 아니었던 것이다. 어젯밤에 자기 전 침대에서 읽은 반 고흐의 편지에는 "프로방스의 태양이 좋은 신神이라면 미스트랄 바람은 마귀다"라는 구절이 나왔다. 화구를 등에 지고 아를 벌판을 걸어가 이젤을 걸어놓고 그림을 그리다가 저녁이면 다시 아를 시내로 걸어들어오면서 바람 때문에 힘들었던 적이 많았던 모양이다. 반 고흐의 편지를 읽다보면 바람이 강하게 불 때는 붓질이 여의치 않아서 괴롭다는 이야기가 나온다. 풍경에 매료되어 저도 모르게 붓질을 하는데 바람이 불 때마다 멈춰야 하니 작업에 지장이 생긴다는 것이다. 며칠 전에는 시속 100킬로미터의 바람이 불더니 어제는 시속 50킬로미터로 약해졌다가 오늘 아침에는 다행스럽게 바람이 훨씬 더 약해졌다.

아를이라는 도시 이름 뒤에는 '예술과 역사의 도시'라는 말이 붙어 다닌다. 아를에 와서 작업했던 반 고흐가 아를을 예술의 도시로 만든다면 고대 로마와 중세의 건축물들은 아를을 역사의 도시로 만들고 있다. 사람들에게 아를 하면 연상되는 것 하나를 말해보라면 반 고흐가 가장 많이 나오고 그 다음에는 원형경기장이 나올 것이다. 아를을 방문하는 많은 관광객들 가운데는 무엇보다도 반 고흐의 흔적을 찾아오는 사람들이 가장 많을 것이다. 반 고흐는 세계 각국의 사람들을 아를로 끌어들이는 강력한 흡인력을 가지고 있다. 실제로 관광객 가운데 많은 비율을 차지하는 일본과 미국 관광객들은 반 고흐를 통해 아를과 프로방스를 알게 되었다고 말한다. 그래서 아를의 관광안내소에서 만든 안내책자를 보면 반 고흐를 가장 먼저 내세우고 있다. 이 책자는 아를의 관광 유적을 네 가지 코스로 만들어 제시하고 있는데 그 가운데 반 고흐 코스가 제일 먼저 나온다. 반 고흐가 그림을 그린 장소 열 군데를 선정해서 복사본 그림과 고흐의 편지에서 그 그림에 대해 쓴 부분을 찾아 적어놓은 이젤 모양의 안내판을 설치해놓았다. 그 코스를 따라다니면서 반 고흐의 흔적을 몸으로 느껴보라는 제안이다.

안내책자에는 '반 고흐 코스' 다음으로 '아를의 고대' '아를의 중세' '아를의 르네상스와 고전주의' 코스가 차례로 나온다. 연대기적으로 보면 가장 뒤에 나와야 할 반 고흐가 시간의 흐름을 거슬러 제일 앞에 나와 있음을 알 수 있다. 아를 시내를 산책하다보면 반 고흐 코스 말고도 곳곳에서 반 고흐라는 이름을 만날 수 있다. 반 고흐가 밤의 풍경을 그린 포럼 광장의 카페는 '반 고흐 카페'라는 이름을 내걸고 있고 '에스파스 반 고흐Espace Van Gogh' '반 고흐 식당' '반 고흐 재단' '반 고흐의 방' '반 고흐 페스티벌' 등의 건물과 간판을 발견할 수 있다. 곳곳의 기념품 상점의 가판 진열대에는 반 고흐의 그림이 들어간 엽서들이 진열되어 있다. 엽서뿐만 아니라 가방, 스카프, 보석함, 거울 등등 다양한 제품들에 반 고흐의 그림이 들어가 있다. 그야말로 아를은 반 고흐를 팔아서 먹고사는 도시라고 할 수 있을 것이다. 그런데 1889년 2월 이곳 아를 주민들이 시장에게 진정서를 보내서 반 고흐를 아를에서 쫓아버렸다는 사실을 아는 사람은 많지 않다. 당시 아를 주민들은 반 고흐를 스스로의 귀를 자른 위험한 광인으로 보고 언제 또 발작을 해서 자기들에게 피해를 입힐지 모른다고 생각했던 모양이다. 반 고흐가 그린 자화상 가운데는 잘린 귀를 붕대로 감고 있는 모습이 하나 있다. 이 자화상은 반 고흐가 자해행위 이후 곧바로 정신을 차려서 그림에 몰두했음을 말해준다. 그는 1889년 5월 아를을 떠나 생-레미에 있는 정신병원으로 가서 치료를 받으면서도 계속 그림을 그렸다. 그에게 그림은 자신을 표현하고 스스로를 넘어서는 유일한 수단이었다. 그는 동생 테오에게 보낸 편지에서 "나는 은총을 내리는 신 없이는 살 수 있어도, 고통을 받더라도 그림을 그리는 힘 없이는 살 수 없다"라고 썼다. 그에게 산다는 것은 그리는 것이었으며 그리는 것은 사는 것이었다. 삶과 그림이 하나였다.

미란이 8월 1일 아침에 발목을 다친 지 벌써 6일째다. 요즈음 나의 일상생활은 일하는 주부의 처지를 생각하게 한다. 아침 8시경에 일어나서 식사를 준비해 미란과 함께 먹고 난 다음 12시경까지 글을 쓰다가 다시 점심식사를 준비해서 먹고 설거지를 하고 나서 아를 시내의 유적과 박물관과 사진전 등을 보러 다니다가 슈퍼마켓이나 과일가게, 정육점 등에 들러 과일, 채소, 소고기, 포도주 등을 사 가지고 돌아와 샤워를 한 다음, 저녁식사를 준비해 먹고 치우고, 쓰레기봉지를 집 바깥 대문 옆에 내려다놓고, 텔레비전을 조금 보다가, 저녁 산책을 나갔다 돌아온 다음, 미란과 이야기하다가, 라디오를 듣거나 책을 읽다가 잠자리에 든다. 살림을 하는 주부이면서 동시에 글을 쓰는 작가생활을 하고 있는 것이다. 그러다 보니까 집안일과 직장일이라는 이중의 노동에 시달리는 취업주부들의 처지가 어느 정도 이해가 된다.

오늘 저녁에는 론 강변에서 저녁해가 지는 하늘을 한참 동안 바라보았다. 흔히 저녁노을을 붉은색으로 생각하지만 계속 바라보니까 한 가지로 정의할 수 없는 여러 색채가 알 수 없게 혼합되어 있었다. 보라색, 노란색, 붉은색, 파란색, 회색, 검은색 등이 신비하게 섞여 장관을 이루는 론 강변의 저녁하늘을 새들이 떼를 지어 날아다녔다. 강변에는 짝을 이룬 남녀 아니면 아이들을 데리고 나온 부부이거나 개를 데리고 산책 나온 사람들이 대부분이다. 나처럼 혼자 산책하는 사람은 거의 없다.

강변에 앉아서 하늘과 강물을 번갈아 바라보다가 발걸음을 옮겨 트랭크타유Trinquetaille 다리 위로 론 강을 건넜다. 론 강은 '코트-뒤-론'이라는 이름의 포도주를 생산하는 광활한 포도밭을 적셔주는 물줄기다. 강 건너편에서 바라보는 아를 시내의 모습이 새롭게 보였다. 고흐가 아를 남쪽 들판에서 그린 아를 시내 풍경을 보면 생-트로핌 성당의 종탑과 시청의 종탑 두 개가 우뚝 솟아 있고 붉은 기와를 얹은 건물들의 모습이 보이는데 론 강 건너 서쪽에서 바라본 아를의 모습에도 다른 건물들보다 높게 솟아오른 종탑들의 모습이 보였다. 아를뿐만 아니라 남불의 마을 풍경 속에는 언제나 교회와 시청의 종탑 그리고 광장의 분수대가 자리 잡고 있다.

다시 반대쪽으로 다리를 건너서 이번에는 루케트Rouquette 지역으로 발걸음을 옮겼다. 프랑스 말로는 '플라느리flânerie'(한가롭게 거닐기)라고도 하고 '에랑스 위르벤errance urbain'(도시에서의 방황)이라고도 할 수 있는 나의 저녁 산책에는 정해진 코스가 없다. 기분 나는 대로 발길 가는 대로 이리저리 다니는 것이 나의 저녁 산책이다. 루케트는 내가 살고 있는 원형경기장에서 서쪽에 위치한 주거 지역이다. 그곳에는 생-세제르St. Césaire 성당 하나를 빼놓고는 고대나 중세 유적이 없는 서민 주거 지역이다. 그러니까 관광객들이 거의 가지 않는 지역이고 따라서 호텔, 식당, 카페, 상점 등도 없다. 그 지역 중앙에 있는 폴 두메르Paul Doumer 광장에만 카페와 식당이 몇 개 있을 뿐이다. 아를의 루케트를 파리의 동북부 19구와 20구 정도에 비교할 수 있을지 모르겠다. 19세기에 파리의 부자들은 노동자들이 많이 사는 그곳을 '위험한 계급'이 사는 곳이라고 생각했다. 그래서 전통 부자들은 루브르 궁전에서 멀지 않은 파리 중심부의 6, 7, 8구에 살았고 신흥 부자들은 파리 서쪽 불로뉴Boulogne 숲 옆에 위치한 16구에 자리를 잡았다.

1998년 아를에 처음 왔을 때 이곳에 몇 년째 살고 있던 한국 사람이 그 지역은 범죄가 일어날 수도 있는 위험한 지역이라고 겁을 주었다. 그래서 다른 곳은 다 가도 그곳만은 멀리했었다. 그러다가 어느 날 낮에 자전거를 타고 그 지역을 다녀보니까 아랍 사람들이 많이 눈에 띄고 가난의 흔적이 약간 있을 뿐 전혀 위험한 곳이 아니었다. 마르세유를 비롯한 지중해의 항구도시들에는 아랍 출신의 이민객들이 많이 살고 있는데 그들 가운데 일부가 아를로 이주하여 살고 있는 것이다. 아를 인구 중 아랍 출신 사람들의 비율은 점점 더 느는 추세이다. 사람들은 유색인종이 모여 사는 곳은 다 뉴욕의 할렘처럼 생각하는 경향이 있다. 백인 중산층들이 만들어놓은 유색인종에 대한 편견을 그대로 내면화하고 있는 것이다. 파리에서도 많은 한국 사람들이 19구나 20구 쪽은 절대로 가지 말아야 할 위험한 지역이라고 생각한다. '흑인+아랍인=노동자계급=가난한 계급=위험한 계급=멀리해야 할 계급'이라는 등식이 조건반사적으로 떠오르는 모양이다.

루케트 지역은 아를의 론 강변에서 시작하여 동쪽으로 발전한 평지인데 옛날에는 강에 정박한 배들에서 하역작업을 하던 노동자들이 많이 살았던 구역처럼 보인다. 그 동네에는 골목길이 아주 재미있게 나 있다. 골목길의 묘미는 똑바르지 않고, 예상치 않은 방식으로 갈래가 나고 구부러지는 데 있다. 거미집을 연상시키는 이 지역의 골목길을 산책하다보면 날씨가 더워서 골목 사이사이의 작은 공터에 나와 앉아 있는 아이들이나 노인들을 많이 볼 수 있다. 골목길 이곳저곳을 기웃거리며 한참 동안 다니다보니까 1998년 여름 내가 머무르던 '에스파스 반 고흐'로 이어지는 몰리에르Molière 거리가 나왔다. 그곳에서 카름Carmes 거리로 들어섰는데 1층에 사는 어느 부부가 저녁식사를 마치고 자기 집 앞 골목길에 나와 앉아 이야기를 나누고 있다. 이 길에는 원래 성당이 있었는데 성당이 허

물어진 자리에 집들이 들어섰다. 그 골목길은 성당의 가운데 통로였다고 한다. 사라진 성당의 흔적이 그런 방식으로 남아 있는 것이다. 그래서 그 골목길을 걸으면 성당에 들어갔다 나오는 상상을 할 수 있다.

저녁식사 후 산책을 하다보면 낮에는 보이지 않던 실내 풍경을 많이 볼 수 있다. 비어 있던 집에 주인들이 돌아와 불을 밝히면 행인은 유리창과 커튼을 통해서 실내의 모습을 엿볼 수 있는데 대개 식탁에 앉아 저녁식사를 하거나 이야기를 나누고 있는 모습들이다. 어둠 속에서 텔레비전 화면만 환하게 반짝이는 집들도 있다. 사람답게 사는 곳이라면 어느 곳이나 저녁의 분위기는 안식이어야 한다. 하루 일이 끝난 다음 저녁 휴식과 잠이 없다면 다음 날 일을 다시 시작할 수 없을 것이다. 볼테르는 행복한 삶을 위해서는 정열을 불사를 수 있는 일과 애정과 우정, 훌륭한 음식과 포도주, 인간적인 사회, 그리고 마지막으로 휴식과 깊은 잠이 필요하다고 말했다.

골목길을 빠져나와 시청 앞 광장의 생트-안느Sainte-Anne 성당 계단에 앉아 생-트로핌 성당의 돌문을 하염없이 바라보았다. 반 고흐도 무언가를 오래 바라보면 점점 다르게 보인다고 말한 바 있지만 어디에서든지 한자리에 오래 앉아 있다보면 그냥 지나칠 때는 보이지 않던 것들이 서서히 모습을 드러내기 마련이다. 광장 한

가운데는 터키에서 가져온 화강암 오벨리스크가 서 있다. 원래 지금은 사라지고 흔적만 남아 있는 전차경기장 입구에 서 있던 것인데 17세기에 지금의 자리로 이전했다고 한다. 오벨리스크 옆에는 분수대가 있다. 위쪽에 네 마리의 사자가 광장을 내려다보고 있고 아래쪽에는 수염 난 얼굴 모양의 마스크 네 개가 붙어 있는데 계속해서 입으로 물을 뿜어내고 있다. 1998년에는 없었던 벤치가 몇 개 설치되어서 지나가는 사람들에게 휴식할 수 있는 자리를 제공한다. 그런데 저녁시간이면 이곳에 청소년들이 나와서 축구공을 찬다. 바람이 잘 불어서 시원할 뿐만 아니라 성당과 시청을 밝히는 조명등이 많이 설치되어 있어서 시청 앞 광장이 야간 축구장으로 쓰이는 것이다. 사방이 건물로 둘러싸여 있어 그들이 차는 공소리가 공명 현상을 일으켜 '펑' '펑' 하는 소리가 위협적으로 들린다. 축구를 하는 청소년들은 공을 차면서 스트레스를 해소하는 한편, 지나다니는 사람들의 마음을 불편하게 하면서 쾌감을 느끼는지도 모른다. 원래 청소년들의 심리에는 어른들을 불편하게 하는 법칙이 있다. 하지 말라는 짓은 더 하는 것이 청소년들의 특성이다. 그래서인지 청소년들이 공공장소에서 축구하는 것을 말리는 사람이 아무도 없다.

생트-안느 성당 앞 계단에 앉아서 맞은편에 자리하고 있는 생-

트로핌 성당의 정면 형태와 문앞의 기둥과 조각상들을 한참 바라보다가 문앞으로 걸어가서 조각상들의 모양을 살펴보기 시작했다. 원래 성당 앞의 조각상들은 문자를 해독하지 못하는 문맹의 신자들에게 성경의 가르침을 단순화해 가르치는 기능을 했다. 유네스코 지정 세계문화유산의 하나인 이 성당 대문을 장식하는 조각작품의 중심에는 예수와 그의 제자들이 자리하고 있고 맨 위쪽에는 천사들이 날고 있으며, 맨 아래쪽에는 사자와 같은 동물들이 사람을 물어뜯고 있는 장면이 묘사되어 있다. 천당과 지옥이 위아래로 있고 그 가운데 예수와 제자들이 배치되어 있다. 내가 유심히 조각들을 관찰하자 지나가던 사람들이 하나둘씩 모이기 시작했다. 원래 누가 무엇을 열심히 관찰하면 다른 사람들도 무슨 일인가 하고 관심을 갖고 모여들기 마련이다. 동조, 모방, 유행의 심리가 다 그런 심리에 속한다. 그런데 한 젊은이가 하는 말이 재미있다. 부모와 함께 그 조각들을 바라보던 그는 "이거 뭐 완전히 만화그림이네"라는 말을 내뱉는 것이다. 그의 즉흥적 반응 속에는 어린 백성을 우롱하던 중세 사제들의 도덕주의에 대한 비판이 스며들어 있다. 원초적 형태의 이데올로기 비판이다. 그러나 신앙을 버리고 자유를 얻은 서구 현대인들의 삶의 방향과 의미는 무엇인가? 이런 생각을 하며 원형경기장 언덕길을 걸어 올라오는데 어느 집의 실내 풍경이 희미하게 보였다. 입구 옆의 방에는 초록색 벨벳이 깔린 당구대가 놓여 있고 저 안쪽 살롱에서는 식구들이 둘러앉아 이야기를 나누고 있다.

부동산의 관점에서 보았을 때 아를의 노른자는 원형경기장과 고대 극장 부근이다. 돈 있는 부유층은 그 근처에 위치한 우아한 저택에 삶의 둥지를 마련하고 있다. 고대 극장 옆을 지나 원형경기장으로 나오는 골목길을 거의 다 빠져나오는데 마지막 집 대문 앞 돌받침 위에 어느 여인이 맨발에 편한 옷차림으로 나와 앉아 담배 연기를 '후' 하고 내뿜는 모습이 보였다. 오늘 하루 일이 고단했던 것인가 아니면 인생 전체가 힘든 것인가? 내뿜는 담배 연기 속에 '산다는 게 뭐람?'이라는 질문이 들어 있는 듯하다. 어쩌면 그건 내가 나에게 던지는 질문인지도 모른다. 반 고흐도 아를에 머무르는 동안 내내 그런 질문을 던졌을 것이다. 어젯밤 읽은 고흐의 편지 구절이 생각난다. 그는 자신의 머릿속에 두 개의 흐름이 교차하고 있는데, 하나는 물질적 어려움에 대한 생각이고, 다른 하나는 색채에 대한 생각이라고 말했다. 그는 먹고사는 문제와 자기의 열정을 사로잡는 그림에 대한 생각 사이를 끊임없이 오가며 아를의 밤하늘을 바라보았을 것이다. 그리고 저 여인처럼 깊게 들이마신 담배 연기를 허공을 향해 내뱉었을 것이다.

2010년 7월, 루르마랭. 어느 귀족의 저택으로 들어가는 입구. 플라타너스 나무들이 줄지어 서 있는 길 양쪽은 해바라기 밭이다. 멀리 정면에 작은 직사각형으로 보이는 부분이 대문이다. 그곳을 통과해 들어가면 오른쪽에 저택이 있다.

어젯밤 바람이 당나귀의 귀를 떼어 갔다—프로방스의 미스트랄

● 프로방스에 와서 배우는 첫번째 고유명사는 미스트랄이다. 프로방스 지방언어인 프로방살로 시를 써서 노벨문학상을 받은 시인의 이름이 프레데릭 미스트랄이다. 그러나 미스트랄은 프로방스를 상징하는 바람의 이름이기도 하다. 미스트랄은 프로방스 말인 마에스트랄maestral의 변형이다. 마에스트랄은 가장 중요한 바람이라는 뜻이다. 여름날 론 강 계곡을 통과해 북에서 남으로 부는 미스트랄은 더위를 식혀주고 검은 구름을 다른 곳으로 몰아내고 그 자리에 푸른 하늘과 맑은 공기와 청명한 햇빛을 선사한다.

그러나 겨울날 윙윙거리며 달려오는 미스트랄은 시속 185킬로미터의 강풍이 되기도 한다. 프로방스 사람들은 농담으로 지난밤에 분 강한 미스트랄이 당나귀의 귀를 떼어 갔다고 허풍을 떨기도 한다. 실제로 미스트랄은 지붕의 기와를 날려 보내고 잘못 닫은 덧문을 열어젖히며 나뭇가지를 휘어놓고 걸어가는 노인이나 아이 들을 넘어뜨리기도 한다. 그래서 겨울날 강한 미스트랄이 불면 프로방스 사람들은 신경이 날카로워지기도 한다. 미스트랄은 3일, 6일 때로는 9일을 계속해서 불기도 한다. 다소 과장이 심한 마르세유 사람들에 따르면 1년에 100일 정도 미스트랄 바람이 분다고 한다. 미스트랄 바람이 부는 날 저지른 범죄사건, 특히 치정사건의 경우에는 형량을 경감해주는 방향으로 정상참작이 된다는 농담도 있다.

미스트랄 바람은 시인과 작가 들의 작품 속에 자주 등장하면서 프로방스를 상징하는 바람이 되었다. 그렇다고 프로방스에 부는 모든 바람이 미스트랄은 아니다. 추위를 몰고 오는 북풍 트라몽탄tramontane, 아프리카의 사막에서 불기 시작해 지중해를 넘어오는 남풍 마리니에르mariniére, 비를 몰고 오는 동풍 르방levant, 서쪽에서 부는 바람 트라베르소traverso 등 여러 바람이 있다. 그러나 프로방스 사람들은 바람을 맞으면서 그 바람이 미스트랄인지 아닌지를 즉각적으로 구별한다. 프로방스 사람들의 말에 따르면 사람의 몸으로 느낄 수 없는 미세한 바람도 있다. 어느 여름날 저녁 예상치 않게 파리 떼의 습격을 받을 수가 있다. 프로방스의 고요한 밤, 사람은 느끼지 못하지만 파리나 곤충들은 민감하게 느끼는 바람이 불고 있는 것이다. 인간은 그걸 식탁으로 몰려드는 파리 떼를 통해서 알 수 있다.●

맑음
론 강변의 저녁노을

어떻게 하면
내가 세상에서 사라질 때도
저녁노을이 지는 장면같이
아름다울 수 있을까

2010년 8월, 아를. 원형경기장 앞의 장엄한 저녁노을 위로 새들이 온갖 소리를 내며 날아다니는 모습이 장관이다. 사진 속에 희미하게 드러난 새들은 각자 다른 모습으로 비행을 하고 있다. 근처에 카마르그 습지가 있어 새들이 먹이를 찾아 많이 날아온다.

오늘은 미란이 발목을 다친 지 꼭 일주일이 되는 날이다. 일요일 아침이라 그런지 원형경기장 앞이 조용하다. 9시 반이 되어 원형경기장이 문을 열자마자 부지런한 일본 관광객들이 제일 먼저 안으로 들어간다. 반 고흐가 일본 판화를 좋아했던 것만큼 일본 사람들은 반 고흐의 그림을 좋아하고 반 고흐가 살았던 아를을 진지한 마음으로 순례한다. 그런데 이번 여름에 와보니까 1998년에 왔을 때와는 달리 일본인 관광객들보다 중국인 관광객들이 더 많이 눈에 띈다. 일본인들은 소규모로 조용조용 다니는 데 비해 중국인들은 대규모 단체관광을 다니기 때문에 소란스럽고 눈에 잘 띈다. 중국어가 일본어에 비해 억양이 강하고 높낮이가 심해서 더 쉽게 귀에 들리는지도 모르겠다. 그러나 언어의 문제가 아니라 태도의 문제다. 중국 관광객들은 일본 관광객들에 비해 다른 사람들을 거의 고려하지 않고 다닌다. 일본 사람들이 어깨를 오므리고 약간 기가 죽은 모습으로 다닌다면, 중국 사람들은 목에 힘을 주고 으스대며 다닌다.

중국中國이라는 말 자체가 세계의 중심 국가라는 뜻을 담고 있지만 대부분의 중국 사람들이 이상한 자부심을 가지고 있는 듯이 보인다. 중국 공산당이 국내에서 정치적 자유를 억압하는 대신 경제발전을 통해 중국이 세계 중심 국가로 부상하고 있다는 이데올로기 선전을 대대적으로 하고 있기 때문에, 중국 사람들은 해외에 나와서도 자신들이 세계의 중심이었고 또 앞으로 새로운 중심이 될 것이라는 유치한 자부심을 그렇게 표시하는지도 모른다. 중국인들의 자부심이 인구와 국토의 크기를 바탕으로 하는 경제성장의 숫자에 근거해 있다면 그것은 건강한 자부심이 아니다. 서양의 과학기술을 응용하여 서양 사람들처럼 물질적 풍요를 누려보자는 모방의 삶을 살면서 무슨 대단한 자부심을 가질 수 있단 말인가. 중국은 오랜 동아시아 문명과 서양 문명을 결합하여 국경과 대륙을 넘어 적용될 수 있는, 전 인류에게 존경받을 수 있는 보편적 가치와 문화의 힘을 보여줌으로써 서양에서 출발한 근대성의 한계를 극복할 수 있어야 한다. 서양 문명의 모방이 아니라 새로운 문명의 방향을 제시할 수 있을 때 중국인들은 근거 있는 건강한 자부심을 갖게 될 것이다.

어제 저녁에는 론 강변에서 해가 지는 장면을 거의 한 시간 동안 넋을 잃고 바라보았다. 낮도 아니고 밤도 아닌 그 어슴푸레한 시간은 모든 사물의 명확한 형태를 지워버린다. 저녁식사를 마치고 텔레비전 뉴스를 보다가 재미가 없어서 저녁 산책을 나섰다. 원형경기장 정문 앞으로 난 아렌느Arènes 거리를 지나 왼쪽으로 꼬부라지면 카트르-셉탕브르 거리가 나오는데 그 길을 조금 가다보면 성당이 하나 나온다. 생-쥘리앵St. Julien 성당이다. 1998년 여름 박영신, 문은희 선생님 내외분과 박인규, 공경희 부부가 영국의 글래스고에서 파리를 거쳐 아를에 내려와서 며칠을 같이 지내던 어느 날 저녁, 함께 음악회를 관람하러 들어갔던 성당이다. 그 성당에서 오른쪽으로 들어서면 이내 론 강변의 산책로가 나온다. 저녁 9시인데 아직 환하다. 돌계단을 지나 산책로에 오르자 강바람이 시원하게 얼굴을 스친다. 하늘을 바라보니 약간 불그스레한 기운을 띠고 있다. 정확히 말하자면 하늘이 아니라 하늘 위의 구름에 지는 햇살이 반사되어 붉은색을 주조로 하여 보라색, 푸른색, 검은색 등 여러 색깔이 혼합되어 신비한 분위기를 만들고 있다.

반 고흐가 〈별이 빛나는 밤〉을 그린 장소 쪽을 향해서 걷는데 강변에 마련된 돌벤치에 저녁식사를 마친 아를의 노인들이 나와 앉아 강바람을 쐬며 도란도란 이야기를 나누고 있다. 할머니 네 사람은 벤치에 앉아 있고 할아버지 두 사람은 강변로의 높이 1미터 남짓한 돌벽에 기대어 할머니들을 마주 보고 서 있다. 할머니들은 모두 치마를 입고 있고 할아버지들은 반바지를 입고 있다. 내가 강변에 저녁 산책을 나올 때마다 항상 나보다 먼저 나와 자리를 차지하고 있는 터줏대감들이다. 때로 강변에 미스트랄 바람이 아주 심하게 불 때도 있다. 며칠 전 저녁이 그랬다. 그날 저녁 강변 산책로에 아무도 없었다. 물론 그 노인들도 없었다. 일기예보에 따르면 요즈음 해는 9시 30분경에 진다. 그런데 강변에서 해가 지는 모습을 바라보다보면 정확한 일몰 시간을 알기가 어렵다. 해가 어느 정해진 한순간에 갑자기 지는 것이 아니라 서서히 알게 모르게 자취를 감춘다는 사실을 알게 된다. 일몰이란 밝음에서 어둠으로 서서히 이동하는 과정이지 어느 한 시점에 갑자기 이루어지는 사건이 아니다.

해가 지는 하늘을 바라보다가 갑자기 고등학교 시절 국어시간에 배운 「동명일기」라는 글이 생각났다. 어느 마님이 해가 뜨는 장면을 묘사한 글이었다. 중학교 3학년 때 경주 수학여행을 가서 새벽에 부산을 떨며 일어나 토함산에 일출을 보러 갔던 일도 기억에 남아 있다. 대학생 때 강원도 속초의 낙산사에 가서 의상대사가 지나간 자리에 지었다는 일출 전망대를 본 일도 생각났다. 해가 질 때와 마찬가지로 해가 뜨는 시간도 어느 정해진 시각이 아니라 어두움에서 빛으로 서서히 이동하는 과정이다. 하루의 시작과 하루의 끝은 그렇게 서로를 닮아 있다. 초등학교 시절 새해 달력의 겉장에 인쇄되어 있던 떠오르는 둥근 해의 모습도 생각난다. 그때 나는 달력에 쓰인 원단元旦이라는 말이 무슨 뜻인지 몰랐다. 모네가 그린 템스 강의 해 뜨는 장면은 인상파의 등장을 알리는 그림이었다. 이처럼 많은 사람들이 해가 뜨는 장면 앞에서 체험한 경이로움을 글과 그림으로 표현했다. 그런데 어쩐 일인지 나는 해가 뜨는 장면에서 큰 감동을 받은 기억이 나지 않는다. 반면에 해가 지는 장면은 내 머릿속에 선명하게 각인되어 있다.

초등학교 시절 나는 전농동에 사는 이모네 집에 가끔 놀러 가곤 했는데 내가 살던 약수동에서 전농동까지 가려면 동대문까지 버스를 타고 가서 그곳에서 버스를 한 번 더 갈아타고 가야 하는 먼 거리였다. 그래도 내가 이모네 집에 가기를 즐겨했던 까닭은 세 명의 사촌누나들이 나를 귀여워해주고 집에서는 할 수 없는 새로운 경험들을 하게 해주었기 때문이다. 봄날 오후 누나들과 함께 진달래꽃이 지천으로 핀 언덕으로 놀러 갔던 일이나 어느 겨울날 얼어붙은 미나리꽝에서 미끄럼질을 치던 기억도 선명하지만 나의 기억 속에 가장 분명하게 남아 있는 장면은 어느 여름날 저녁 동네 공터에 산책 나갔을 때 보았던 저녁노을이다. 거대한 송전탑들이 위압적으로 줄지어 서 있고 진흙에 가까운 황토들이 덮여 있는 다소 썰렁한 분위기의 공터를 걷다가 바라보던 그 붉디붉은 저녁하늘의 광경은 때때로 나의 기억 속에 재등장하여 지난 시절을 회상하는 첫 장면이 되곤 한다.

어린 시절 본 저녁노을이 남긴 강렬한 흔적은 뭉크의 〈절규〉라는 그림을 볼 때마다 드는 특별한 느낌의 뿌리일 것이다. 고등학교 시절 미술책에서 처음 본 그 그림의 배경으로 나오는 다리 위의 붉은 저녁노을이 없다면 그림 속에서 일그러진 얼굴로 절규하고 있는 어떤 사람의 모습이 그토록 인상적이지는 않았을 것이다. 그런데 어제 저녁 론 강변 산책에서 본 저녁노을은 그 두 장면 위에 겹쳐지는 세번째로 중요한 저녁노을 체험으로 남을 것 같다.

9시에서 10시 사이에 서서히 저무는 해가 하늘 위에 그리는 그림은 한 장이 아니다. 시간의 흐름에 따라 알게 모르게 변하는 색조와 형태는 수백 장의 그림으로도 담을 수 없을 정도로 변화무쌍

하다. 저녁에서 밤으로 넘어가는, 저녁도 아니고 밤도 아닌 경계선 위의 시간 속에서 불확실한 것의 미학을 생각하게 된다. 하나로 확실하게 정의될 수 없는 가변적 장면이 신비롭고 아름답게 느껴진다. 9시 10분경에는 서쪽 하늘의 일부분만 석양을 반사하고 있었는데 시간이 갈수록 하늘의 많은 부분이 점차 붉은색을 띠기 시작했다. 그러다가 9시 30분경이 되니까 서쪽 하늘 전체가 붉게 물들었다. 그러고 나서 붉은 하늘은 점차 보라색과 회색, 검은색이 섞인 하늘로 바뀌다가, 10시경이 되자 완전히 검은색으로 변했다. 지는 해가 구름 위에 연출하는 미세한 색조의 뉘앙스와 형태의 변화는 정말로 신비로운 경지이다.

왼쪽으로 트랭크타유 다리 위에 가로등이 켜져 아직 완전히 사라지지 않은 저녁노을이 곱게 물든 하늘 아래 깜박이고 있다. 다리 위로는 전조등을 켠 자동차들이 어디론가 급하게 달려가고 있다. 강의 좌안으로 늘어선 아를의 높고 낮은 건물들의 실루엣이 마치 사진 속의 한 장면처럼 고요하다. 강변에 바람은 시원하게 불고 물살은 지중해를 향해 남쪽으로 흐르고 있다. 바람이 불 때마다 강의 표면에는 파도가 일고 바람과 물이 만나는 소리가 들린다. 바람이 강변의 플라타너스 나뭇가지에 부딪치면서 만드는 소리도 들린다. 드디어 해는 완전히 사라졌고 어두운 밤이 되었다. 자연의 신비로움 앞에서 인간은 경이감을 느낀다.

어떻게 하면 내가 세상에서 사라질 때도 저녁노을이 지는 장면 같이 아름다울 수 있을까라는 생각을 하면서 반 고흐가 〈론 강의 별이 빛나는 밤〉을 그린 자리를 향해 걸었다. 돌로 된 안내판 속에 들어 있는 반 고흐의 그림 복제판과 론 강 위의 하늘을 번갈아 바라보았다. 반 고흐는 이동식 가스램프를 가지고 강변에 앉아 별이 빛나는 밤하늘과 강물과 강변 모래톱과 그 위에 서 있는 두 사람의 모습을 그렸다. 그 그림을 보다가 반 고흐는 왜 오늘 저녁 내가 본 것처럼 아름다운 저녁노을이 지는 론 강변의 하늘을 그리지 않았을까라는 질문이 떠올랐다. 반 고흐는 아침햇살을 받으며 씨 뿌리는 농부의 모습을 그렸고, 밝은 햇살 아래 펼쳐진 아를 주변의 풍경화를 수없이 그렸으며, 밤의 카페와 별이 빛나는 밤하늘을 그렸다. 반 고흐가 황혼을 그리지 않은 것은 아니다. 그의 그림을 주의 깊게 살펴보면 론 강변에서 하역 작업을 하는 부두 노동자들을 그린 그림의 배경으로 황혼이 나온다. 그러나 그 그림은 황혼보다는 일하는 사람들의 모습을 부각하고 있다. 반 고흐는 강렬한 햇살에 매혹되어 희미한 저녁노을의 아름다움을 충분히 느끼지 못했던 것일까? 어쩌면 밝은 햇살 아래서 그림을 그리다 지친 몸을 이끌고 집에 돌아와 저녁식사를 하고 휴식을 취하느라고 저녁노을을 즐길 마음의 여유가 없었는지도 모른다.

고흐가 〈론 강의 별이 빛나는 밤〉을 그린 자리는 현재 지중해와 유럽의 큰 강들을 따라 유럽 여러 곳을 순방하는 크루즈 유람선들이 론 강변의 아를에 와서 정박하는 부두가 되었다. 그곳을 떠나 트랭크타유 다리 쪽으로 걷다가 악트 쉬드 출판사와 서점이 있는 강변 광장으로 내려갔다. 대부분의 유수한 출판사들이 파리의 센 강 좌안에 자리 잡고 있는데 이 출판사만은 고집스럽게 아를의 론 강변을 고수하고 있다. 이 출판사는 외국문학 서적을 활발하게 번역출판하고 있는데 최윤과 파트리크 모뤼스가 번역한 이청준 등 우리나라 소설가들의 책도 여러 권 펴낸 바 있다.

서점 입구에는 악트 쉬드 출판사가 발굴한 대표적 작가들의 사진이 걸려 있는데 내가 아는 작가는 낸시 휴스턴 한 사람뿐이다. 그녀의 젊은 시절 사진이다. 올해 초에 그녀가 이 출판사에서 '절망의 교수들'이란 제목의 책을 출판했을 때 파리의 소르본 대학 앞에 있는 '콩파니Compagnie' 서점에서 저자와의 대화가 있었다. 그때 나는 글로만 읽던 그녀를 처음 보았다. 그녀는 열여섯 살에 캐나다의 캘거리를 떠나 뉴욕에서 살다가 파리에 정착해서 모국어인 영어를 버리고 외국어인 불어로 글을 쓰는 작가다. 그녀가 알제리 출신 작가 레일라 스바르와 교환한 편지글을 모은 『파리 편지』는 자기가 태어나고 자란 문화를 떠나 타 문화에서 사는 '망명 작가'의 입장과 처지를 잘 보여준다. 그녀의 남편은 우리나라에도 많이 알려진 문학평론가 츠베탕 토도로프다. 그 역시 불가리아 출신의 코즈모폴리턴 지식인이다.

출판사 옆 광장에 있는 '앙트르뷔'라는 이름의 카페 겸 식당 테라스에는 사람들이 가득하다. 그곳을 지나 포럼 광장으로 들어가니 고흐가 그린 '저녁 카페'가 옛날 모습 거의 그대로 노란색을 칠한 채 이야기 나누는 사람들로 가득 차 있다. 광장에는 프로방스어로 글을 써서 노벨상을 받은 프레데릭 미스트랄의 동상이 서 있다. 광장 중앙에는 파라솔 아래로 식탁들이 즐비하게 차려져 있는데 이곳은 언제나 관광객들로 붐빈다. 그러나 그곳에서 원형경기장 쪽으로 난 완만한 언덕길인 아렌느 거리로 들어서면 이내 언제 그랬냐는 듯이 조용해진다. 그 길을 따라 올라가다보면 아를 국립사진학교가 나온다. 이 학교는 프랑스에서 유일한 국립사진학교로 올해로 개교 30주년이 되었다. 매년 7월과 8월에 걸쳐 아를에서 열리는 국제적 사진 축제와 함께 이 학교는 아를이 사진의 도시라는 사실을 확인시킨다. 그 학교의 근사한 대문 앞을 지나 조금 더 가면 원형경기장이 나온다. 그리고 그곳에서 왼쪽으로 돌아 내려가면 내가 머물고 있는 집이 나온다. 집에 돌아와서 냉장고에 넣어둔 시원한 물을 한 잔 마시고 반 고흐의 편지를 읽기 시작했다. 저녁노을을 보면서 느낀 감동에 그의 글이 끌어당기는 힘이 합쳐져 새벽 3시가 되도록 책을 읽다가 늦게 잠이 들었다.

2005년 9월, 에갈리에르. 알피유 산자락에 위치한 에갈리에르 마을의 산책로에 있는 갤러리의 모습이다. 돌을 쌓아 지은 집 창에 붙어 있는 투박한 나무덧문과 벽에 설치되어 있는 가스등을 연상시키는 가로등이 푸른 하늘을 배경으로 대화를 나누고 있는 듯하다.

8 / 8
LUN

바람 부는 날
분명한 것들과의 싸움

나는 상투적인 세계,
관습적인 세상의 규칙들과
전쟁중이다

2007년 7월, 보진느. 보진느 성당에서 열린 결혼식에 참석했던 한 노인이 성당 앞 광장에 놓여 있는 돌벤치에 앉아 휴식을 취하고 있다.

어제 오후에 원형경기장 가까이에 있는 디드로Diderot 거리를 걸어 내려가는데 며칠 전에 본 '앙피테아트르amphithéâtre' 호텔 살롱에 걸린 사진 한 장이 눈에 들어왔다. 비너스 상의 형태를 띤 그림자가 어른거리는 사진이었다. 가까이 가보니까 그 사진 말고도 여러 작품들이 걸려 있다. 호텔 안 전시장으로 들어가서 20여 점의 작품들을 둘러보았다. 약한 푸른색과 흐린 붉은색을 주조로 하는 추상 회화 같은 사진들이었다. 대개 사람들의 눈에 띄지 않고 그냥 스쳐 지나치는 장면과 사각지대의 버려진 장면들에 직감적이고 본능적인 방식으로 카메라를 들이대 의미 없는 장면을 의미 있게 만든 사진들이다. 흔히 화려하고 아름답다고 생각되는 대상들이 아니라 버려지고 짓밟힌 것들이 감추고 있는 아름다움과 의미를 포착하고 있는 이 전시회의 제목은 '보이는 것/보이지 않는 것'이었고 작가는 플린Flyn이라는 이름의 여성인데 현재 케임브리지 미술대학의 학생이라고 한다.

전시장 입구의 테이블 위에 간결하게 한 장으로 된 작품 설명문이 놓여 있다. 불어판과 영어판 두 가지이다. 이럴 경우 어느 하나를 먼저 읽고 난 다음 다른 것을 읽으면 뜻이 분명해지고 번역 공부가 저절로 된다. 두 가지 언어의 미세한 차이를 느낄 수 있으며 내용이 더욱 풍부해진다. 불어로 먼저 읽고 이어서 영어로 읽었다. 설명문의 마지막에 팝아트의 대가 앤디 워홀의 그림에 대한 생각이 인용되고 있는데 이 문장이 플린의 사진 철학을 대변해준다.

그림에 대해서 생각하지 않으면 잘하는 짓이다! 네가 결정하고 선택해야 한다면 그건 잘못된 일이다. 결정하고 선택하는 일을 더 하면 더 할수록, 너는 더욱더 잘못된 길로 빠지게 된다.

플린은 앤디 워홀의 충고에 따라 오래 생각하지 않고 직감적이고 본능적으로 순간의 장면을 포착하기 위해 가벼운 카메라를 사용한다. 그렇다고 필름을 남용하지는 않는다. 한 장면을 한 장 이상 찍지 않는 것을 원칙으로 하고 있다. 한 번의 셔터로 순간을 포착한 사진이 많이 생각하고 여러 장을 찍어서 선택한 작품보다 나을 수 있다는 느낌을 갖게 한다면 플린의 사진전은 성공한 셈이다. 그러나 그런 느낌을 가지려면 사진 앞에 잠시 머물러 있어야 한다. 플린은 말한다. "내 사진작품을 한 번 보고 첫인상을 갖는 것에 머무르지 말고 두 번 세 번 여러 번을 보라. 사진 바깥에서 이미지만 바라보지 말고look at 사진 안으로 들어가라look into." 이 작가의 복잡한 이메일 주소를 한참 들여다보니까 자신의 사진 철학을 요약하고 있다. iamatwarwiththeobvious@hotmail.com : "I am at war with the obvious(나는 명약관화明若觀火한 것과 전쟁중이다)." 우리 눈에 분명하게 인식되는 상투적인 장면들이 아니라 눈에 잘 띄지 않는 불분명하고 불투명한 대상과 현실을 사진 속에 담겠다는 선언이다. 어디 이 사진작가뿐이겠는가. 모든 예술가들은 명약관화한 상식의 세계, 통념의 세계, 일상의 세계를 넘어서 보이지 않는 세계, 들리지 않는 세계, 느껴지지 않는 세계의 메시지를 듣고 그것을 다른 사람들도 알아들을 수 있는 방식으로 표현하려고 고민하는 사람들 아닌가? 내가 그녀의 사진에 끌린 이유는 나도 상투적인 세계, 관습적인 세상의 규칙들과 전쟁을 하고 있기 때문인 모양이다. 어젯밤에 잠이 오지 않아 읽은 반 고흐의 편지에 다음과 같은 구절이 나온다.

어떤 것은 완전한 선善이고 다른 것은 완전한 악惡이라고 이름 붙이는 것이 화란和蘭 사람들의 결점이다. 그처럼 유연성과 융통성이 없이 고지식한 태도는 세상 어디에도 없을 것이다.

나는 화란 사람 자리에 한국 사람을 대입해본다.

2010년 8월, 파리. 리옹 역 플랫폼의 모습이다. 희미한 실루엣의 한 남자가 일찍 나와 기차가 도착하기를 기다리고 있다. ㅅ자로 된 유리 지붕은 19세기 후반에 지어진 파리 기차역의 상징이다. 20세기 초에 만든 지하철역 가운데 2번선과 6번선의 지상으로 다니는 구역에 지은 역사도 ㅅ자 모양의 유리 지붕을 하고 있다.

8 / 9
MAR

맑음
청년기의 방황과
예술가의 길

"내 속에
무언가가 들어 있는데
도대체 그것이
무엇이란 말인가?"

2007년 7월, 루르마랭. 루르마랭의 골목길 풍경이다. 동네 남자가 골목에 의자를 놓고 앉아 있고 길 가운데 바닥에는 검은 개가 길을 막고 앉아 있다.

어젯밤에는 반 고흐의 편지를 읽다가 11시쯤 잠자리에 들었다. 아침 5시경에 잠에서 깨었는데 다시 잠이 오지 않아서 6시경부터 반 고흐의 편지를 읽었다. 그가 동생에게 쓴 편지를 자꾸 읽다보니까 그의 마음속으로 빨려들어가면서 그를 더 잘 이해할 수 있을 것 같다. 누군가와 자신을 동일시하다보면 그 사람을 닮게 된다. 아침에 면도를 하려고 거울을 들여다보니까 내 얼굴 속에 고흐의 얼굴이 들어와 있다. 가지고 온 디지털카메라로 사진을 찍어보아도 비슷한 분위기가 느껴진다. 한때 그가 살던 아를에 와서 그의 글을 읽으니까 더 깊게 느껴지는 것 같다. 똑같은 파스티스도 파리의 생-제르맹-데-프레Saint-Germain-des-Près의 카페에서 마시는 맛과 매미 소리가 들리는 프로방스의 나무그늘 아래에서 마시는 맛이 다르듯이 똑같은 반 고흐의 편지라도 파리에서 읽을 때와 아를에서 읽을 때는 그 맛이 다르다. 어쩌면 나는 그의 글을 읽는 것이 아니라 그와 상상의 대화를 하고 있는 것인지도 모른다.

빈센트와 테오는 같은 부모에게서 난 혈육의 형제이지만 그 두 사람은 핏줄을 넘어서 삶의 고통과 환희를 함께 나눈 영혼의 형제로 세상을 떠났다. 1890년 7월 27일 오베르-쉬르-우아즈의 까마귀가 나는 밀밭 언덕에서 스스로 쏜 총에 의해 쓰러진 빈센트를 구하러 급히 달려온 동생 테오는 형을 땅에 묻고 나서 온몸이 마비되었다. 그후 그는 시름시름 앓다가 형이 세상을 떠난 지 6개월 만인 1891년 1월 병상에서 세상을 떠났다. 암스테르담의 어느 묘지에 묻혔던 테오의 시신은 얼마 후 두 형제 사이의 특별한 관계를 아는 테오의 아내를 비롯한 주위 사람들에 의해 오베르로 이장되어 빈센트의 묘소 옆자리에 안장되었다. 그곳이 그의 자리였다. 자살을 시도한 빈센트의 옷 주머니 속에는 그가 테오에게 마지막으로 쓴 편지가 들어 있었다. 거기에는 "다시 한번 말하거니와 너는 그저 단순한 화상畫商이 아니라 나를 통해 그림을 만드는 일에 참여하는 사람이다"라는 말이 쓰여 있었다. 동생은 형을 경제적으로만 후원하는 데 그치지 않고 형과 영혼의 대화를 나누며 정신적 지지를 아끼지 않았다. 그런 뜻에서 형은 자기가 그린 그림은 혼자 그린 것이 아니라 동생과 함께 그린 것이라고 말했던 것이다. 두 사람 사이의 관계를 생각하다보니까 이곳 아를의 레아튀 미술관에 전시하고 있는 자드킨의 작품, 반 고흐 형제상이 다시 떠오른다. 오베르에 가면 두 형제의 묘지가 옆에 붙어 있듯이 자드킨이 만든 이 조각작품 속에서도 두 형제는 서로 의지하며 꼭 붙어 있다.

빈센트는 어려서부터 혼자 있길 좋아했고 책을 즐겨 읽었고 자연을 사랑했다. 그는 1853년 목사 집안의 육 남매 중 장남으로 태어났는데 다른 형제들과는 친하지 않았지만 네 살 아래인 테오와는 어려서부터 통하는 바가 있었다. 그래서 혼자 다니던 숲속 산책에 테오를 데리고 가기도 했다. 테오는 정신적으로 성숙해서 일찍부터 형의 말 상대가 되었다. 두 사람 사이의 서신 교환은 빈센트가 19세이고 테오가 15세였던 1872년에 시작되어 빈센트가 세상을 떠나는 1890년까지 18년 동안 변함없이 계속되었다. 지금 내가 읽고 있는 반 고흐의 서간집은 동생의 편지는 없고 형의 편지만 모아놓은 것인데 언제 기회가 있으면 동생 테오의 편지도 함께 읽어보고 싶다.

빈센트는 열두 살에 집을 떠나 열여섯 살까지 기숙학교에서 공부했다. 그후 화랑, 서점 등에서 일하다가 다 그만두고 아버지처럼 목사가 되려고 하였으나 끝내 목사의 길에 들어서지 못하고 방황하다가 결국 화가의 길을 걷게 되었다. 그는 청년기에 사랑과 직업이라는 인생의 두 가지 관문에서 심한 좌절과 방황의 시기를 보냈다. 사랑하는 여성들의 마음을 얻지 못했고, 안정된 직업생활에 들어서지 못했다. 그는 듬직한 장남이 아니라 집안의 골칫덩어리였다. 마치 성서의 탕아처럼 밖을 떠돌다가 갈 곳이 없으면 집으로 돌아와 대문을 두드리는 그의 미래는 결코 밝아 보이지 않았다. 남들이 보기에 그는 제 밥벌이도 못 하고 하는 일 없이 시간을 보내는 놈팡이나 건달에 불과했다. 그러나 겉과 속이 언제나 같은 법은 아니다. 그는 대부분의 사람들처럼 밥벌이를 위한 직업생활에 삶을 바치기보다는 무언가 세상에 유익하고 자신에게도 의미 있는 일을 찾으려고 발버둥쳤다. 1880년 7월에 동생에게 쓴 편지에는 이런 구절이 나온다.

> 내가 잘할 수 있는 일은 무엇인가? 나도 어딘가에 봉사하고 유익한 일을 할 수는 없는 것일까? 어떻게 하면 그런 문제들에 대해서 더 깊이 알 수 있을까? 이런 문제들이 계속해서 내 머리를 짓누르고 있다. 그래서 무슨 일을 할 수가 없고 살면서 꼭 해야 할 일도 제대로 하지 못하며 살고 있다. 멜랑콜리한 상태가 되고 우정과 애정이 있어야 할 자리에는 공허감만 느껴진다. 엄청난 좌절감이 정신적 에너지를 갉아먹으며 나를 소진시키고 있다. 오! 신이여, 언제까지 이런 상태로 살아야 합니까? (…) 그러나 인내심을 가지고 그 시간이 올 때를 기다려야 한다. (…) 내 속에 무언가가 들어 있는데 도대체 그것이 무엇이란 말인가?

빈센트는 이 편지에서 게으르고 비겁해서 빈둥거리는 사람과 진정으로 자기에게 주어진 사명을 찾기 위해 고심하느라고 당분간 일을 하지 않고 있는 사람을 구별해 보아야 한다면서 동생에게 자신의 처지를 설명하고 있다. 그는 "네가 나를 쓸모없는 건달로 보지 않고 무언가를 찾고 있는 사람으로 본다면 내 마음이 편하겠다. 그리고 너에게 무엇이라도 해주고 싶고 무엇이든지 도움이 되는 일을 하고 싶다는 내 마음을 전한다"라고 썼다. 동생 테오는 이 편지를 받고 형의 고통을 깊이 이해하게 되었고 밥벌이를 못 하는 형이 중요한 일을 찾아 잘할 수 있도록 계속해서 경제적 뒷받침을 하기로 결심하게 된다. 동생은 형이 무언가 중요한 일을 할 것이라고 굳게 믿었다. 빈센트의 고통을 가슴속 깊이 느끼고 위로하면서 그와 영혼의 대화를 나눌 수 있었던 사람은 세상에 꼭 한 사람, 동생 테오밖에는 없었다. 그러기에 형 빈센트는 동생 테오에게 자기가 그린 그림은 혼자 그린 것이 아니라 두 사람이 함께 그린 것이라고 말했고 죽기 전에 쓴 마지막 편지에서도 그 말을 반복해서 강조했던 것이다.

반 고흐가 청년기에 방황하는 이야기를 읽다보면 심리학자 에릭슨이 생각난다. 에릭슨 또한 반 고흐처럼 청소년 시절 세상일에 자신을 잘 맞추지 못하고 변두리를 돌면서 혼자 숲속을 거닐고 산에 오르면서 인생에서 무엇을 해야 의미 있는 삶을 살 수 있을 것인가라는 문제로 심하게 고민했다. 훗날 그는 청소년기에 깊고 심한 방황과 좌절을 겪은 사람만이 성인이 되어 그 이전에 볼 수 없었던 새로운 일과 창조적인 일을 할 수 있고 위대한 업적을 낼 수 있다는 발달심리학 이론을 제시했다. 에릭슨은 종교개혁의 지도자 마르틴 루터의 삶을 그런 관점에 입각해서 설명했다. 그의 이론을 따른다면 반 고흐의 예술적 성취도 청년기의 고통과 좌절과 방황을 밑거름으로 하여 창조된 것이라고 풀이할 수 있을 것이다.

반 고흐는 자신의 삶의 의미와 사명이 무엇인가를 찾기 위해 고통스럽게 방황했다. 그래서 한때는 아버지처럼 목사의 길을 걸으려고 했다. 그러나 딱딱하게 틀 지어진 신학교의 일상생활에 숨 막혀했고, 현실과 동떨어진 답답한 교리 공부의 내용을 견디지 못했다. 누구라도 친근하게 대할 수 있는 사교성이 부족했으며 설교를 잘하기 위한 말재주가 없었다. 그리고 무엇보다도 외모에 신경을 쓰지 않았다. 그는 오직 가난한 사람과 고통받는 사람을 위로하고 그들에게 복음을 전하여 새로운 정신과 영혼의 힘을 주려는 순수한 동기만으로 가득 차 있었다. 그는 자신을 인정하지 않는 신학교나 교회 권력을 아랑곳하지 않고 광산촌에 들어가서 노동자들과 함께 살았다. 그러다가 뒤늦게 화가의 길에 들어섰다. 그러나 그에게 화가의 삶은 목사의 삶과 완전히 다른 별개의 삶이 아니었다. 목사와 화가는 지속적인 의미 추구의 과정에서 나온 두 개의 선택이었다.

그는 성서와 미슐레의 『프랑스 혁명사』를 함께 읽었고 셰익스피어와 찰스 디킨스와 빅토르 위고와 톨스토이를 읽었다. 그리고 미술관을 다니며 렘브란트와 들라크루아와 밀레의 그림을 보았다.

그의 눈에는 셰익스피어 속에 렘브란트가 들어 있고, 빅토르 위고 속에 들라크루아가 들어 있으며, 성서 속에 렘브란트가 들어가 있고, 렘브란트 속에 성서가 들어 있는 모습이 보였다. 그림 보기와 더불어 책 읽기를 좋아했던 그는 "책에 대한 사랑은 렘브란트에 대한 사랑만큼 거룩한 것이다. 나는 그 둘은 상호보완적이라고 생각한다"라고 썼다.

반 고흐가 언제까지 성서를 읽었는지 모르지만 그가 그린 몇몇 정물화 가운데는 성서가 들어가 있다. 그는 1880년 7월에 쓴 편지에서 "성서 특히 복음서를 읽어라. 성서는 모든 것에 대해서 생각할 거리를 무한하게 제공한다. 그것은 너의 뜻과 관계없이 일상적 사고의 수준을 넘어서는 고귀한 생각과 관련된다. 글을 읽을 줄 아는 바에야 성서를 읽어라"라고 썼다. 그리고 "진정으로 선하고 아름다운 것, 인간과 인간의 작품 속에 들어 있는 내적으로, 정신적으로, 영적으로 숭고한 아름다움은 신神으로부터 온다. (…) 위대한 예술가들의 걸작 가운데 들어 있는 마지막 말을 찾으려고 애써라. 그 안에는 신이 있을 것이다. 모든 위대한 책과 위대한 그림은 다 그렇다"라고 덧붙였다.

2010년 6월, 오베르-쉬르-우아즈. 빈센트와 테오 반 고흐 형제가 나란히 묻혀 있는 무덤이다. 고흐의 묘비 위에는 도마뱀 한 마리가 햇볕에 따뜻해진 돌의 기운을 받으며 쉬고 있다.

노래하는 온도계, 프로방스의 매미

● 여름이 소리로 온다면 프로방스의 여름은 매미 소리로 시작한다. 매미는 소리로 말하는 온도계다. 기온이 섭씨 22도가 되면 소리를 내기 시작하다가 그 이하로 떨어지면 소리를 멈춘다. 매미는 프로방스를 '공식적'으로 상징하는 곤충이다. 그래서 프로방스에 가면 수많은 매미를 만날 수 있다. 나뭇가지에 붙어 있는 살아 있는 매미는 눈에 잘 띄지 않지만 흙, 나무, 철, 유리 등 다양한 소재로 만든 매미가 대문 기둥이나 거실 벽에 붙어 있다. 어디 그뿐인가. 매미는 엽서나 우표, 살라드 볼과 접시, 유리컵과 병따개, 손수건과 앞치마, 식탁보와 티셔츠 속에도 들어 있다. 나무에 새겨진 장식용 매미도 있고 초콜릿으로 만든 먹는 매미도 있고 플라스틱으로 만든 장난감 매미도 있다. 그렇게 수많은 매미가 존재하는 까닭은 매미가 아름다워서가 아니라 매미의 노랫소리가 불러일으키는 상상력 때문이다. 매미는 따뜻하고 나른하고 편안한 여름 나절의 한가로운 시간을 떠올리게 한다. 매미는 여름철에만 나타나는 프로방스의 오케스트라로서 태양의 열기로 가득 찬 자연의 심포니를 연주한다.

때로 신경이 날카로울 때는 녹이 슬거나 이가 잘 맞지 않은 기계의 부속품들이 엇갈리며 내는 소리처럼 들리기도 하지만 매미 소리는 이제 여름이 왔음을 알리는 자연의 소리다. 그런데 매미라고 다 소리를 내는 것은 아니다. 오직 수컷만이 소리를 낸다. 수컷이 아무리 소리를 질러도 암컷은 아무 소리도 내지 않고 조용히 있다. 그러나 매미 소리는 수컷이 암컷을 지배하고 군림하는 소리가 아니다. 그건 수컷이 암컷을 부르는 사랑 노래다. 수컷 매미는 몸의 여러 부분을 압축, 이완, 마찰시키면서 만들어내는 소리로 암컷을 초대하고 한 번에 삼사백 개의 알을 낳게 하여 대가족을 이룬다. 그러나 그 알들은 3년에서 6년 동안 땅속에서 애벌레로 지내다가 날개 달린 매미로 태어나서 겨우 여름 몇 주일을 보내고 세상을 떠난다. 짧은 인생의 환희를 노래하기 위해 긴 인고의 세월을 보내는 것이다.

태양은 빛나고 공기는 아직 뜨겁다. 그런데 어느 날 갑자기 매미 소리가 사라진다. 그때 온도계를 들여다보면 온도계의 붉은 바늘이 섭씨 22도 아래로 내려가 있다. 그때부터 프로방스에는 대지의 열기가 잦아들고 아침저녁으로 선선한 바람이 불기 시작한다. 매미는 침묵함으로써 가을이 오고 있음을 알린다.●

8/10
MER

맑음
문자중독증과 수프 장사

진정한 예술가는 지금보다
더 높은 곳과 더 깊은 곳에
도달하려고 자신의 모든 것을 걸고
실험과 모험을 감행하는 사람이다

2010년 7월, 아를. 반원형 고대 극장에서 무용수들이 공연을 앞두고 무대에서 음악에 맞추어 연습을 하고 있다. 젊은 무용수들의 맞은편 계단에는 무용감독이 흰 민소매 원피스에 검은색 선글라스를 쓴 채 다리를 꼬고 앉아 있다. 무릎에 두 손을 얹고 고개를 오른쪽으로 기울인 모습이 마치 카마르그에서 날아온 새처럼 보인다.

파리를 떠나 남불로 내려온 지 벌써 20일이 되었다. 프로방스의 햇빛과 열기는 긴장되고 굳어 있던 몸과 마음을 풀어주고 녹여준다. 7월 21일 파리를 떠나 프로방스로 내려오면서 머리를 식히고 비우기 위해 가능하면 책을 읽지 않고 지내기로 마음먹었다. 그럼에도 불구하고 문자중독증을 벗어나지 못하고 자꾸 책을 사서 읽게 된다. 알코올중독증 환자가 하루에 일정한 양의 술을 마시지 않으면 살아가기가 힘들듯이 문자중독증에 걸린 사람은 하루에 일정한 양의 글을 읽지 않으면 머릿속이 근질근질해서 살 수 없는 모양이다. 그래도 파리에서 내 머릿속을 휘젓고 다니던 한국 종교사와 '문화적 문법', 일본의 근대사상, 세대 문제 등 무거운 주제를 벗어나 프로방스와 관련된 책들을 읽고 있다는 사실만으로도 정신의 휴식이 된다. 루르마랭에서는 카뮈를 생각하며 1957년 12월 10일에 행한 그의 노벨문학상 수락 연설과 12월 14일에 있었던 '예술가와 그의 시대'라는 제목의 강연 원고를 합쳐 만든 『스웨덴 연설』을 읽었고, 퐁텐에서는 페트라르카 기념관에서 산 그의 삶과 저작을 소개하는 『프란체스코 페트라르카, 1304~1374』를 읽었다. 그리고 지금 아를에서는 반 고흐가 동생에게 보낸 편지글과 짧게 쓴 로마사와 르네상스 시대의 역사책, 그리고 프로방스의 지리, 기후, 인물, 역사, 문화를 소개하는 사전식 소책자를 읽고 있다.

어제 오후에는 반 고흐 문화센터 앞에 있는 '아르모니아 문디 Harmonia Mundi' 서점에서 앙토냉 아르토가 쓴 『반 고흐 또는 사회가 시킨 자살Van Gogh ou la suicidé de la société』을 사서 읽기 시작했다. 아르토는 그 자신이 정신병원에 입원하여 치료를 받기도 한 극작가이다. 이 책의 존재는 1998년 아를 반 고흐 번역문화센터에 처음 왔을 때 멕시코 친구 마르코를 통해서 알게 되었다. 당시 그는 이 책을 스페인어로 번역하고 있었는데 내가 반 고흐에 대해 관심을 보이자 어느 날 이 책의 복사본을 내 방 문 밑으로 밀어넣었던 것이다. 그 복사본을 서울에 놔두고 와서 이번에 아예 책을 새로 샀다. 지난 7월 27일에 안네롱에 갔을 때 콜레트가 준 『콜레트가 들려주는 마태오 복음 이야기』도 이곳저곳 조금씩 읽어본다. 그 밖에도 아를 여행안내소에서 얻어온 프로방스 지방 곳곳의 행사, 장소, 유적을 소개하는 팸플릿, 지역 관광 신문 등도 읽는다. 아를 시내를 산책하다가 서점에서 보고 살까 말까 망설이고 있는 책들이 몇 권 있다. 리스 대로에 있는 '메종 드 라 프레스Maisons de la Presse'에서 본 피에르 마냥의 『나와 프로방스의 행복한 만남: 은밀한 가이드』, 악트 쉬드 출판사 서점에서 본 페트라르카의 『방투 산 등반기』와 장 지오노의 『프로방스』, 아르모니아 문디 서점에서 본 므탱 아르디티의 소설 『반 고흐의 방』 등이 내 눈앞에 어른거린다. 영락없는 문자중독증 환자의 증상이다.

사르트르는 자신의 자서전 제목을 '말'이라고 붙이고 1부 '읽기'와 2부 '쓰기'로 자신의 인생을 요약하고 있다. 책을 읽는 일은 그 자체로 의미 있는 일이지만 쓰기를 위한 밑거름이 되기도 한다. 나이가 들수록 읽는 일에서 쓰는 일로 무게 중심이 이동해야 정상이다. 인생의 체험과 독서의 내용이 서로 만나고 영향을 주고받으며 하나로 합쳐져 자신의 생각이 만들어지고 그것을 다른 사람에게 전달하고 싶다는 욕구가 강력하게 치밀어오를 때 글을 쓰게 된다. 그러니까 나이 쉰이 된 어떤 남자가 지금 글을 쓰고 있다면 그건 단지 현재의 생각을 쓰고 있는 것이 아니라 지난 50년 동안의 삶의 체험과 책 읽기가 합쳐져 나온 생각을 쓰고 있는 것이다.

아침부터 밖이 소란하다. 매주 수요일 오후 5시에 원형경기장에서 열리는 '카마르그 경주' 행사를 알리는 소리다. 카마르그는 아를에서 멀지 않은 곳에 있는 바다와 육지가 만나는 습지인데 소금을 생산하는 염전이 있고 홍학을 비롯한 수많은 철새가 날아오는 자연의 보고이다. 프랑스 최대의 쌀 생산지이기도 한 카마르그에서는 무엇보다도 투우에 등장하는 검은 소와 아를의 카우보이라고 할 수 있는 기사들이 타는 튼튼한 말들이 자란다. 카마르그 경주는 투우와 달리 소를 흥분시켜 죽이지 않고 소머리의 뿔 사이에 리본을 매달아놓고 소를 피해 도망 다니다가 그 리본을 떼어내는 놀이다. 경주에 참가하는 젊은 남성들이 용기와 재치와 민첩함으로 소를 피해 다니면서 보여주는 갖가지 예상치 못한 장면들이 보는 사람들에게 긴장과 폭소를 자아낸다. 자동차에 달고 다니는 확성기에서는 행진곡 풍의 음악이 나오다가 가끔 "오늘 오후 5시 놓쳐서는 안 될 '카마르그 경주'가 아를 원형경기장에서 열립니다. 많은 분들의 참여를 바랍니다"라는 안내방송을 내보낸다. 프로방스 특유의 억양과 발음으로 목청을 높인 건장한 남자의 목소리다.

어느 한 장소에 오래 있다보면 눈에 보이는 풍물뿐만 아니라 귀에 들리는 소리에도 익숙해진다. 7월 23일 저녁 아를에 도착해서 짐을 풀고 안마당 의자에 앉아서 쉬고 있을 때 똑같은 음악이 일정한 간격을 두고 반복되는 소리가 들렸다. 아마도 근처의 카페나 식당에서 CD를 반복해서 트는 것이 아닐까 하는 생각이 들었다. 아니면 동네의 어느 아파트에 사람들이 모여서 크게 틀어놓은 음악인지도 모른다고 생각했다. 그런데 그게 아니었다. 아를에 도착한 다음 날 원형경기장 앞의 볼테르 거리를 걸어가는데 전날 들었던 멜로디가 들려왔다. 볼테르 광장에 있는 식당 앞에서 네 사람의 남자들이 바이올린, 콘트라베이스, 기타 그리고 남미 민속 관악기를 합주하고 있었다. 그 사중주 악단은 식당 앞에서 민속음악과 〈헝가리안 랩소디〉, 〈무지개 넘어Over the rainbow〉, 냇 킹 콜의 〈모나리자〉, 〈베사메 무초〉 등 세계적으로 알려진 유명한 곡들을 메들리로 엮어 연주하면서 식사하는 사람들의 귀를 즐겁게 하고 혀의 입맛을 돋운다. 약 십오 분 동안의 연주가 끝나니 네 명의 남자 가운데 제일 젊고 민속악기로 멜로디를 연주하던 남자가 헌금 주머니를 들고 식사하는 사람들 사이를 한 바퀴 돈다. 관광객들이 대부분인 식당 손님들은 거의 다 얼마의 동전을 헌금 주머니에 넣는다. 그러고 나서 그 사중주단은 다음 식당으로 연주 장소를 옮긴다. 그리고 똑같은 음악을 반복한다. CD를 틀어놓은 것이 아니라 똑같은 음악을 똑같은 사람들이 똑같은 순서로 연주하고 있었던 것이다. 그동안 한 가지 변화가 있다면 며칠 전부터 전에는 보이지 않았던 아코디언을 연주하는 사람이 한 사람 더 추가되어 사중주단에서 오중주단이 되었다는 점이다.

지금 시각 12시 10분. 점심시간이 시작되었다. 얼마 안 있으면 또 똑같은 음악을 연주하는 소리가 들려올 것이다. 일주일 이상 똑같은 소리를 똑같은 시간대에 듣다보니까 머릿속에 떠오르는 단어가 하나 있다. '수프 장사'라는 말이다. 2003년 여름 루르마랭에서 만난 앙드레 포스티가 한 말이다. 프랑스 문학을 전공한 캐나다 출신의 그녀는 매년 10월 루르마랭에서 열리는 '카뮈 문학제'를 주관하고 있다. '수프 장사'라는 말은 그녀가 『프로방스에서의 일 년』이라는 책을 써서 떼돈을 번 영국인 피터 메일을 두고 한 말이다. 문학적 가치가 전혀 없는 피상적인 프로방스 생활을 글로 써서 매혹적인 제목을 붙여 베스트셀러를 만든 피터 메일은 카뮈를 전공하는 사람의 입장에서 볼 때는 길을 가다가 배가 출출한 사람들이 누구나 손쉽게 사 먹을 수 있는 수프를 만들어서 파는 사람과 같다는 것이다.

진정한 예술가는 지금보다 더 높은 곳과 더 깊은 곳에 도달하려고 자신의 모든 것을 걸고 실험과 모험을 감행하는 사람이다. 반면에 상업적 예술가는 대중의 피상적 구미에 맞는 가벼운 주제를 쉬운 방식으로 접근하여 잘 팔릴 수 있는 상품을 만들어내는 사람이다.

8/11
JEU

아침에 구름

반 고흐가 귀를 자른 이유

고갱은 아를을
프로방스에서
가장 지겨운 도시라고
말했다

2007년 7월, 생-레미-드-프로방스. 생-레미-드-프로방스 박물관 앞 광장의 파라솔 아래 펼쳐진 카페테라스. 점심시간은 이미 지났고 저녁시간은 아직 한참 남은 오후의 한적한 순간이다. 2층에는 올리브색을 칠한 덧문이 열려 있다.

오늘 아침에도 일찍 잠에서 깼다. 5시 30분이었다. 메자닌에서 내려와 아래층 방에서 반 고흐의 편지를 읽다가 다시 잠이 들어서 9시 30분경에 일어났다. 요즈음 아를에서 보내는 내 생활의 많은 부분은 반 고흐와 나누는 소리 없는 대화로 이루어지고 있다. 어젯밤에는 반 고흐가 자신의 왼쪽 귀를 자른 사건이 일어났던 날 무렵에 쓴 편지들을 읽었다.

반 고흐는 아를의 병원에 입원한 지 2주일 만에 퇴원하였다. 당시 담당의사가 동생에게 보내는 반 고흐의 편지에 동봉한 소견서에 따르면 반 고흐의 증상은 일시적으로 지나가는 '과도한 흥분 상태'였다고 한다. 반 고흐 스스로도 동생에게 보낸 편지에서 걱정하지 말라고 말하면서 말끔한 정신으로 사건 이후를 이야기하고 있다. 고흐가 고갱과의 말다툼 끝에 자해를 한 사건을 고흐의 입장에 서서 이해하자면 다음과 같다.

먼저 겨울이 되면서 그림 작업이 가을과 같지 않은 상태였다. 춥고 바람이 부는 상황에서 야외 실경을 그릴 수가 없어 실내에서 작업을 하고 있었는데 만족스럽지 않은 상태였다. 봄, 여름, 가을 동안 건강을 돌보지 않으면서 무리한 작업을 지속하여 몸이 약해져 기운이 많이 떨어졌다. 반 고흐는 심리적으로도 약간 우울한 상태였을 것이다. 게다가 10월에 고갱이 아를에 도착한 이후 생활상에 많은 변화가 일어났다. 우선 고갱의 가구를 마련하는 데 생각보다 돈이 많이 들어가서 돈 걱정을 하게 되었다. 고갱과 고흐는 돈을 쓰는 방식과 규모에서 이견이 있었던 모양이다. 고갱과 함께 그림을 그리는 일이 고독으로부터 벗어나고 서로 자극을 주면서 발전할 수 있는 기회이기도 했지만 두 사람 사이에 차이점이 점점 더 분명해졌다. 게다가 고갱은 아를이라는 도시와 당시 살고 있던 '노란 집'과 고흐에 대해서 점점 실망하고 있었다.

고갱은 아를을 프로방스에서 가장 지겨운 도시라고 말했다. 고갱이 아를에 도착하기 이전 고흐가 동생에게 쓴 편지에서 고갱이 자신과는 달리 파리에서의 성공이라는 야망을 접지 않고 있다고 쓴 적이 있는데, 고갱이 아를에 내려와서 다른 친구들까지 불러서 공동의 아틀리에를 꾸미려는 계획은 고흐의 그것보다 훨씬 더 야심찬 것이고 훨씬 더 많은 재정적 뒷받침을 요구하는 것이었다. 고갱이 아를에 도착한 지 두 달 정도가 경과된 그 무렵 두 사람 사이에 그런 생각의 차이가 분명하게 드러나고 있었던 것이다.

고흐의 입장에서 보자면 그래도 가장 믿었던 친구인 고갱마저도 자신의 생각을 이해하지 못하게 되자 참을 수 없는 감정이 밀려들었을 것이다. 흔히 친구가 많은 사람은 한 친구와 갈등이 생겨도 다른 친구들이 있기 때문에 사태를 잘 극복할 수 있지만 고흐처럼 비사교적인 사람에게는 믿고 기대했던 친구와 갈등이 생기면 그만큼 실망감이 더 클 것이다. 12월 24일 사건 당일 고흐는 화가 난 상태에서 먼저 고갱을 향해 술잔을 던지는 공격적 행위를 감행한 다음 곧바로 자신의 귀를 자르는 자해행위를 했다. 타인에 대한 공격적 감정의 화살표가 계속 밖으로 향하지 않고 자신으로 향했던 것이다. 그 사건은 일시적인 감정의 고양 상태에서 순간적으로 벌어진 일이었다.

8/12
VEN

"그대여, 이 도시를
산책하면서 어떤 건물은
아무 말이 없고 다른 건물은
말을 하고, 흔치 않은
경우이지만 어떤 건물은
노래한다는 것을 알아차리지
못하였는가?"

2010년 7월, 아를. 밀짚모자에 붉은색 꽃무늬가 들어 있는 원피스를 입은 여자가 아를 생-트로핌 성당 회랑 2층의 한 모퉁이를 돌아서고 있다. 왼쪽 돌의자에는 남녀 두 사람이 더위를 피해 앉아 있다. 오른쪽 벽의 스테인드글라스가 있는 유리창 안쪽에는 사진전시회가 열리고 있다.

이제 오늘 밤을 포함해서 사흘 밤만 더 자면 아를을 떠난다. 8월 중순이 다가오니 벌써 아침저녁으로 선선하다. 오늘 새벽에는 자다가 추워서 긴팔 티셔츠를 꺼내 입고 다시 잤다. 이제 며칠 후면 원형경기장이 내려다보이는 아를의 메자닌 공간 속 책상을 떠나 옆집 마당의 나무가 바라보이는 파리의 아파트 책상에서 글을 쓰고 있을 것이다.

사람이 사는 자리를 바꾸면 일단 눈에 보이는 것과 생활이 달라지고 그러다보면 느끼고 생각하는 것도 달라진다. 살아가는 데는 일정한 습관과 규칙도 필요하지만 일상의 권태와 상투성을 벗어나기 위해 장소를 옮길 필요가 있다. 루르마랭을 거쳐 아를에 도착해서 파리에서 머릿속을 채우고 있던 문제를 접어두고 프로방스의 분위기에 젖어 쓰기 시작한 '프로방스 일기'를 마감할 날이 다가오고 있다.

모든 일에는 시작과 끝이 분명해야 한다. 책을 쓰는 일도 마찬가지다. 2002년 이후 오늘에 이르기까지 써놓은 글은 많은데 아직 한 권도 책의 형태로 묶지 못하고 있다. 책을 펴내는 일을 아이를 낳는 일에 비유하자면 현재 나의 처지는 뱃속에 몇 명의 쌍둥이를 지니고 다니는 임신부의 처지와 비슷하다. 2003년 여름 레쟁Leysin과 루르마랭에서 2주일을 보낼 때 쓴 '스위스와 프랑스의 작은 마을 이야기'도 마감하지 못한 채 남아 있다. 이번에 프로방스로 내려올 때도 2002년에서 2004년까지 쓴 '파리 일기'를 다시 읽고 출판사에 넘겨줄 수 있는 완전한 원고로 만들 예정이었는데 그 일은 간데없고 이곳에서 보고 듣고 느끼고 생각한 것들을 적는 '프로방스 일기'를 쓰고 있다. 한 권의 책을 마감하고 또 다른 책을 시작하는 것이 아니라 여러 권의 책을 동시에 쓰다가 새로운 관심이 생기면 또 새로운 책을 쓰기 시작하는 떠다니는 글쓰기를 이제 어느 정도 조절해야 할 때가 되었다.

어제 오후 미란이 점심시간이 훨씬 지났는데도 돌아오지 않아 컴퓨터를 끄고 미란을 찾아 나서려고 하는데 누군가 계단을 올라오는 소리가 들렸다. 미란이었다. 반갑기도 하고 화가 나기도 해서 "아니 1시에 돌아오겠다는 사람이 어떻게 된 거야?"라고 버럭 소리를 질렀다. "발목까지 다쳐서 아직 완전하게 걷지도 못하는 사람이 어딜 그렇게 다녀?"라고 물으니까 말도 말라면서 손사래를 치며 자초지종을 이야기한다. 11시경에 생-트로핌 회랑에 가서 앉아 있다가 오텔 드 빌Hôtel de Ville 거리에 있는 과일가게에서 복숭아와 살구를 사 가지고 돌아오는데 갑자기 현기증이 나서 카페에 한참 동안 앉아서 겨우 정신을 차리고 왔다는 것이다. 발목 부상으로 안 다니다가 오랜만에 나가서 그렇게 된 모양이다. 아무튼 사고 없이 돌아왔으니 다행이다. 그저께 아를 종합병원에 갔을 때 의사가 이제 많이 회복되어서 조금씩 걸어도 아무 문제 없을 것이라고 말했는데 아직 마음 놓고 걸어 다닐 정도는 아닌 모양이다.

이번 여름에 아를에 네번째로 오게 됨으로써 서울, 파리에 이어 아를이 내 인생에서 '제3의 도시'로 자리를 굳혀가고 있다. 단지 보낸 시간만이 아니라 내가 느끼는 친밀감과 친숙함의 정도에서도 그렇다. 아를에서 보내는 시간이 많다고 자연스럽게 아를을 많이 알게 되는 것은 아니다. 아를이 나에게 관심과 호기심을 불러일으키고 말을 걸기 때문에 아를에 대해서 점점 더 많은 것을 알게 되고 그만큼 아를을 깊이 있게 사랑하게 되는 것이다. 아는 만큼 보이고 아는 만큼 사랑하게 된다. 지난 열흘 남짓 동안 아를에서 지내다보니 예전에 다녔던 장소들의 기억이 새롭고, 또 다른 장소를 발견하기도 한다. 아무 생각 없이 발걸음 가는 대로, 마음이 움직이는 대로 이곳저곳을 다니다가, 관심을 끄는 전시회나 유적이 있으면 들어가 보고, 마음에 드는 카페가 있으면 들어가 앉아 지나가는 사람들을 바라보거나, 플라타너스 그늘 아래 앉아 매미 소리를 들으며 가지고 온 책을 읽으며 더위를 피하기도 하면서 하루, 이틀, 사흘, 열흘을 지내다보니 아를 구석구석을 알게 된다.

아를 관광안내소가 지정한 네 개의 발견 코스 책자를 다시 보니까 안 가본 곳이 별로 없다. 반 고흐 코스에 나오는 10개의 장소 가운데 '오래된 풍차'와 '랑글루아Langlois 다리'만 빼고 다 다녔다. 그렇지만 오래된 풍차는 과거에 이미 두 번이나 가보았고 랑글루아 다리도 1980년대 유학 시절 프로방스 지방을 여행할 때 한 번 가본 적이 있다. 둘째로 고대 유적 코스 열두 군데 가운데 열한 군데를 다녔다. 그 가운데 고대 극장, 원형경기장, 알리스캉, 콘스탄티누스 공중목욕탕, 크립토포르티크를 이렇게 다섯 장소는 유네스코 지정 세계문화유산이다. 7월 4일부터 안전 문제로 문을 닫은 로마 시대 지하창고였던 크립토포르티크를 빼놓고는 모두 가본 셈이다. 셋째로 중세 유적 코스는 13개의 장소로 되어 있는데 모두 다 가보았다. 중세 유적 가운데 성서의 내용을 조각으로 표현한 생-트로핌 성당의 로마네스크식 문과 생-트로핌 회랑 역시 유네스코가 지정한 세계문화유산이다. 그러니까 아를에는 고대 유적 5개, 중세 유적 2개 이렇게 모두 7개의 세계문화유산이 있는 셈이다. 마지막으로 르네상스와 고전주의 시기의 유적들이 35개 망라되어 있는데 그 가운데 서너 군데를 빼놓고는 다 다녔다. 성곽으로 둘러싸였던 아를의 중심부를 걸어다니다보면 누구나 다 지나치게 되는 건물들인데 그냥 지나치면 아무것도 아닌 건물들이 관심을 가지고 바라보면 새롭게 느껴진다.

4개의 코스는 각기 다른 색깔의 안내판으로 구별되어 아를의 곳곳에 표시되어 있다. 반 고흐 코스는 노란색, 고대는 푸른색, 중세는 초록색, 르네상스와 고전주의 시대는 붉은색으로 되어 있다. 단지 색깔로만 구별한 것이 아니라 상징이 되는 형상으로도 구별해놓았다. 반 고흐 코스는 반 고흐가 등에 화구를 지고 그림자를 길게 늘이고 걸어가는 모습이고, 고대 코스는 로마 시대의 둥근 돌기둥이고, 중세 코스는 건물 벽에 붙어 물받이로 쓰이는 돌로 만든 동물이고, 르네상스와 고전주의 코스는 날개를 단 천사의 모습이다. 총 70개의 유적 가운데 가보지 않은 몇 개의 장소는 그냥 남겨두고 갈 생각이다. 그래야 아쉬움이 남고 다음번에 또 오게 될 것이다.

그동안 지갑에 넣고 다니던 유적지 입장권을 정리했다. 아를의 유적지는 대개 유료인데 입장권에는 일련번호가 적혀 있다. 내가 받은 원형경기장 입장권에 적힌 번호는 19372번이고, 고대 극장의 번호는 9272번이며 생-트로핌 회랑의 번호는 8675, 8918, 9570번이다. (생-트로핌 회랑에는 세 번이나 갔다.) 그리고 알리스캉의 번호는 3238번이고 콘스탄티누스 목욕탕은 3123번이다. 물론 들어간 날짜에는 열흘 이내의 차이가 있지만 역시 예상대로 원형경기장과 고대 극장의 입장객이 많은 편이고 알리스캉의 입장객은 적은 편이었다. 콘스탄티누스 목욕탕은 공간이 좁고 볼 것도 별로 없지만 시내 중심부에 위치하고 있기 때문에 그래도 그 정도의 관람객이 있는 것 같다.

지난 8월 5일부터 레퓌블리크 거리에 있는 트리니테Trinité 예배당에서는 '아를 사람들'이라는 사진전이 열리고 있다. 오늘 오후 그 전시를 보러 갔는데 전시장 입구에 폴 발레리가 쓴 다음과 같은 구절이 걸려 있었다.

그대여, 이 도시를 산책하면서 어떤 건물은 아무 말이 없고, 다른 건물은 말을 하고, 흔치 않은 경우이지만 어떤 건물은 노래한다는 것을 알아차리지 못하였는가?

발레리의 글을 음미하면서 아를에서 내가 다닌 장소 가운데 나에게 말을 걸고 노래를 불러준 장소들은 어디인가를 자연스럽게 생각해보았다. 아를을 찾는 사람들이 가장 많이 방문하는 장소는 반 고흐가 입원해 있었던 병원을 개조한 에스파스 반 고흐의 정원과 로마 시대에 지은 원형경기장일 것이다. 그 다음에는 포럼 광장의 반 고흐 카페와 로마 시대의 야외극장일 것이다. 그런데 많은 사람들의 관심의 대상이 된 유명한 장소보다는 덜 알려진 조용한 장소가 나에게 말을 건넨다. 로마 시대와 중세 시대의 유적이면서 동시에 반 고흐 코스의 하나인 알리스캉이 그중 하나다. 중심부에서 약간 남동쪽으로 벗어나 있다는 지리적 조건과 묘지라는 이미지가 주는 을씨년스러운 분위기 때문에 비교적 찾는 사람들이 적은 편이다.

알리스캉으로 천천히 걸어 들어가다보면 약간 오른쪽으로 휘어지는 길 양쪽에 석관들과 플라타너스 나무들이 가지런히 줄지어 서 있다. 길의 맨 끝에는 16세기에 지은 성당이 자리하고 있다. 그 성당 앞에는 발굴현장처럼 직사각형으로 가장자리를 두른 움푹 파인 장소가 있다. 그 속에는 크고 작은 돌들이 무질서하게 널려 있는데 가장자리에 내가 알리스캉에 갈 때마다 앉는 평평한 자리가 있다. 그 자리에 앉아서 하늘과 바람에 흔들리는 나무들을 바라보는 것이 나의 큰 즐거움이다.

알리스캉과 더불어 아를에 오면 내가 즐겨 찾는 장소가 또 하나 있다. 생-트로핌 성당의 회랑이다. 회랑은 중세 가톨릭 건축 가운데 빼놓을 수 없는 양식의 하나인데 건물 내부에 사각형의 정원을 만들고 그 주위에 기둥을 세우고 조각상들로 장식한 묵상과 기도의 장소이다. 절에서 탑을 중심으로 돌면서 서원을 하는 것처럼 회랑 주위를 돌면서 복잡한 생각을 정리하고 정신을 맑게 하고 영혼을 정화시킬 수 있다. 생-트로핌 회랑은 2층으로 되어 있다. 계단을 통해 한 층을 더 올라가면 회랑 아랫부분이 보이고 성당의 종탑과 시청의 종탑까지 보이는 푸른 하늘이 나타난다. 회랑의 돌들이 부서져 터지는 여름햇살을 받으면 미소를 띤 '웃는 돌'들이 된다.

내가 아를에서 즐겨 찾는 또 하나의 장소는 레아튀 미술관이다. 미술관에 전시된 작품과 더불어 중세에는 수도원이었던 장소가 만드는 고적한 분위기와 2층 전시장 유리창을 통해 내려다보이는 론 강의 모습이 나의 발길을 이끈다. 바캉스가 끝나고 파리에 올라가 무언가에 쫓기고 지친 마음을 달래고 싶을 때면 나는 그 장소들을 머릿속에 떠올릴 것이다.

2010년 7월, 아를. 길 양쪽에 가로수와 석관묘가 길게 줄지어 늘어서 있는 알리스캉의 여름 풍경이다. 반 고흐와 고갱 두 사람은 1888년 알리스캉의 가을 풍경을 그렸다. 길 끝에 걸어가는 사람이 아주 작게 보인다.

8/13
SAM

찌는 듯한 더위, 맑고 건조함

아를 고대 박물관에서

모든 사람들이 세속의 권력 앞에
무릎을 꿇고 머리를 숙일 때
고개를 들고 진리를 말할 수 있게
하는 힘은 어디에서 나오는가?

2007년 8월, 아를. 론 강가에 세워진 아를 고대 박물관의 푸른색 외벽이 인상적이다. 유도화가 피어 있는 옥상 테라스로 올라가면 아를 전경을 감상할 수 있다.

Musée de

아침에 일어나 면도를 하고 나서 아침식사로 사과 하나와 토스트 한 쪽 그리고 오렌지 주스를 먹고 커피를 마시면서 게으름을 피우다가 오랜만에 라디오를 켰다. 파리에서 듣던, 손에 들어오는 작은 트랜지스터를 켜니 주파수가 이미 맞춰져 있던 대로 '프랑스 퀼튀르' 방송이 나왔다. 알랭 핑켈크로트가 진행하는 '레플리크Réplique'(응수) 시간이 진행되고 있었다. 매주 토요일 아침 짧은 뉴스가 끝난 9시 5분에 시작해서 10시까지 진행되는 이 프로그램은 서로 입장이나 의견을 달리하는 두 사람을 초청해서 한 가지 주제를 놓고 토론하는 시간이다. 오늘은 무슨 이야기를 하고 있나 귀를 기울였더니 러시아 작가 보리스 파스테르나크를 주제로 이야기를 하고 있다. 지난 5월 갈리마르 출판사에서 파스테르나크의 『닥터 지바고』와 자전적 글들이 요즈음 시대에 맞게 다시 번역돼서 한 권의 책으로 묶여 나온 이후 파스테르나크의 삶과 문학에 대한 논의가 새롭게 진행되고 있다. 소련 체제 붕괴 이후 파스테르나크에 대한 새로운 연구들은 공산주의 체제 내부의 문제점과 모순을 밝히는 데 초점을 맞추고 있다.

어느 시대, 어느 체제에서나 시인, 작가, 지식인의 역할은 권력과 이데올로기의 껍데기를 벗기고 인간, 사회, 역사, 우주의 본질과 진실을 추구하는 데 있다. 그러기에 진정한 의미에서의 지식인은 언제나 절대 권력의 감시와 탄압, 박해와 감금의 대상이 된다. 모든 사람들이 세속의 권력 앞에 무릎을 꿇고 머리를 숙일 때 고개를 들고 진리를 말할 수 있게 하는 힘은 어디에서 나오는가? 그것은 세속의 명예와 영광 너머에 있는 초월적 차원의 존재에 대한 믿음에서 나온다. 그 초월적 세계가 꼭 종교적 차원일 필요는 없다. 우리가 사는 이 세상의 현실을 있는 대로 인정하지 않고 지금보다 더 나은 세상이 가능하다는 신념을 가지고 있다면 그것도 초월적 차원이라고 볼 수 있다. 지식인은 자신과 자신이 속한 특수 집단의 사사로운 이해관계를 초월하여 보편적인 가치와 기준을 추구하면서 사회 전체의 입장에서 사고하고 판단하려는 지향성을 가진 사람이다. 그러기에 지식인의 삶은 항상 현실과 긴장관계를 유지하고 때로는 세상과의 불화 때문에 개인적인 수난을 겪기도 한다. 공산주의 사회에서 반체제 지식인은 검열, 수색, 압수, 도청, 미행, 체포, 연금, 구금, 공갈, 협박, 고문, 추방, 숙청의 대상이었다. 파스테르나크뿐만 아니라 널리 알려진 솔제니친, 사하로프, 하벨 등 수많은 반체제 지식인들이 공산정권에 의해 고통을 받았고 고난 속에서도 진리를 증언했다.

중고등학교 시절 서울 퇴계로에 있는 대한극장에서 영화 〈닥터 지바고〉를 보았던 생각이 난다. 그 당시에는 중간고사나 기말고사가 끝나면 흔히 학교에서 주선하여 단체로 영화를 관람했다. 지금 생각해보면 정서 함양이라는 겉으로 드러난 목표와 더불어 시험이 끝난 다음 청소년들이 긴장이 풀어져 일탈행동을 하는 것을 방지하기 위한 장치였던 것 같다. 아무튼 그 덕분에 〈사운드 오브 뮤직〉 〈노트르담의 꼽추〉 〈25시〉 〈초원의 빛〉 〈이유 없는 반항〉 〈자이언트〉 등의 영화를 볼 수 있었다. 나이가 들어 이런 영화들을 텔레비전의 '명화극장'을 통해 다시 볼 기회가 있었지만 청소년기에 느꼈던 생생한 감동을 넘어선 적은 한 번도 없었다. 나이가 들면 철이 드는 대신 감수성이 둔해지기 마련이다. 그런데 2003년 겨울 어느 토요일 저녁 텔레비전에서 〈닥터 지바고〉를 다시 보았을 때 나는 청소년 시기와는 성격이 다른 새로운 감동을 받았다. 똑같은 책이라도 나이 들어 다시 읽으면 새로운 생각과 느낌을 갖게 되듯이 똑같은 영화도 세월이 흐른 다음 다시 보면 다르게 보인다.

지금까지 나를 감동시키는 영화는 중요한 역사적 사건을 배경으로 하면서 인간의 삶과 그들이 모여 사는 사회의 본질이 무엇인가를 추구하는 영화들이었다. 〈닥터 지바고〉도 〈1900년〉 〈우리들의 전성시대〉 등 이탈리아 영화들과 더불어 그런 영화에 속한다. 그 속에는 러시아혁명과 시민전쟁이라는 역사적 배경, 러시아의 광활한 대지, 추위, 눈, 나무, 바람, 늑대 등의 자연적 배경이 병풍처럼 펼쳐진다. 그 배경을 뒤로하고 지바고와 그의 가족, 라라와 그의 남편, 라라의 정부 등이 주요 인물로 등장한다. 영화는 우연과 운명이 교차하면서 빚어지는 만남과 헤어짐, 사랑과 증오의 이야기로 구성된다. 의사이면서 시인인 주인공 지바고는 파스테르나크의 분신이라고 할 수 있다. 영화는 짧은 시간에 많은 것을 느낄 수 있는 장점이 있지만 아무래도 원작을 읽어야 그 깊이를 충분히 느낄 수 있을 것이다. 이번에 갈리마르 출판사에서 새로 번역해 출판된 파스테르나크의 책을 언젠가 한번 꼭 읽어보고 싶다. 문제는 시간이다. 불어가 한글처럼 자유롭지 않아 아직도 책을 읽는 데 많은 시간이 걸리기 때문이다. 책은 서점에 가면 쉽게 살 수 있지만 그 책을 읽을 시간은 돈을 주고 살 수가 없다. 게다가 파리에 온 이후 쓰고 있는 몇 권의 책들을 마감하지 않고 자꾸 관심을 사방팔방으로 벌여놓게 되면 사태는 점점 더 수습하기 어려워질 것이다. 나이 쉰이면 이제 새로운 일을 벌이기보다는 그동안 개인적으로 쌓아온 생각들을 정리하여 누구나 읽을 수 있는 '사회적 자산'으로 만들어가야 하는 시기이다. 인생은 짧은데, 나는 아직 읽고 싶은 책은 많고, 쓰고 싶은 책도 많아서 문제다. 이게 다 욕심일까?

어제 오후에는 아를 시내 중심부에서 조금 떨어진 '아를 고대 박물관'에 갔다. 오후 3시경 집을 나오는데 뜨거운 햇살이 쏟아지고 있었다. 그래서 걸어가려던 생각을 접고 시내버스를 탔다. 아를은 반 고흐의 도시이기 훨씬 이전에 로마의 도시였다. 아를에 오면 그냥 거리를 걷기만 해도 2000년이라는 시간의 흐름이 몸으로 느껴진다. 로마 유적들이 잘 보전되어 있기 때문이다. 아를 거리를 걷다보면 인간의 역사에서 2000년이라는 시간의 흐름이 생각처럼 그렇게 길지 않다는 생각이 든다. 원래 골Gaule이라고 불리던 프로방스 지방이 로마 문명의 중요한 거점 가운데 하나가 된 것은 기원전 46년 줄리어스 시저가 아를을 로마 권력의 관리하에 두면서부터이다. 로마가 '제국의 수도'였다면 아를은 '골 지방의 작은 로마'였다. 아를의 로마 유적 가운데 원형경기장과 고대 극장은 아직 눈에 보이는 형태로 남아 있지만, 지금은 사라져 눈에 보이지 않고 오로지 발굴을 통해서 그 흔적을 확인할 수 있는 대형 건조물이 하나 있다. 영화 〈벤허〉에서 볼 수 있는 전차경기장이 바로 그것이다. 불어로는 '시르크cirque'라고 부르는데 서커스라는 말과 어원이 같은지도 모르겠다. 서기 150년경에 론 강변에 위치한 아를의 광활한 대지 위에 지어져 2만여 명을 수용하던 전차경기장이 이후 어떤 과정을 거쳐 사라졌는지는 확실하지 않다. 다만 경기장이 있던 자리는 지금 개발 금지 구역으로 지정되어 있고 바로 그 자리 옆에 고대 박물관이 새로 들어서 있다.

1995년에 개관한 이 박물관은 아를의 고대 유적을 알리는 관광 표지판의 색깔과 마찬가지로 푸른색으로 되어 있다. 박물관의 외부는 멀리서 보아도 누구나 알 수 있다. 푸른색 아크릴을 소재로 한 박물관의 외벽은 ㄱ자 모양으로 서 있다. 박물관 건물 자체가 마치 대형 설치미술작품같이 보인다. 20세기 현대 건축의 아버지인 르코르뷔지에의 수제자 가운데 한 사람이었던 앙리 시리아니가 설계한 이 현대식 박물관은 몇 가지 점에서 통념을 벗어나 있다. 우선 집은 사각형이어야 한다는 상식을 벗어나 삼각형의 공간으로 되어 있다.

그 삼면 가운데 한 면은 남쪽으로 흐르는 론 강을 끼고 있어서 로마 유물들을 관람하다가 피곤해지거나 지루해지면 빛이 환하게 들어오는 유리창 밖으로 흘러가는 강물을 그저 멍하니 바라보면서 휴식을 취할 수 있다. 군데군데 편히 쉴 수 있는 긴 의자들이 놓여 있다. 삼각형 박물관의 두번째 면은 앞서 말한 고대 전차경기장이 있던 넓은 들판을 바라보고 있다. 푸른색 박물관의 세번째 면은 육지에서 론 강으로 이어지는 운하 쪽을 향하고 있다. 이 운하를 지나면 얼마 가지 않아서 폭풍우가 몰아칠 때 배를 안전하게 정박시킬 수 있는 작은 만이 나오는데 그곳에 있던 다리가 바로 고흐가 그렸던 '랑글루아 다리'이다. 그 다리는 도시계획에 따라 해체되어 아를 바깥의 다른 곳으로 이전되었고, 그 자리에는 철과 콘크리트로 튼튼하게 새로 지은 다리가 놓여 있어 화물 트럭을 비롯하여 수많은 자동차들이 오가고 있다.

이 박물관에 올 때마다 내가 빠뜨리지 않고 들르는 장소가 하나 있다. 옥상 테라스다. 일반 관람객들에게도 개방되어 있는 박물관 옥상의 테라스에 올라서면 1888년 아를에 발걸음을 내딛은 후 새로운 의욕으로 가득 찬 고흐가 아를 주변의 들판을 마치 기관차처럼 걸어 다니면서 그렸던 아를 전경이 한눈에 들어온다. 생-트로핌 성당과 아를 시청의 종탑이 우뚝 솟아 있고 붉은 기와를 얹은 높고 낮은 건물들이 마치 커다란 한 척의 배처럼 물 위에 떠 있는 느낌을 준다. 나는 그곳에서 아를 전경을 하염없이 바라보곤 한다.

박물관 문을 열고 들어가면 아를의 다른 오래된 박물관들과 달리 냉방이 잘 되어 있어 시원한 기운이 느껴진다. 그 확 트인 전시공간에 관람객이 거의 없어서 더욱 시원한 느낌을 준다. 전시가 시작되는 자리에는 사암으로 만들어진 돌사자가 한 마리 앉아 있는데 오랜 세월의 풍파를 겪으며 이곳저곳이 손상되어 더욱 고색창연한 느낌을 준다. 사자의 머리 위 벽에는 프로방스 지방의 언어인 '프로방살'로 시를 써서 1904년 노벨문학상을 받은 아를의 시인 프레데릭 미스트랄이 쓴 다음과 같은 문장이 걸려 있다.

> 오 아를이여, 사자의 도시여! 마치 존경받고 위엄 있는 여왕처럼 론 강변에 그 영광과 그 기념비들이 만드는 그늘 속에 자리를 잡고 있는 아를이여!

아를 고대 박물관은 선사 시대인 기원전 2500년부터 기원후 6세기에 이르는 3000여 년 동안 아를 주변에서 전개된 역사의 흐름을 보여주고 있다. 박물관 건물은 현대식으로 설계되어 있는 반면 내부의 전시물은 고대의 유적들이어서 고대와 현대, 과거와 미래가 서로 대화하고 있다는 느낌을 갖게 한다. 유리를 사용해서 햇빛이 많이 들어오게 만든 현대식 공간에 로마 유물을 전시함으로써 2000년이라는 시간의 흐름을 한 몸에 느끼게 해준다. 어두운 지하에서 발굴

한 유물들을 환한 빛 속에 전시함으로써 어둠을 뚫고 빛을 향하는 인간의 모습을 상징하고 있는 것처럼 느껴지기도 한다. 박물관 관람을 마치고 옥상 테라스에 올라가 프로방스의 푸른 하늘 아래 맑은 공기를 들이마시며 멀리 보이는 아를의 전경을 감상하는 것은 또 하나의 즐거움이다. 비행기 뒷날개를 연상시키는 푸른색 조형물과 연결 다리들은 그 자체가 하나의 조각작품들이고 테라스의 꽃밭에서 자라고 있는 보랏빛 라방드와 붉은 유도화는 콘크리트로 지어진 현대식 건물에 생명을 불어넣어 부드러운 분위기를 만들어준다.

전시장의 한쪽 벽에 걸려 있는 4세기경 아를의 모습을 복원한 지도를 바라보다가 평소에 궁금하던 수수께끼 하나가 풀렸다. 반 고흐의 '노란 집'이 있던 라마르틴 광장에서 강변으로 걸어나가면 로마시대에 돌로 만든 다리가 론 강 위에 걸려 있다. 그런데 다리의 양쪽 끝 부분만 남아 있고 가운데 부분은 사라져버렸다. 그 다리를 볼 때마다 언제 저렇게 부서졌는지가 궁금했는데 이 자료 저 자료를 들여다보아도 사실을 확인할 수 없었다. 그런데 그 다리는 부서진 것이 아니었다. 지도를 보니 그 다리는 선교船橋로 그려져 있다. 그리고 지도 앞에는 다리의 모습이 모형으로 만들어져 있다. 강 양안에 자리 잡은 다리의 기본 구조물 사이에 수많은 배들이 이어져 완전한 다리의 모습을 재현하고 있었다. 그 모형 앞에서 박물관 안내가 진행중이었다. 여름 바캉스 기간 동안 매일 오후 3시에 박물관 소속 안내원이 나와서 소장품을 설명한다는 정보를 읽은 적이 있는데 바로 그 시간이었다. 그래서 박물관 안내원의 설명을 들으면서 다리 전체를 돌로 만들지 않고 중간에 배를 이어서 만든 까닭을 알게 되었다.

그 이유는 론 강의 수량 변화가 심했기 때문이다. 비가 많이 와서 강의 상류로부터 많은 양의 물이 일시에 흘러내리면 다리가 손상되기도 하고 당분간 물에 잠겨 사용이 불가능하게 되었기 때문에 배를 이어 다리를 만들었다는 설명이다. 배로 이어놓은 다리는 물이 불면 부는 대로 줄면 주는 대로 물 위에 떠 있기 때문에 언제나 그 위로 강을 건널 수 있고 혹시 손상되더라도 빠른 시간 안에 다시 복원할 수가 있었다는 것이다. 그리고 아를로 들어서는 그 자리에 다리를 만든 까닭은 지중해를 지나 론 강을 거쳐 내륙으로 들어가는 해적선들을 막고 물건을 싣고 들어가는 배들을 통제하고 세금을 받기 위해서였다고 한다. 로마 시대 다리와 관련된 역사적 수수께끼 하나를 풀면서 역사학자들이 왜 곰팡이 냄새 나는 사료를 뒤적이고, 고고학자들이 왜 그 고생을 하며 발굴 현장에서 일하고 있는지를 조금은 알 수 있을 것 같았다.

긴 갈색 머리에 푸른 눈을 지닌 박물관 소속의 젊은 여성 안내원을 따라다니다보니까 혼자 유물들을 보면서 설명판을 대충 읽고 다니는 것보다 짧은 시간에 많은 것을 알 수 있었다. 고대 극장 발굴 현장에서 따로따로 발견된 아우구스트 대제 석상의 몸통과 얼굴상이 하나로 합쳐지는 이야기와 원형경기장에서 동물과 싸우던 글래디에이터의 유형에 대한 설명이 재미있었다. 올리브, 포도 등을 경작하고 수렵과 목축을 하던 당시의 경제생활, 수로를 만들어 물을 끌어오고 소규모 수력발전소를 만들어 물레방아를 돌려 제분을 하던 이야기, 바다와 강을 이용한 상업의 발달, 집 안에서 쓰던 그릇들에 반영된 일상생활의 단면 등을 통해 로마 지배 당시 아를 사람들의 생활상을 엿볼 수 있었다.

그런데 아를 고대 박물관이 무엇보다도 자랑하는 대표적 소장품은 당시 대부호들의 집 안 바닥에 설치했던 다양한 무늬의 타일 모자이크와 석관묘이다. 먼저 타일 모자이크의 경우 연회가 이루어지는 장소에는 술의 신인 디오니소스의 모습이 그려져 있고, 침실 바닥에는 오르페가 하프를 연주하는 장면이 그려져 있다. 박물관 출구 쪽에 길게 늘어선 고관대작들의 시신이 들어가 있던 석관들의 외벽과 뚜껑 위에는 다양한 모양의 부조들이 붙어 있다. 이 석관들은 기독교 전파 이전 시기에서 기독교를 받아들이는 전환기에 만들어졌기 때문에 그것을 장식하는 부조들에는 고대 로마의 다신교 신앙인 파가니즘의 모티프들과 기독교적 모티프들이 공존하고 있다. 그러다가 시간이 지날수록 성서의 주제들이 점차 지배하게 되는 과정이 재미있었다. 종교는 무엇보다도 삶과 죽음의 순간에 의미를 부여하고 예식화한다.

그런 생각을 하고 있는데 어느 석관에 붙어 있는 부조 가운데 얼굴이 떨어져나간 사람의 모습이 보였다. 누군가를 내려치는 모습을 하고 있는 것을 보니 당시 지배층에 속하는 사람인가보다. 아마도 지배층에 대해 반감을 갖고 있던 노예나 평민 들이 쇠붙이로 얼굴을 쳐서 부숴버린 모양이다. 물론 운반을 하거나 아이들이 우연히 던진 돌에 맞아 그렇게 되었을 수도 있지만, 왜 다른 부분이 아니라 누군가를 때리는 사람의 머리만 없어져버렸는가를 생각하다보면 그런 짐작도 가능하다.

아를 고대 박물관의 상설전시장을 나와서 출입구 로비에 만들어놓은 휴식 공간에 앉아 밖을 내다보며 쉬고 있었다. 그때 로비 왼쪽에 위치한 특별전시실 입구에 쓰인 '자화상'이라는 글씨가 눈에 들어왔다. 1941년 프랑스 태생인 베르나르 브네Bernar Venet의 사진전이 열리고 있었다. 내가 파리에 와서 관심을 가지고 있는 주제의 하나가 자화상, 자서전 등 인간이 자기 자신을 어떻게 바라보고 해석하느냐의 문제이다. 모든 사람은 누구나 다 자기 자신에 대한 생각을 가지고 산다. 긍정적이든 부정적이든, 분명하든 희미하든, 나는 누구이며 어떤 사람인가라는 질문과 그에 대한 대답을 가지고 있다.

인간은 그런 자기에 대한 생각을 바탕으로 자기 밖의 세상과 대면하고 상호작용을 하며 삶을 살아간다.

예술가와 지식인과 종교인은 다른 사람들보다 더 많이 자신에 대해서 생각하며 살아가는 사람들이다. 세상을 해석하고, 표현하고, 판단하기 위해서는 세상을 바라보고 살아가고 있는 자기 자신을 먼저 들여다보아야 하기 때문이다. 늘 자기를 들여다보고 세상을 바라보는 눈을 새롭게 하지 않으면 똑같은 현상이 반복되고 세상은 정체되어 보인다. 현재 상태에 머무르지 않고 자연을 더욱 깊숙이 느끼고, 역사를 새롭게 해석하고, 신에게 더욱 가까이 가려면 세상을 바라보는 자신의 눈을 먼저 새롭게 하지 않으면 안 된다. 그래서 예술가와 지식인과 종교인은 늘 자기를 바라보기 위해 보이지 않는 거울을 마음속에 가지고 다니는 사람이다.

반 고흐도 수많은 자화상을 그렸다. 파리를 떠나 아를로 오기 전 몽마르트르Montmartre에서 그린 자화상은 새로운 곳에 가서 새로운 그림을 그리겠다는 결의에 차 있다. 반면에 아를에서 귀를 자르고 머리에 붕대를 감은 채 그린 자화상은 우수와 비애를 진하게 풍긴다. 이번에 아를에 와서 반 고흐의 자화상을 다시 보면서 어쩌면 윤동주가 「자화상」이라는 시를 쓸 때 반 고흐의 자화상을 보았는지도 모르겠다는 생각이 머릿속을 스쳐 지나갔다. 갑작스레 든 생각이 아니라 반 고흐가 동생에게 보낸 편지들을 읽으면서 그런 직감을 갖게 되었는지도 모른다. 한 사나이가 가만히 우물가를 찾아가 그 안을 들여다보면 그 안에 하늘과 구름과 바람이 있고 자신의 얼굴이 보인다. 자신의 얼굴이 싫어서 우물가를 떠나가다가 생각해보니 갑자기 그 사나이가 불쌍하다는 생각이 들어 다시 찾아가 그 사나이의 얼굴을 보게 된다는 윤동주의 시는 마치 윤동주가 반 고흐가 되어서 쓴 시 같기도 하고 반 고흐의 자화상을 시로 옮겨놓은 것처럼 느껴지기도 한다. 나의 직감이 틀렸을 수도 있다. 그러나 윤동주와 반 고흐 두 사나이는 모두 진실된 삶을 추구하다가 젊은 나이에 세상을 떠난 순수한 영혼이라는 점에서 서로 만난다. 이런 생각을 하면서 전시장 안으로 들어갔다.

그런데 이게 웬일인가? 사진전은 나의 예상을 완전히 빗나갔다. 베르나르 브네는 1960년대 말 자신의 자화상을 그리는 일에 관심을 가졌다. 그런데 그는 자신이 자신에 대한 생각을 표현하는 '주관적 자화상'이 아니라 대학병원에서 사용하는 다양한 촬영장치를 사용하여 '객관적 자화상'을 만들고자 했다. 그는 자화상에 대해 다음과 같이 말한다.

> 렘브란트에서 베이컨에 이르기까지 자화상의 전통은 다양하고 독창적인 작품들로 풍요롭다. 나도 젊은 시절에는 그런 전통 안에서 작업을 했다. 그러나 1968년 이후 나는 그런 전통을 더 이상 따르지 않게 되었다. 나는 '내가 누구인가'라는 질문을 벗어나 '나는 무엇인가'라

는 질문을 던지게 되었다.

이후 브네는 뉴욕에서 의과대학 교수들을 찾아다니며 최신 의료 검사 장비를 사용해서 자신의 몸에 대해 가장 완전한 분석을 받았다. 그런 과정에서 이미지화된 자료들이 그의 '과학적이고 객관적인 자화상'을 구성한다. 전시장에는 2차원의 엑스레이 사진을 넘어서 초음파나 MRA로 찍은 3차원의 이미지들이 동영상으로 전시되고 있다. 최첨단 의학기기를 동원해 자신의 몸속을 투명하게 비추어 보여줌으로써 스스로 생각하는 나 자신과는 아무 관계 없이 그냥 거기에 객관적으로 존재하는 객관적 물체로서의 자신의 몸을 재구성해 보여주는 것이다. 브네의 자화상은 '나는 무엇인가'라는 질문을 넘어서 '인간이란 무엇인가'에 대한 합리적이고 객관적인 답이 될 수 있다. 전시장을 한 바퀴 돌고 나오니 입구에 걸린 폴 발레리의 문장이 뜻하는 바가 새롭게 다가왔다.

우리는 하루하루를 살아가면서 삶이 지속되기 위해 심장과 간과 수많은 미로와 튜브와 줄과 여과기가 필요하다는 것을 의식하지 못한다. 그런데 사실은 그것들이 있음으로 해서 수많은 교환이 이루어지고 질서가 만들어지고 모든 형태의 에너지가 만들어진다. 원자에서 세포까지, 세포에서 눈에 보이고 만질 수 있는 몸의 구성요소들에 이르기까지 여러 차원에서 보이지 않는 일들이 벌어지고 있다.

아마도 브네가 전시회의 주제에 맞추어 선택한 듯한 발레리의 이 문장은 우리들의 주관성과는 무관하게 객관적 세계가 존재하고 있음을 극명하게 보여준다.

나를 포함하여 대부분의 사람들이 예술은 어디까지나 주관성의 표현이라고 생각한다. 그런데 브네는 주관성을 배제한 객관적 자화상을 추구함으로써 그의 작품을 보러 들어온 사람들의 뒤통수를 때린다. 소크라테스가 "너 자신을 알라"고 말한 이후 철학의 역사는 주관과 객관 사이의 관계를 탐구해왔지만 그 둘 사이의 관계는 그렇게 단순하지 않다. 브네는 주관성을 배제하고 객관적 자화상을 추구하고 있지만 내가 볼 때 주관성과 객관성의 세계는 생각처럼 그렇게 분명하게 분리되는 두 개의 세계가 아니다. 그러므로 문제는 주관성과 객관성 양자 가운데 하나를 선택하는 데 있지 않고 그 둘 사이의 관계를 따져보는 데 있다.

가스통 바슐라르와 조르주 캉길렘 같은 프랑스 과학철학의 전통을 따르는 현대의 수많은 과학사가들이나 과학사회학자들은 객관적이고 합리적인 과학기술의 인식체계 안에도 그 시대의 가치관과 규범과 제도적 장치들이 작용하고 있음을 보여주고 있다. 반면에 자크 라캉의 구조주의 정신분석학은 주관적 무의식의 세계를 다루는 정신분석학의 발전도 객관성의 추구 없이는 진전될 수 없음을 보여준다.

브네가 자신의 의도와 무관한 객관적 자화상을 추구한다고 해서 주관성의 세계가 사라지는 것은 아니다. 그는 자신의 주관성을 괄호 안에 넣고 있을 뿐이고 언젠가 그 괄호는 다시 풀어질 것이다. 브네의 사진 철학은 아마도 1968년 이후 프랑스 지성계를 풍미한 구조주의의 틀 속에 갇혀 있는 듯이 보인다. 사르트르의 실존주의는 주체의 선택 능력을 강조했지만 레비스트로스로 대표되는 구조주의는 '주체의 죽음'을 선포했다. 그러나 세월은 흘러 이제 구조주의의 물결은 지나갔고 구조와 주체의 관계는 새롭게 논의되고 있다.

사회학자 피에르 부르디외가 세상을 뜨기 전에 마지막으로 남긴 저서 『자기분석을 위한 소묘』는 일종의 '사회학적 자화상'이라고 할 수 있는데 그는 자신의 개인적 주관성을 객관적 사회 분석을 통해 설명하고 있다. 한 인간의 삶은 그가 속한 사회의 구조와 역사에 의해 영향을 받고, 보다 구체적으로는 가족과 학교와 텔레비전과 인터넷 등의 매체에 의해 직접적인 영향을 받는다. 그리고 더 구체적으로 말하자면 그가 속한 사회적 장場의 논리에 의해 영향을 받는다. 인간은 누구라도 바깥에서 가해지는 영향력 속에서 만들어진다. 그런 뜻에서 정신분석학자 퐁탈리스의 말대로 "우리는 수천 명의 사람으로 이루어져 있다". 그런데 인간은 물을 부으면 그대로 받아들이는 물병이 아니다. 아니, 물병도 자신의 모양대로 물을 보관하지 않는가. 인간은 태어나면서부터 특히 자아가 형성되는 청소년기부터는 바깥 세계와 대면하여 자신의 모습을 만들어나가는 창조적 존재다. 그렇게 해서 주관성의 세계가 만들어진다. 그러나 개인은 타인과 상호작용하면서 타인의 입장에 서보게 마련이다. 주관성의 세계만으로는 상호작용이 지속될 수 없기 때문이다. 그래서 주관성은 상호주관성이 된다. 개인들이 모여서 이루는 사회는 상호주관성의 세계이다. 내가 생각하는 나와 타인이 생각하는 나 사이의 상호작용이 이루어지는 삶의 장소가 사회이다. 그런데 내가 나를 생각하여 그린 나의 '자화상'과 타인이 나를 관찰하여 그린 '초상화' 사이의 간격이 오해와 불신과 긴장과 갈등을 자아낸다. 그것은 인간 사회의 피할 수 없는 측면이다. 서로가 서로를 넓은 마음으로 이해하려는 노력, 차이를 차이로 받아들이는 아량이 살아 있을 때는 평화가 있지만 그것들이 약해지고 없어지면 다툼과 전쟁이 일어나게 된다.

앞에 인용한 폴 발레리의 문장은 그가 외과의사들 앞에서 한 연설의 한 부분이다. 그가 그 연설에서 전체적으로 무슨 이야기를 했는지 궁금하다. 내가 생각하기에 의사는 환자의 병을 객관적으로 분석하면서도 환자 개인의 주관성을 존중하는 태도를 보여야 한다. 전문가적 객관성과 인간적 자세를 동시에 갖추고 환자와 상호작용할 줄 하는 의사가 이상적인 의사의 모습일 것이다. 브네는 발레리의 글에서 객관성을 강조한 부분만 인용해놓았지만 과연 발레리는 이런 전반적 문제들에 대해서 어떤 이야기를 했을지 자못 궁금하다.

박물관 입구에는 이 장소가 과거 로마 시대에 전차경기장이었다는 사실을 환기하는 철제 조형물이 놓여 있다. 녹이 벌겋게 슨 철제의 원들이 겹쳐진 모습은 이두마차 또는 사두마차의 바퀴를 연상시킨다. 처음에는 그 조형물이 상설로 전시되고 있는 작품인 줄 알았다. 그런데 나중에 박물관 큐레이터에게 물어보니까 그것도 브네의 작품인데 사진전 기간 동안 박물관 입구 마당에 전시했다가 거두어 갈 예정이라고 한다. 브네는 회화에서 시작하여 조각을 거쳐 사진 작업과 비디오 작업까지 하는 종합 예술가라고 한다. 기회가 되면 그에 대해서 좀 더 알아보아야겠다.

박물관에 들어온 지 벌써 두 시간이 지났고 오늘 일용할 문화적 양식은 다 마련하고도 남았지만 아직 바깥은 햇볕이 작열하는 찌는 듯한 더위 속이라 내친김에 박물관 2층의 특별전시실로 올라갔다. 커다란 유리창을 통해 멀리 아를 중심부의 모습이 한눈에 들어온다. 전시장에는 질 샤이예Gilles Chaillet가 만화로 그린 로마 전도全圖를 비롯해서 그가 재구성한 4세기 무렵 로마 도시 공간의 모습들이 전시되어 있다. 전시회의 제목은 '로마에서 아를까지'다. 아를을 애칭으로 '프랑스의 작은 로마'라고도 부르는데 로마를 보면 아를이 보이고 아름을 알면 로마가 더 잘 보인다고 한다.

1946년생인 질 샤이예는 요리와 재즈와 로마의 역사에 매료된 사람이다. 그는 여덟 살 무렵에 '탱탱Tintin'이라는 주인공이 세계 곳곳을 돌아다니며 모험을 하는 만화책에 빠져들면서 자신도 크면 만화가가 되겠다는 꿈을 꾸었는데 그의 아버지가 "너도 커서 '탱탱'과 같은 만화 속 캐릭터 인물을 창조하라"고 격려했다고 한다. 그는 아홉 살 때부터 색연필로 로마의 역사적 건축물들을 그리기 시작했다. 그러다가 중학교에 입학해서 라틴어와 로마의 역사를 공부하기 시작하면서 로마 전체의 모습을 한 장의 종이 위에 그리고 싶어졌다고 한다. 그래서 열네 살에는 조야한 수준이지만 로마 지도를 처음 그렸다. 박물관에서 본 로마 시내의 모형이 그 지도 그림을 그리게 한 직접적인 자극이 되었다고 한다.

스물두 살 때 그는 두번째 로마 지도를 그렸다. 성인이 되면서 여러 번에 걸쳐 로마 여행을 하게 되었고 수백 개에 이르는 로마의 기념비적 건축물들에 대한 자료를 수집하여 상자 속에 정리하면서 새로운 사실들을 계속 추가해나갔다. 그는 로마의 유적들이 남아 있는 장소들을 걷고 또 걸었고, 로마에 대한 고고학 논문들과 책을 읽고 또 읽었다. 그의 로마 그림은 고고학과 역사학 연구를 바탕으로 하면서 아직 연구가 이루어지지 않은 지역은 상상력으로 채워 넣은 오랜 작업의 결과다. 그는 역사적 건축학적 상상력을 동원해 계속해서 머릿속에 건물들을 지어나갔다. 그리고 그것을 종이 위에 옮겼다.

경기가 진행중인 전차경기장의 모습, 콜로세움, 포럼, 신전, 궁전, 개선문, 극장, 공중목욕탕, 다리, 성벽 등 대표적인 건축물을 그리고 나머지 부분에 보통 건물들을 하나하나 그려나갔다. 그의 로마 전도를 보면 강이 남북으로 흐르고 있는데 원형경기장 2개, 전차경기장이 5개, 반원형 극장이 4개나 보인다. 그렇게 해서 결국 10년 만에 하나의 종이 위에 로마 전도를 완성했다. 한 장의 큰 종이 위에 1만 5천 개의 건물을 그려 넣다니! 보통 사람 같으면 상상도 할 수 없는 엄청난 일이다. 그가 이 지도를 완성하는 데 1만 시간 정도가 걸렸다고 한다. 그렇다고 그가 이 지도를 돈이나 명예 등 어떤 구체적 보상을 얻기 위해서 그린 것은 아니다. 그는 그냥 어린 시절 품었던 자신의 꿈을 실현하기 위해서 그린 것이라고 말한다.

전시장 한쪽에 설치된 두 대의 비디오 화면에는 그의 만화 작업을 소개하는 십오 분짜리 다큐멘터리 영화가 돌아가고 있다. 처음에는 아무도 그의 작업에 관심을 보이지 않았다. 그래도 그는 자기가 하고 싶은 대로 계속해서 그림을 그렸다. 그래서 결국에는 일반 독자는 물론 고고학자, 역사학자 등 로마 시대를 연구하는 사람들도 그의 만화 작업을 인정하고 좋아하게 되었다. 1970년대 이후 로마의 지하 공간에 대한 고고학적 발굴 작업이 대대적으로 진행되면서 과거 로마의 본래 모습이 점점 정확하게 밝혀지고 있다. 하지만 지금까지 밝혀진 고대 로마의 모습은 10%밖에 안 된다고 한다. 그러니까 그의 로마 지도는 기존의 연구 결과를 엄격하게 고려하면서 나머지 알려지지 않은 부분을 자유로운 상상력으로 채워나가는 작업이다. 그렇게 만들어진 그의 로마 지도는 이제 거꾸로 발굴현장의 고고학자들에게 영감의 원천이 되고 있다. 로마를 여러 구역으로 나누고 그 안의 개별 건물들 하나하나에 세심한 배려를 기울이면서 로마 전체의 모습을 한 장의 큰 종이 위에 배치하는 데 들어갔을 그 엄청난 인내심 앞에 고개가 숙여진다. 옛 로마의 모습을 종이 위에 완성하겠다는 집념으로 계속한 그의 작업은 거의 종교적 추구와 같은 수준으로 여겨진다.

어느 날 저자 사인회에서 만난 한 독자가 "앞으로 고고학적 발굴이 계속되면 당신의 로마 지도와 로마 그림책은 무효가 되지 않겠느냐"고 그에게 말했다. 그에 대해 그는 발굴이 되는 과정에 따라 그의 그림도 계속해서 달라질 것이라고 대답했다. 화면 속에서 그는 웃으면서 매년 개정판을 내게 되면 출판사도 좋아할 것이라고 말한다. 그러나 아무리 고고학 발굴이 많은 부분을 밝혀낸다 할지라도 2000년 전 로마의 모습을 다 알아낼 수는 없을 것이다. 그래서 분명하게 밝혀지지 않은 부분은 여전히 상상력으로 채울 수밖에 없을 것이다. 질 샤이예는 자신의 로마 그림이 '재구성'이 아니라 '환기'일 뿐이라고 겸손하게 표현한다. 그는 로마에 관심을 갖는 사람들에게 로마의 과거 모습이 어떠했는지 떠올리도록 도와주는 일이 자신의 임무라고 생각한다. 이제 독자들은 그의 로마 그림을 통해 1600년 전의 시간 속으로 상상의 여행을 떠날 수 있게 되었다. 그의 세심한 선을 통해 완성된 로마 지도를 보고 있자면 눈앞에 전차 경기를 하는 장면이 떠오르고 시장의 웅성거리는 소리가 들리는 것 같다.

멀리 아를 시내의 모습을 보여주는 창가에는 그가 그린 로마를 배경으로 한 만화책들과 로마의 유적지를 글과 함께 설명하는 그림책이 놓여 있는데 2004년에 나온 '마지막 예언자'라는 제목의 만화책을 여니 맨 앞 장에 소설가 발자크의 문장이 인용되어 있다.

> 세상에는 두 가지 역사가 있다. 거짓말로 가득 찬 공식적 역사와 모든 사건의 진정한 이유가 들어 있는 비사秘史가 그것이다.

그런데 전시장에서 다큐멘터리를 보면서 질 샤이예의 로마 지도가 만들어지는 과정의 비사를 하나 발견하게 되었다. 다름 아니라 그의 로마 그림에서 채색은 그가 직접 하지 않고, 그의 부인이 작업했다는 사실이다. 결국 그의 로마 지도는 한 사람의 작품이 아니라 두 사람의 공동 작품이었던 것이다. 그러나 두 사람이 언제 어떻게 만나 공동 작업을 하게 되었는지는 알 수 없는 비사에 속한다. 박물관에서 나오니 하늘이 푸르고 공기는 건조하게 맑았다. 천천히 론 강을 건너 리스 대로로 나왔다. 그곳에서 월슨 카페 테라스에 한참 앉아 있었다.

프로방스의 향기

● 농업사회에서 산업사회를 거쳐 정보사회로 이전하면서 시각과 청각이 지나치게 강조되고 있다. 휴대폰이나 인터넷 속에는 이미지와 소리만 있고 향기는 없다. 흔히 후각이나 미각보다는 시각과 청각이 고급의 감각이라고 말하지만 인간의 기억력은 후각과 미각 같은 원초적 감각에 더 예민하게 반응한다. 특정한 장소의 기억은 많은 경우 풍경으로 남아 있지만 더 깊숙한 곳에는 향기로 저장되어 있다. 프로방스가 그렇다. 프로방스는 자기만의 향기를 가지고 있다. 라방드는 프로방스의 향기를 상징하는 식물이다. 여름날 저녁 아직도 환한 프로방스의 들판 사이에 난 길을 걸어갈 때 은은하게 퍼지는 라방드 향기…… 들판에 펼쳐진 라방드 꽃을 따서 두 손바닥 사이에 넣고 비벼보면 그 향기는 며칠 동안 나를 따라다닌다. 라방드는 비누 속에, 화장품 속에, 소르베 아이스크림 속에 들어 있기도 하다. 라방드를 넣은 레이스 달린 흰색 면주머니를 침대맡에 놓아두면 잠이 잘 오고 장롱 속에 넣어두면 옷을 꺼내 입을 때마다 기분이 좋아진다.

프로방스의 산과 들에는 백리향, 로즈마리, 박하, 마요라나, 차조기 등 향기 나는 풀이 풍성하다. 햇빛이 잘 비치는 프로방스의 풀밭 언덕에서 피크닉을 하면 풀향기가 가득하다. 그 향초들은 음식 속에 들어가 미각을 촉진한다. 프로방스 사람들은 어떤 향초가 어떤 음식에 어울리는가를 경험을 통해 알고 있다. 그들은 여러 향초를 섞어 쓰지 않고 한 가지 음식에 한 가지 향초만 넣는다. 그렇지만 기념품 가게나 식품점에서 파는 붉은 라벨이 붙은 프로방스 공인 향초에는 여러 향초들이 배합되어 있다. 음식에도 궁합이 있다면 토마토와 박하, 생선과 회향, 닭고기와 타라곤, 양고기와 로즈마리, 토끼 고기와 백리향, 치즈와 차조기가 서로 짝을 이룬다. 일찍 저녁식사를 마치고 아를의 원형경기장 앞을 지나 골목길로 들어서면 집집마다 저녁식사를 준비하는 냄새가 난다. 프로방스의 햇빛을 받고 자란 싱싱한 향초들이 들어간 음식 냄새가 바람에 섞여 골목길을 편안하게 가득 채운다. 유리창의 흰색 커튼 뒤로는 하루 일과가 끝나고 저녁 식탁에 모여 앉은 가족들의 모습이 어렴풋이 보인다. 저녁식사가 끝나면 서서히 밤이 내리기 시작할 것이다.●

8/14
DIM

맑은 하늘, 바람 거의 없음

프로방스의 산과 예술가의 수입원

"프로방스의
자유로움, 신선함, 고요함, 장엄함이
갑자기 나를 불렀다"

2007년 8월, 몽마주르. 아를에서 조금 떨어진 몽마주르 수도원 마당 한구석의 돌난간에서 한 남자가 책을 읽고 있다. 돌난간 아래로는 멀리까지 넓은 평야가 펼쳐져 있다.

아를에서는 쏟아지는 햇빛 때문에 아침에 늦게 일어나는 것이 불가능하다. 특히 내가 자는 메자닌에는 실내를 밝게 하기 위해서 천장에 만들어놓은 유리창 때문에 아침햇살이 다른 곳보다 일찍 찾아온다. 오늘 오전에는 아를의 전망대 격인 마조르 성당의 모습이 보이는 창문 쪽으로 책상을 틀어놓고 앉아 프로방스 일기를 썼다. 오후에는 미란과 함께 에스파스 반 고흐에 가서 사진전을 보았다. 매년 여름 열리는 아를 국제 사진 축제에 포함된 전시 프로그램의 하나다. 두 개의 전시실 가운데 왼쪽 전시실에는 개들이 전속력으로 달리는 모습을 담은 사진들이 전시되어 있는데, 작가의 설명문을 읽어보니 자동차를 타고 버려진 동네를 지나가는데 개들이 따라와서 그 순간 카메라를 꺼내 들고 찍은 장면들이라고 한다. 자동차라는 문명의 상징과 기를 쓰고 쫓아오는 거의 늑대처럼 보이는 개의 야성이 대조를 이룬다. 오른쪽 전시실에는 1960년대 초 컬러사진이 아직 예술사진으로 인정받지 못할 때 일상의 작은 장면들을 회화적으로 찍은 덴마크 사진작가의 작품이 전시되고 있었다. 그의 작품을 보면서 모든 사진작품은 무엇을 어떻게 찍을 것인가라는 질문에 대한 작가 개개인의 고유한 답이라는 생각이 들었다.

사진전을 보고 나오자 미란은 친구들에게 줄 선물을 사러 가자고 한다. 미란은 물건을 선택할 때 언제나 나의 의견을 묻는다. 에스파스 반 고흐에 있는 선물가게에서 반 고흐를 주제로 하는 선물을 사려고 갔는데 대부분의 기념품들이 파리 오르세 박물관에서 온 것들이었고 아를 고유의 제품이 없었다. 그래서 레퓌블리크 거리 쪽에 있는 실내 장식 제품을 파는 상점으로 갔다. 지난번에 그곳을 지나가다가 연꽃무늬가 그려진 함석통을 본 적이 있다. 그곳에서 말린 라방드 꽃이 들어 있는 흰색 주머니를 몇 개 샀다. 흰색의 순면 천 바탕에 보라색 실로 라방드 꽃 모양을 수놓은 것이다. 그 속에 진짜 라방드가 들어 있다. 그 주머니를 침대의 베개 머리맡에 놓고 잠자리에 들면 프로방스의 향기를 맡으며 꿈의 나라로 들어갈 수 있을 것이다. 라방드 향기가 나는 보라색 마르세유 천연 비누도 몇 개 샀다. 그리고 프로방스의 상징인 매미 모양이 들어간 연두색의 작은 그릇도 샀다. 선물가게를 나오자마자 시청 앞 광장 노점에서 시원한 느낌을 주는 밀짚 가방을 파는 것이 보였다. 임시 가판대 위의 진한 분홍색 밀짚 가방이 눈에 띄어서 미란이 이번 여름 동안 들고 다닐 용도로 하나 샀다.

포럼 광장을 지나 악트 쉬드 출판사 옆에 있는 '살짝 엿보기'라는 뜻의 앙트르뷔 카페에 가서 자리를 잡고 앉았다. 커피를 마시다가 악트 쉬드 출판사에서 직영하는 서점에 가서 지난번에 눈독 들였던 『나무를 심은 사람』의 저자인 장 지오노가 쓴 『프로방스』와 페트라르카가 지은 『방투 산 등정』을 사서 카페에 앉아 읽기 시작했다. 강바람을 맞으며 책을 읽다가 구름이 흘러가는 론 강 위의 하늘을 바라보는 기분이 상쾌했다. 지오노의 책 목차를 들여다보니 '라방드'라는 제목의 짧은 글이 들어 있다. 조금 전에 산 라방드 주머니와 라방드 비누를 떠올리면서 그 글을 읽기 시작했다.

라방드는 프로방스의 영혼이다. 해가 지는 저녁 아무도 찾지 않는 산 속의 벌판에 지천으로 피어 있는 보랏빛 꽃과 그 향기. 연기처럼 솟아오르는 그 향기가 바람에 실려 날아와 고독한 나의 영혼을 적실 때 라방드의 영혼과 나의 영혼은 하나가 된다. 그러면 나의 영혼은 멀리멀리 날아다니며 우주의 혼과 만난다. 프로방스의 자유로움, 신선함, 고요함, 장엄함이 갑자기 나를 부르며 가까이 다가와 온몸에 생기를 불러일으킨다.

내가 책을 읽고 있는 동안 미란은 앞자리에 앉은 부부의 서너 살쯤 난 귀여운 두 여자아이들을 바라보고 있다. 여자아이들이 우리가 앉은 테이블 주위를 오고 가니까 아버지가 다른 사람들을 방해하지 말라고 주의를 주다가 자기 딸들을 귀엽다는 듯이 바라보는 미란에게 “아이들을 좋아하시나보지요?”라고 말을 붙인다. 미란이 딸들의 이름을 물어보니까 ‘플뢰르’와 ‘앙젤’이라고 한다. 꽃과 천사라는 뜻이다. 미란과 아이들의 아버지가 이야기하는 것을 듣다가 나도 함께 이야기를 나누게 되었다. 그의 이름은 프랑수아 트롱이며 아를에서 살면서 카마르그 평야와 크로creau 평야 사이에 있는 습지와 계곡을 보호하는 운동을 하고 있다고 한다. 나도 한국에서 환경운동을 했다고 하니까 지역 환경운동의 현황을 한참 동안 설명한다. 원래 알프스 지역 출신인데 아를이 좋아 이곳에 와서 살고 있다고 한다. 그와 한참 이야기하다보니 7년 전 박영신 교수 부부와 아를 개신교회에서 만났던 영국인 목사 피터 헤스가 만든 기독교환경단체에서 일하고 있다고 한다. 세상은 참 좁고 우연도 많다. 다음번에 다시 아를에 오면 이곳 프로방스의 자연과 더욱 친숙해질 수 있는 장소를 안내해주겠다고 한다. 내가 바다보다 산을 좋아한다고 하자 알피유 산의 정상인 오피Opie에 올라가보면 프로방스가 다르게 보일 거라고 말한다. 햇빛에 헐벗은 회색빛 바위가 듬성듬성 드러나 있고 큰 나무는 거의 없으며 바람과 햇빛에도 불구하고 살아가는 법을 터득한 키 작은 나무들로 덮여 있는 알피유 산의 정상은 500미터가 채 안 되는 493미터에 불과하지만 그곳에 올라 느끼는 기분은 어디에도 비길 데가 없다고 한다. 다음에 오면 꼭 연락하기로 하고 주소를 교환했다.

그와 그의 딸들과 헤어져 집에 돌아와 저녁식사를 마치고 내가 머무르고 있는 아파트의 메자닌 창문에서 바라보이는 마조르 성당 앞으로 산책을 나갔다. 약간 언덕진 그곳에서는 아를 북쪽에 위치한 산들이 석양을 받으며 가지런히 늘어서 있는 모습을 볼 수 있다. 하늘은 붉은 노을로 물들어 있고 점차 회색과 검은색이 지배적인 색조로 변하고 있다. 아를의 북쪽 전망대라고 할 수 있는 고대와 중세의 성벽 위에 있는 마조르 광장에는 처음 온 사람이라도 그 앞에 길게 펼쳐진 산들을 가늠할 수 있도록 타일로 만들어진 안내판을 설치해놓았다. 그 안내판 위에 나온 산들의 이름과 위치를 보고 실제 산들의 모습을 확인하다보니까 가까이에는 미스트랄 고등학교의 종탑이 보이고 조금 더 가면 중세의 수도원이었던 몽마주르 사원이 보이고, 조금 더 멀리에는 알퐁스 도데의 풍차가 있는 퐁비에유 언덕이 있다. 그리고 멀리에는 프로방스에서 가장 높은 방투 산을 정점으로 뤼베롱 산과 알피유 산이 펼쳐져 있다. 저녁바람을 맞으며 황혼이 지는 하늘 아래 펼쳐진 산들을 바라보다가 천천히 아주 천천히 계단을 걸어 내려왔다.

어둡이 내리면 창문 앞에 서 있는 원형경기장의 모습이 새롭게 느껴진다. 그래서 미란과 함께 창문 앞 소파에 앉아 야간 조명을 받아 빛나는 원형경기장의 모습을 바라보며 한참 동안 이야기를 나누곤 한다. 오늘 저녁 창문 밖을 바라보는데 반 고흐의 모습이 떠올랐다. 1889년 5월 아를을 떠나 생-레미의 생 폴 드 모졸 병원으로 거처를 옮긴 반 고흐가 잠이 오지 않는 밤에 침대에서 일어나 창문에 기대어 서서 밤하늘의 별을 바라보는 모습이다.

> 오늘 새벽 나는 창문에서 해가 뜨기 전 아무것도 없고 오로지 별들만 반짝이는 하늘을 한참 동안 바라보았다. 별들이 아주 크게 보였다.

창가에 선 반 고흐의 모습에 두 개의 이미지가 겹쳐진다. 먼저 1980년대 유학 시절 호텔 숙박료를 아끼기 위해 야간열차를 타고 이른 아침에 도착한 프랑크푸르트에서 괴테의 집을 방문했을 때 구입한 엽서가 떠올랐다. 그 엽서 속에서 괴테는 등을 보이며 창가에 서서 밖을 바라보고 있었다. 그 위에 두번째 이미지가 겹쳐진다. 파리 유학 시절 알게 된 유제현 선생의 집을 방문했을 때 그의 책상 앞에서 똑같은 엽서를 발견하고 놀랐던 기억이다. 당시 이미 나이 마흔이 넘었던 유선생은 혼자 살면서 고독한 유학생활을 하고 있었는데 파리 14구 그의 아파트가 있던 바로Barrault 거리를 지날 때면 지금은 소식을 알 길이 없는 그가 아파트 창가에 서서 아래쪽 길거리를 바라보던 모습을 떠올리곤 한다.

사람들은 창가에 서서 지금 이곳이 아닌 미래의 다른 곳을 꿈꾼다. 창문은 안과 밖을 나누는 경계선이다. 문이 그냥 들어오고 나가는 기능만 가지고 있다면 창문은 실내 공기를 환기하는 기능 말고도 실내에 있는 사람에게 밖을 바라볼 수 있게 해준다. 그런데 창문을 통해 보이는 것은 그냥 눈에 보이는 것만이 아니다. 창문 밖을 바라보고 있노라면 눈에 보이는 풍경과 사람들의 모습에서 시작해, 보이지 않는 미지의 세계를 향한 상상의 여행이 시작된다. 현재의 생활에 만족할 수 없어 미래의 이상적인 날을 꿈꾸는 사람일수록 창가에 서서 밖을 바라보기를 즐긴다. 플로베르의 소설 『보바리 부인』의 주인공 엠마도 창문 앞에서 밖을 내다보며 몽상에 잠기기를 즐겼다. 창문은 눈에 보이는 것을 넘어서 눈에 보이지 않는 세계로 우리를 인도한다.

아를에 와서 자기 전에 침대에서 반 고흐의 편지를 읽다 자는 습관이 붙었다. 반 고흐는 1889년 2월 아를 주민 80명의 청원으로 정신병원에 감금되었다. 사람들이 그가 언제 무슨 일을 저지를지 모를 위험한 인물이라고 시장에게 탄원서를 냈던 것이다. 반 고흐는 친구 폴 시냐크의 도움으로 감금이 풀리자마자 몇 권의 책을 사서 읽었다. 그의 편지를 읽다보면 동생에게 자기가 읽은 책들에 대한 이야기를 자주 한다. 그중에는 미슐레, 졸라, 모파상, 도데 등 프랑스 작가들은 물론 셰익스피어, 디킨스, 칼라일 등 영국 작가들의 글과 톨스토이와 도스토옙스키 등 러시아 작가들의 글도 포함되어 있다. 그는 국경을 넘어선 유럽의 교양인이었고 코즈모폴리턴 예술가였다. 목사가 되려다 그만두고 화가의 길을 걸었지만 작가가 되었을 수도 있었던 사람이었다. 그가 동생에게 자신의 경험을 말하며 인생에 대해서 이야기하는 부분들을 읽다보면 고민 많은 청소년들을 상담해주는 훌륭한 교사가 될 수도 있었을 것이라는 생각이 든다. 청소년 시기에는 미래에 대한 고민을 많이 하게 되는데 고흐는 자신이 무엇을 할 것인가에 대해 남보다 더 많은 고민을 했다. 그 결과 목사의 길을 버리고 결국 화가의 길을 걷게 되었고 그가 남긴 작품은 이후 현대 회화의 역사에 중요한 획을 그으며 많은 사람들에게 위안과 감동을 전해주고 있다.

반 고흐의 편지에는 돈 걱정이 많이 나온다. 지금 현재 돈을 많이 벌고 있고 앞으로도 돈을 더 많이 벌 수 있는 사람들은 자유롭게 돈을 쓰며 살 수 있지만 자신이 돈을 벌지 않고 남의 도움으로 살아가는 사람들은 언제나 돈 걱정을 하게 마련이다. 고흐의 경우 자신이 그린 그림을 팔아서 생활하고 싶었지만 그림이 팔리지 않았기 때문에 동생 테오가 보내주는 돈으로 생활을 했다. 그러다보니 테오에게 돈 이야기를 자세하게 할 수밖에 없었다. 테오는 형의 그림 작업을 충분히 이해하고 지지했다. 그렇지만 동생에게 돈을 받아 생활하는 일이 반 고흐에게는 매우 굴욕적인 상황이었을 것이다. 반 고흐는 돈 걱정을 하다가 자신이 그린 그림을 팔아 생활하면서 조용히 그림을 그릴 수 있는 상황을 기대해보기도 했지만 그것은 이루어질 수 없는 꿈이라고 결론을 내렸다. 빵이나 우유는 돈이 되지만 사람들에게 이해되지 않는 자신의 그림은 돈이 될 수 없음을 답답하게 생각했다.

그런데 돈 걱정은 반 고흐만의 걱정거리가 아니다. 충분한 수입이 보장되는 안정된 직장이 있거나 부모나 친척에게 물려받은 충분한 재산이 있는 사람을 제외하고는 누구나 돈 걱정을 하며 산다. 그렇더라도 세상에서 필요로 하는 실용적인 일을 하는 사람은 열심히 노력하면 어떻게 해서든 밥은 먹고 살아갈 수 있다. 그런데 세상이 요구하는 일이 아니라 자기가 원하는 일을 하면서 그 일에 대한 경제적 보상으로 생활하려는 사람들에게는 결코 밥벌이가 보장되지 않는다. 화가는 그러한 직종에 속한다. 돈 있는 사람들의 구미와 취향에 맞는 그림을 그려 파는 싸구려 화가가 되지 않는 한, 그림의 가치를 인정하고 적당한 가격에 사줄 사람을 찾기란 쉽지 않다. 그래서 화상이라는 직업이 생기고 화랑이라는 공간이 생겨 화가는 그림만 그리고 화상들이 그림을 팔아주는 분업이 일어난다. 그림에 대해 논평하는 비평가들이 생기고, 그들의 글이 실리는 잡지가 만들어지고, 복제 그림책을 만들어 파는 출판사가 생긴다. 말하자면 그림이 그려져 어느 공간에 걸리고 누구에게 팔리기까지 필요한 여러 제도와 기관 들이 생겨나는 것이다.

수입원의 문제는 화가를 포함한 예술가만이 아니라 지식인의 경우도 마찬가지이다. 지식인들은 기존의 사회를 비판하고 새로운 사회를 꿈꾸며 좀 더 나은 사회를 만드는 데 필요한 지식을 탐구한다. 지식인들에게 안정된 지위와 수입을 보장하는 직업은 대학교수이다. 푸코, 데리다, 들뢰즈, 부르디외는 모두 대학교수였다. 반면에 마르크스와 프로이트, 사르트르와 카뮈는 대학교수가 아니었다. 지멜은 평생 대학강사 생활을 하다가 죽기 1년 전에 스트라스부르 대학에 교수 자리를 하나 얻었다.

교수가 아닌 지식인들에게는 고정된 월급 대신 다른 수입이 있어야 했다. 마르크스의 경우에는 그의 지적 작업을 이해하는 엥겔스가 물질적 정신적 후원자였고, 프로이트는 의사이자 분석가로서 수입을 얻었다. 사르트르에게는 언젠가부터 인세와 강연 수입이 있었고, 지멜의 경우에는 후손이 없는 작은아버지에게서 받은 유산이 있었다. 버지니아 울프는 여성이 글을 쓰기 위해서는 자기만의 방과 매달 생활에 필요한 고정 수입이 있어야 한다고 말했지만 여성 작가만이 아니라 남성 작가에게도 자기만의 방과 고정 수입이 필요하다. 그리고 작가만이 아니라 문화예술계 종사자들이나 지식인들의 경우도 마찬가지다.

반 고흐는 편지에서 동생에게 의지하는 자신의 처지를 다른 화가들과 비교하고 있는데 들라크루아와 코로는 안정적인 재산 소득이 있었고, 밀레의 경우는 농부의 아들이고 그 스스로가 농부였기 때문에 자급자족적 생활을 했다고 쓰고 있다. 반 고흐는 동생에게 돈을 받아 생활하는 자신의 처지를 불편해하면서 창조적 작업을 하는 자기와 같은 사람의 생활비는 사회가 제공해야 한다고 쓰고 있다. 메디치 가와 같이 예술을 후원하는 사설재단이나 문화부의 문화예술인 지원정책이 그 보기가 될 것이다. 그런데 얼마 전에 만난 화가 한 사람은 예술가는 배가 고파야 제대로 된 예술을 한다고 말하며 지나친 지원정책은 오히려 예술가를 나태하게 만든다고 말한다. 그러고 보니까 그의 말이 맞는 것 같기도 하다. '궁핍한 시대의 시인'이라는 책 제목도 있지 아니한가.

아를을 떠나기 전 지갑을 정리하다보니 여기저기 상점에서 받은 영수증들이 나온다. 늘 돈 걱정을 하며 살던 반 고흐를 생각하면서 별 의식 없이 산 물건 값들을 하나하나 자세하게 살펴보았다. 오이 한 개에 1.6유로, 상추 한 단에 0.9유로, 생수 작은 병 한 통에 0.49유로, 코트-뒤-뤼베롱 포도주 한 병에 2.49유로, 아침식사용 비스코트biscotte(비스킷) 한 통에 1.65유로, 파 한 단에 0.67유로, 그리스산 올리브 기름 한 병에 4.05유로, 후식용 비엔나 초콜릿 4개에 1.45유로, 모차렐라 치즈 작은 봉투 하나에 1.12유로, 미란의 아디다스 테니스화 39.9유로 등이다. 반 고흐의 편지에는 아를의 생활비가 예상보다 비싸다며 브르타뉴에 가면 아를에서 혼자 쓰는 돈으로 세 명이 살 수 있을 것이라는 내용도 나온다. 돈이 없는 예술가는 물가가 싼 곳에 가서 살아야 하지만, 영감이 없는 곳에 가서 살면 작품이 되지 않는다는 문제점이 있다. 살기 위해서 예술을 하는 것이 아니라 예술을 하기 위해서 사는 것이 아닌가?

프로방스 비누의 역사

● 1910년 일본 사람들은 한국을 식민지화하면서 청결의 기준을 내세워 자신의 인종적 문화적 우월성을 정당화했다. 신체의 청결은 오늘날에도 문명과 야만, 선진국과 후진국을 가르는 중요한 기준의 하나다. 농촌을 떠나 도시로 올수록 그 기준은 더욱 명확해진다. 불법체류자나 노숙자 들은 최소한의 인간적 품위를 지키기 위한 몸의 청결도 유지하기 어렵다. 비누가 일반화되기 이전에는 프로방스 사람들도 그리 청결한 몸을 유지하지 못했다. 그때는 부유한 사람들만 염소 기름과 재를 섞어 만든 포마드를 사용했다.

프로방스의 항구 도시 마르세유는 비누의 역사에서 중요한 자리를 차지한다. 그곳에서 만들어진 비누는 '마르세유 비누'라는 고유명사가 되었다. 이미 14세기 후반에 마르세유에 비누 공장이 있었다. 그러나 큰 발전을 이루지 못하다가 1688년 루이 14세 치하에서 '마르세유 비누'가 왕에 의해 공인됨으로써 널리 확산되기 시작했다. 1760년 마르세유에는 28개의 비누 공장이 있었다는 기록이 남아 있다. 마르세유 비누는 왕의 비누였다가 비누의 왕이 되었다. 20세기에 들어서 비누는 대량으로 생산되기 시작해서 1906년에는 14만 톤의 비누가 생산되었다. '사봉 드 마르세유Savon de Marseille'라는 글자가 새겨진 정통 마르세유 비누에는 올리브 기름이나 코프라 기름, 종려 기름 등 천연 식물성 기름이 72% 함유되어 있다. 코프라 기름이나 종려 기름을 쓰면 베이지색 비누가 되고 올리브 기름을 쓰면 연두색 비누가 된다. 거기에는 색이나 향기를 위한 화학 첨가물이 없다. 순수한 천연 비누다. 그래서 의사들은 갓난아이나 피부가 약한 사람들을 위해 아무 자극이 없는 마르세유 비누를 권한다. 머리를 감으면 개운함과 함께 건강하고 빛나는 머리칼을 유지하게 해준다. 마르세유 비누에는 세숫비누만이 아니라 빨랫비누도 있다. 비단, 수예품, 섬세한 내의, 양모 제품 등을 마르세유 빨랫비누로 빨면 아무 손상 없이 깨끗하게 세탁할 수 있다. 1980년대 유학생 시절 프랑스에서 아이를 낳아 마르세유 비누로 목욕시키던 기억이 아련하다.●

맑음
아를의 여인들

세상에는
자기가 속한 사회가 강요하는
답답한 기준에 맞춰
살기 싫어하는 사람들이 있다

2007년 8월, 아를. 아를 고대 극장 옆 공원에 반 고흐상이 세워져 있다. 반 고흐는 1888년 9월에 이 공원 입구를 화폭에 담았다.

지난 8월 1일 미란이 발목을 다친 이후 아를 시내버스를 자주 이용하게 되었다. 아를 시내 중심부의 좁은 골목길을 다니는 '스탈레트'라고 부르는 합승 버스이다. 아를 시가 시민들을 위해 무료로 운행하는 이 버스 노선은 노약자와 장애인 들이 주로 이용한다. 아를에는 이 무료 버스 말고도 여섯 개의 정규 버스 노선이 있다. 지난 10일 미란이 발목을 다친 날 아를 외곽 푸르숑 지역에 있는 아를 종합병원에 갈 때는 2번 버스를 탔고 아를 고대 박물관에 갈 때는 1번 버스를 탔다. 아를 시에서 제작하여 무료로 제공하는 시내버스 노선 안내책자를 보니까 맨 첫 장에 시장의 사진과 함께 인사말이 나온다. 통학하는 학생들과 직업교육을 받는 '직업요구자'(프랑스에서는 '실업자'를 이렇게 표현한다)들에게 50% 할인 혜택을 주기로 했으며 환경보호를 위해 새로 구입하는 버스는 모두 공해 방지용 엔진이 장착된 버스로 사고 있다고 한다. 그리고 버스뿐만 아니라 자동차와 자전거, 오토바이, 보행자를 위한 종합적 교통정책을 세워 실시하고 있다고 소개한다. 아를 시는 시내 중심부 곳곳에 보행자 전용 구역을 만들었고 원형경기장 주변은 일반 차량의 운행을 막고 공공서비스 차량만 다니게 해놓았다. 그럼에도 불구하고 마조르 광장은 1998년에 왔을 때와는 달리 자동차들이 줄지어 늘어선 주차장이 되어버렸다. 아를 중심부의 보행자를 위한 골목길을 속도를 내어 달리는 자동차들이 늘어나고 있다. 고대 로마의 건축물들과 중세와 르네상스 시기의 유적을 간직하고 있는 아를의 문화유산을 잘 지키기 위해서는 아무래도 빠른 시일

내에 시내 중심부에 자동차의 운행을 완전히 금지하는 정책을 실시해야 할 것 같다.

2002년에 왔을 때만 해도 아를 시장이 사회당 소속이었는데 이번 시장은 공산당 소속이라고 한다. 그러고 보니까 볼테르 광장 앞에 '프랑스공산당PCF'이라고 쓴 번듯한 사무실이 새로 생긴 것을 본 기억이 난다. 사실 공산당은 녹색당과 함께 사회당이 주도하는 '복수의 좌파'라는 이름으로 좌파연합을 구성하여 우파에 대항하고 있으므로 정책에 있어서는 사회당과 큰 차이는 없다. 그래도 공산당은 정치세력으로 살아남기 위해 사회당과 구별되는 정체성을 가지려고 애쓴다.

그런데 아를에 올 때마다 만나는 또 하나의 좌파가 있다. 트로츠키주의 정당인 '뤼트 우브리에르Lutte Ouvrière'(노동자 투쟁)라는 정당이다. 대통령 선거 때마다 아를레트 라기에르라는 여성 노동자 출신 후보를 출마시키는 이 정당은 공산당이 사회당과 다를 바가 없다며 자신들이야말로 진정으로 노동자를 대변하는 정당이라고 주장한다. 볼테르 광장에서 만난 젊은 여성 트로츠키주의자에게 1유로를 주고 그들의 기관지 한 부를 샀다. 그녀는 신문과 함께 지난 6월 유럽헌법 초안이 국민투표에서 부결된 이후 자신들의 입장을 정리한 문건을 전해주면서 내일 저녁 시청 앞 광장에서 토론회가 있으니 꼭 참석하라고 말한다. '민중계급과 싸우는 정부'라는 제목의 이 팸플릿을 펴보니 '노동자, 실업자, 은퇴자 들의 삶의 질이 점점 더 떨어지는 것을 그대로 받아들일 것인가?' '우리는 현 정부에게 변화를 기대할 수 있는가?' '국민투표 부결로 시라크가 곤경에 처했지만 노동자들이 승리한 것은 아니다' 등의 소제목들이 굵은 글씨로 인쇄되어 있다. 그렇다면 어떻게 할 것인가? 그들이 제시하는 유일한 방안은 다음과 같다.

민중계급의 삶의 조건을 개선할 수 있는 유일한 길은 1936년 6월이나 1968년 5월과 같은 차원의 새로운 봉기이다. 그러나 과거 그 어떤 대대적 봉기도 갈 데까지 간 적은 없었다. 사회당과 공산당은 밑으로부터 형성된 운동 세력을 선거와 의회 정치라는 방식으로 길들였다. 앞으로 이루어질 투쟁에서는 그들을 경계하면서 그들의 약속에 넘어가지 않고 노동자들의 근본적 요구를 끝까지 주장해야 한다. (…) 부유한 계급은 그들의 여유 소득을 사치품을 사거나 재투자한다. 그러나 임금을 받고 일하는 사람들은 그들이 번 돈을 생활하는 데 다 쓰지 않을 수 없다. (…) 그들이냐, 우리냐. 이윤이냐, 월급이냐. 실업률을 낮추고 빈곤을 해소하기 위해 자본 소득의 지속적 상승을 멈추고 임금 소득을 높여야 한다. 노동자들의 요구를 수용하는 정책은 어느 정부가 들어선다 해도 위에서부터는 이루어지지 않는다. 그것은 아래에서부터 강요될 수밖에 없다. (…) 모든 사람이 존엄성을 지키며 살 수 있기 위해서 정책이 바뀌지 않으면 안 된다.

프랑스의 일반 언론이나 제도화된 좌우파 정당들은 흔히 극좌파로 분류되는 프랑스의 트로츠키주의 정당들의 존재를 시대착오적인 과거의 유물 정도로 취급한다. 하지만 지난번 대통령 선거에서 각각 따로 출마한 두 개의 트로츠키 정당의 후보가 얻은 득표율을 합치면 거의 10%에 이른다. 반면에 단독 출마한 공산당 후보는 3%밖에 얻지 못했다. 프랑스에는 1789년 프랑스혁명 이후 19세기와 20세기를 거쳐 오늘날에 이르기까지 밑에서부터의 봉기를 주장하는 세력들이 계속 살아남아 있는데 트로츠키주의자들은 그중의 하나다.

지금 내가 머물고 있는 아파트의 주인인 루보 부인에게 큰 변화가 일어났다. 올해 초에 갑자기 남편이 세상을 떠나고 혼자 살게 된 것이다. 루보 부인은 남편과 금실이 아주 좋았고 딸 하나, 아들 하나를 두었다. 딸은 현재 스페인 근처의 도시인 포Pau에서 판사로 일하고 있고 아들은 농림부에서 공무원으로 일하고 있다. 루보 부인이 미란에게 자기 딸이 신문에 난 기사를 스크랩해둔 것을 보라고 가져왔다. 그녀는 처음에는 청소년범죄 담당 판사를 하다가 13년 전부터 형을 집행하는 교도행정 일을 하고 있다. 올해 1월 법무부 장관이 포의 지방법원을 방문했을 때 단기형을 받은 사람들에 대한 교도행정의 방식이 장기수들과는 달라야 한다는 내용의 발표를 한 것이 신문에 크게 난 적이 있다. 루보 부인은 자기 딸이 높은 사회적 지위를 갖게 되었지만 교육 수준이 낮은 부모를 부끄러워하기는커녕 늘 자랑스러워했다고 말했다.

오늘 저녁에는 마리-클레르와 그의 둘째 딸 프랑스가 우리가 임시로 사는 아파트를 방문했다. 원래 이 아파트를 소개해준 사람이 바로 마리-클레르이다. 내가 그녀를 알게 된 것은 1998년 여름 반 고흐 센터에서다. 그후 몇 번 서신 교환을 하다가 2002년 3월 한 달을 온전히 아를에서 보내면서 친해졌다. 그때 마리-클레르는 반 고흐 센터에 문의해서 알아낸 주소를 가지고 직접 아파트를 방문하고 난 다음 나에게 있을 만한 곳이라는 신호를 보내왔었다. 2002년 3월 어느 날 마리-클레르는 첫째 딸 마갈리와 함께 이 아파트에 와서 함께 저녁식사를 했는데 오늘은 둘째 딸 프랑스와 함께 왔다. 마리-클레르는 파리에서 리옹을 지나 아를에 오기 전에 있는 발랑스 출신인데 어릴 때부터 공부를 잘해서 프랑스에서는 날고 기는 수재들이 다닌다는 파리고등경영학교HEC를 졸업하고 유수한 기업체에서 일했다. 그의 아버지는 기업가로 지금은 은퇴했지만 한때 발랑스의 상공회의소 의장까지 지냈다고 한다.

마리-클레르는 아버지의 기대를 한 몸에 받았으나 아버지의 눈에 들지 않는 남자와 결혼하면서 부모와의 관계가 어그러지기 시작했다. 자기보다 몇 살 나이가 많았지만 낙제를 해서 같은 교실에서 공부하던 초등학교 시절의 친구와 결혼해 딸 둘을 낳았다. 그 남자는 자동차 경주를 취재하러 다니는 신문기자였는데 가족을 보살피지 않고 혼자 떠돌아다니는 방랑벽이 있어서 마리-클레르는 고민 끝에 결국 이혼을 하고 혼자서 두 아이를 키웠다. 마리-클레르는 기업체에서 일하는 것이 체질에 맞지 않아서 자기가 잘하는 영어, 포르투갈어, 스페인어로 된 동화책을 불어로 번역하는 일을 시작해 얼마 후 그 분야에서 인정받는 번역가가 되었다. 이후 아를의 반 고흐 번역센터 숙소에 자주 와서 일하다가 1998년 여름에는 드디어 원형경기장 부근에 3층짜리 집을 사서 아예 아를의 여인이 되었다.

마리-클레르의 첫째 딸 마갈리는 엑상-프로방스 대학에서 경영학을 공부했는데 지금은 생-레미-드-프로방스에서 그 지역 출신 남자와 살고 있다. 올해 9월 말에 정식으로 결혼식을 올릴 예정이다. 마갈리는 세 여자 가운데 가장 여성스러운 분위기를 풍긴다. 스스로도 여성스럽게 보이려고 노력한다. 그래서 남자들의 관심을 많이 받아 1998년 여름에는 네덜란드 남자와 약혼해서 아를에 왔었다. 그런데 2002년 아를에 왔을 때는 이미 그 남자와 헤어진 뒤였다. 그후 정신적으로 저조하고 우울한 생활을 하다가 아를에서 제일 큰 미술재료 상점에서 일했다. 예술가들을 상대하는 일이 재미있었다. 그런데 자신에게 이성으로 관심을 가진 그 상점 사장의 지나친 요구에 응할 수 없어 상점 일을 그만두고 다른 일을 찾고 있었다. 엄마가 하는 번역일도 시도해보았으나 적성에 맞지 않아 그만두었다. 그러다가 디자인에 관심을 갖게 되어 어느 날 바람도 쐴 겸 마리-클레르와 함께 아를에서 멀지 않은 생-레미-드-프로방스의 실내장식 전문점에 갔다가 그곳에서 일하던 지금의 남자를 알게 되었다. 그 남자의 이름은 니콜라인데 그 전문점 사장의 아들이다. 니콜라의 어머니는 일찍 이혼하고 지금의 남편과 재혼을 했다. 니콜라는 그 양아버지 밑에서 자랐다. 마갈리와 니콜라 두 사람은 함께 살아보니까 앞으로 계속 잘 살 수 있을 것이라는 생각이 들어서 오는 9월 17일 결혼식을 올릴 예정이다. 니콜라는 마갈리와 결혼을 결정하면서 의붓아버지로부터 독립하여 자기들 나름으로 실내 장식 계통의 새로운 사업을 시작할 준비를 하고 있다.

둘째 딸 프랑스는 영화학도였는데 '영화 속의 종교'를 주제로 석사학위 논문을 쓰다가 책과 자료의 늪에 빠져 헤어나지 못하고 3년을 끌다가 결국 포기하고 말았다. 그래서 목제 장난감 전문점에서 점원으로 일하다가 지금은 파리 14구에 있는 어느 중학교에서 등하교와 휴식 시간에 아이들을 보호하고 감독하는 일을 하고 있다. 프랑스는 자기 전공을 살려서 소형 비디오카메라로 아이들과 함께 학교생활의 일상적 장면들을 찍기 시작했다. 조각가 자코메티의 아틀리에가 멀지 않은 곳에 있어서인지 '자코메티 중학교'라는 이름의 이 학교에는 파리 시내 전역에서 보내온 아이들을 위한 특별 적응반이 운영되고 있다. 외국에서 이민을 와서 프랑스어 실력이 부족한 아이들을 배려해서 만든 특별반이다. 이 학교 주변에는 가난한 사람들을 위한 임대아파트 단지가 있어서 살기 힘든 부모를 둔 아이들이 많이 다닌다. 그래서 파리 시내의 보통 중고등학교와는 다른 분위기를 가진 특별한 학교이다. 프랑스는 바로 그런 다양한 사회적, 인종적 배경을 가진 아이들과 함께 지내는 것이 즐겁다. 그래서 그냥 재미로 시작한 비디오 작업이 학교에서 공식적으로 인정받아 학습에 관심이 없어 문제를 일으키는 아이들을 위한 특별 프로그램이 되었다. 아이들과 함께 자기들의 이야기를 비디오에 담고 그것을 몽타주하고 다른 친구들에게 보여주는 작업을 통해 많은 것을 배우고 있다고 한다. 언젠가는 이 자료들을 자기의 다큐멘터리 작품으로 만들 생각도 하고 있다.

그는 현재 불가리아 남자와 사귀고 있다. 그 남자는 몇 년 전 반고흐 센터에 프랑스 철학자 장-뤽 낭시의 책을 번역하러 왔다가 마리-클레르를 알게 되었다. 그런데 당시 석사 논문을 쓰고 있던 프랑스가 장-뤽 낭시의 종교에 대한 책을 힘들게 읽고 있어서 엄마 마리-클레르가 딸을 위해서 불가리아 남자와 이야기할 수 있는 자리를 마련하였다. 그렇게 해서 두 사람은 알게 되었고 두 사람은 소피아와 파리를 오가며 만나는 생활을 하고 있다.

엄마가 혼자서 힘들여 키운 두 딸은 이제 자기들 나름대로 삶을 꾸려가고 있는데 마리-클레르에게 약간의 문제가 생겼다. 두 딸들을 경제적으로 지원하기 위해 여름휴가도 없이 계속 번역 일에 몰두하다가 이번 여름 우리가 아를에 도착하기 얼마 전 우울증세를 보여 아무것도 먹지 않고 잠도 자지 않다가 급기야 아를 종합병원의 응급실로 실려 가게 된 것이다. 응급실에서 엑상-프로방스 병원 신경정신과로 보내려고 하는데 자리가 없어서 다른 곳을 알아보다가 생-레미의 생 폴 드 모졸 병원으로 가게 되었다. 우연이지만 그곳은 1889년 5월 반 고흐가 아를 사람들에게 쫓겨 가서 입원생활을 하며 그림을 그렸던 바로 그 병원이다. 그런데 마리-클레르는 반 고흐가 살았던 아를에 살고 있고, 내가 마리-클레르를 처음 만났던 반 고흐 센터는 반 고흐가 고갱과 말다툼을 하다가 자기 귀를 자르고 입원했던 병원을 개조하여 번역문화센터로 만든 곳이다.

함께 저녁식사를 하고 나서 차를 마시다가 마리-클레르는 프랑스 사람들보다 나 같은 외국 사람들과 마음이 더 잘 통한다고 말한다. 그러자 둘째 딸 프랑스도 옆에서 자기도 그렇다고 말한다. 세상에는 자기가 속한 사회가 강요하는 답답한 기준에 맞춰 살기 싫어하는 사람들이 있다. 나도 그런 사람에 속한다. 그러니까 마리-클레르 같은 사람이 친구가 된다. 아무튼 마리-클레르의 우울증세가 호전되어 외출이 가능해졌으니 다행이다. 당분간은 아트테라피도 받으면서 병원에 머무를 예정이라고 한다. 번역을 하다가 시간이 나면 틈틈이 그림자가 들어간 명상적 사진을 찍고 있는 마리-클레르는 언젠가 내가 쓰는 책에 자기가 찍은 사진을 함께 싣고 싶다고 말한다. 그래서 내가 그냥 보라고 선물로 준 『바다로 간 게으름뱅이』를 읽기 위해서 시간이 나면 한국어를 꼭 배우고 싶다고 말한다. 그러면서 나에게 그 책이 어떤 내용인지 목차라도 번역해달라고 몇 번이나 부탁했다. 그런데 나는 그의 부탁을 아직까지 들어주지 못하고 있다.

마리-클레르에게는 장-자크라는 이름의 남동생이 하나 있는데 외신기자로 통신사에서 일하고 있다. 2002년 여름 마리-클레르가 파리에 왔을 때 마레Marais의 피카소 미술관 근처에 있는 그 남동생의 집에 간 적이 있는데 그때 그의 부인과 아이들은 바캉스를 가고 그는 혼자 파리에 남아서 일하고 있었다. 그런데 마리-클레르의 이야기를 들어보니까 참 복잡한 사연이 있다. 장-자크는 현재의 부인을 특수대학 입학을 위한 예비반에서 만났다. 두 사람은 오래 사귀다가 결혼했다. 그런데 그의 부인은 결혼 전에 어느 기업체에 일하면서 그 회사의 사장과 내연의 관계를 맺었다. 그녀는 장-자크와 결혼한 이후에도 그 관계를 지속하고 있었다. 그러다가 장-자크가 어느 날 우연히 그 사실을 알게 되었다. 엄청난 정신적 충격을 받은 장-자크는 혼자 아프리카 세네갈로 떠나서 1년 정도를 지내다가 어느 날 세네갈 젊은 미인 여성과 함께 파리에 나타났다. 그러나 장-자크의 부인은 이혼을 거부했다. 그래서 두 사람은 같은 집에서 껍데기로만 함께 살고 있다. 마리-클레르의 이야기에 따르면 장-자크의 부인은 겉으로는 아이들을 위해서라고 하지만 속으로는 집안의 재산에 관심이 많아서 이혼을 거부하고 있다고 한다. 그래서 남편과는 아무 관계가 없지만 시부모를 시시때때로 챙기는 일을 게을리하지 않는다고 한다. 해결의 실마리를 찾기 힘든 너무나도 복잡한 인간관계의 얽힘이다.

2010년 7월, 아를. 장날에 펼쳐진 식탁보 가게의 모습이다. 밝은색의 식탁보 속에는 프로방스를 상징하는 매미가 가장 많이 들어가 있고 라방드 꽃다발과 올리브 열매의 모습도 보인다.

8/16
MAR

산책하기 좋은 맑은 날씨
'선택적 친화력'과
반 고흐의 자화상

반 고흐가
나에게 계속 말을 걸고 있다

2007년 8월, 생-레미-드-프로방스. 반 고흐가 즐겨 그렸던 해바라기를 양손에 들고 서 있다. 이 길을 따라 들어가면 성당과 회랑이 나온다. 담 건너편은 생-레미 정신병원이다. 반 고흐는 그곳에서 치료를 받으며 성당 앞마당에서 그림을 그렸다.

프로방스에서는 신문, 라디오, 텔레비전을 멀리하면서 지낸다. 뉴스라는 것이 어떻게 보면 세상을 편파적이고 피상적으로 보게 한다. 그래서 때로 그것들로부터 떨어져 지내는 것이 필요하다. 특히 일상의 공간을 떠나 다른 장소에 있을 때는 더욱 그렇다. 그렇게 해야 일상의 껍질 너머에 있는 좀 더 본질적인 것들과 만날 수 있다. 프로방스에서는 계속 그렇게 지낼 예정이다.

오늘 아침에 오랜만에 라디오를 틀었다. 프란체스카 이지도리가 진행하는 '선택적 친화성'이라는 제목의 프로그램이 진행되고 있었다. 평소에도 내가 즐겨 듣는 이 프로그램은 원래 매주 목요일 오후 2시에서 3시 사이에 하는 프로그램인데 여름 휴가철인 7월과 8월에는 그동안 방송했던 프로그램 가운데 여름 분위기에 맞는 것들을 선별하여 매일 아침 10시에서 11시 사이에 재방송하고 있다. 이 프로그램은 공적으로 알려진 문화, 예술, 학술 영역의 인물들을 초대해 그들의 어린 시절과 가족관계, 성장 과정의 중요한 사건들에 대한 이야기를 하게 함으로써 이미 그들이 이룩한 업적과 현재 하고 있는 일의 의미를 더욱 잘 이해할 수 있게 해준다.

오늘의 초대손님은 여성 역사학자 모나 오주프였다. 그녀는 프랑수아 퓌레와 함께 프랑스 혁명사 연구의 수정주의적 해석을 대표하는 역사학자다. 1980년대 유학 시절부터 그녀의 연구에 관심을 갖고 있었는데 작년에 그녀가 쓴 『여성의 말: 프랑스적 특수성에 대하여』를 읽었다. 책으로만 그녀를 접했기 때문에 그녀의 모습과 음성은 짐작할 수가 없었는데 라디오를 통해 그녀의 음성을 듣게 되었다. 라디오를 통해 목소리만 듣는 것이 어쩌면 텔레비전 화면을 통해 모습을 보는 것보다 한 사람의 내면을 더 잘 이해할 수 있을지도 모른다. 화면은 외면을 강조하여 보여주기 때문에 내면을 보지 못하게 만든다. 화면은 상상력을 제한하지만 음성은 상상력을 살려준다.

모나 오주프는 어린 시절 아버지가 일찍 돌아가셨기 때문에 스물아홉 살에 과부가 된 어머니와 외할머니의 보호를 받으며 자랐다. 아버지는 브르타뉴 언어와 지방 문화 보호운동을 하던 진보적 지식인이었다. 할머니는 따로 사시다가 아버지가 돌아가신 이후 혼자 살게 된 딸과 살림을 합쳤다. 할머니는 딸과 손녀를 외부 세계로부터 보호하는 방패막이 역할을 하기 위해 함께 사셨다. 그래서 모나 오주프는 남성 없이 세 명의 여성들이 꾸려가는 가정에서 자랐다. 어머니는 브르타뉴 지방의 초등학교 교사였다. 어머니는 바깥 외출을 거의 하지 않고 학교 옆에 붙어 있는 관사 안에서만 사셨다. 수업이 없는 목요일 오후나 주말에도 부득이한 경우가 아니면 집 밖을 나가지 않았다. 젊은 과부 여선생을 바라보는 남자들의 시선도 싫었고, 자기 아이들의 학교생활에 대해 물어보는 학부모들의 질문에 답하는 일도 귀찮았기 때문이다.

당시 브르타뉴 지방에는 가톨릭의 영향력이 강하게 남아 있어서 프랑스혁명의 이념을 가르치는 국립학교 교사들은 동네 사람 모두와 알고는 지냈지만 친한 사람은 하나도 없는 경원의 대상이었다. 지역의 부르주아나 부유한 상인의 아이들은 신부와 수녀 들이 가르치는 사립학교에 다녔고, 가난한 농부나 수공업자 들의 아이들이 공화국이 운영하는 공립학교에 다녔다고 한다. 누구에게 방해받지 않고 그저 혼자 집에서 조용히 독서를 하며 생활하는 어머니 덕에 딸도 아이들과 함께 뛰놀기보다는 엄마 곁에서 책을 가까이하며 지냈다. 집에는 다른 것은 몰라도 책과 더불어 글을 쓸 수 있는 종이와 잉크가 충분히 있었다. 집에서는 선생님만 쓸 수 있고 아이들은 쓸 수 없었던 붉은색 잉크도 마음대로 쓸 수 있었다. 붉은색 잉크는 선생님이 아이들의 과제물을 고칠 때 사용하는 지적 권위의 상징이었다. 그녀의 어린 시절은 학교 건물과 관사 사이에 있는 담 양쪽을 오가는 생활의 연속이었다. 자기 나이에 앞서는 책들을 많이 읽으면서 정신적으로 조숙했던 그녀는 파리에서 열리는 전국 청소년 작문대회에서 1등을 하기도 했다. 모나는 수재들이 모이는 파리 고등사범학교에 진학했고 모나를 혼자 살게 할 수 없다고 생각한 어머니와 할머니는 브르타뉴를 떠나 파리로 이사했다. 프랑스 전국에서 온 수재들이 모이는 그 학교에서 그녀는 역사학을 전공했다. '아그레가시옹'(교수자격시험)을 통과하고 처음 교단에 서서 그녀가 학생들에게 낸 작문 시험의 주제는 '우리는 아동기가 미치는 영향을 벗어날 수 있는가?'였다. 그녀는 아동기는 평생의 문제의식과 삶의 욕망이라는 물을 공급하는 마르지 않는 우물이라고 말한다. 노년기에 접어들어 자신의 어린 시절을 객관적 거리를 두고 분석하는 여성 역사학자의 목소리를 들으며 나는 그녀에게 '선택적 친화성'을 느꼈다.

아를을 떠날 날이 다가오고 있다. 이번 여름 반 고흐는 나에게 계속 말을 걸고 있다. 오늘 오후에는 1998년 여름에 산 '아를의 반 고흐'라는 제목의 화집을 보았다. 책을 한 장 한 장 넘기니 〈아를 전경〉 〈씨 뿌리는 사람〉 〈노란 집〉에 이어 〈아를의 빈센트의 방〉이 나온다. 그는 보통 사람들의 눈으로 보기에는 아무런 특별한 것도 없는 평범하고 일상적인 작은 방의 모습을 모든 사람들이 다시 쳐다보며 감동을 받는 그림으로 바꾸어놓았다. 며칠 전 서점에서 본 '빈센트의 방'이라는 제목의 소설 겉표지에도 그 그림이 있었다. 이어서 〈별이 빛나는 밤〉과 〈저녁의 카페〉 〈아를의 여인〉 〈아를의 무도회장〉이 나오고 〈알리스캉〉에 이어 〈랑글루아 다리〉가 나왔다. 아를 고대 박물관 옆 운하에 설치되었던 다리의 모습을 그린 것이다.

며칠 전 그 다리가 있던 장소를 찾아간 적이 있다. 그때 집시 아이들이 그곳에서 낚시를 하고 있었다. 오늘날 그 다리 옆에는 집시들을 위한 아파트 단지가 있다. 1998년 자전거를 타고 그곳에 처음 가보았을 때는 그 다리 옆에 집시들이 임시로 거처를 만들어놓고 공동체 생활을 하고 있었는데 이번에 가보니까 과거에 보았던 임시주거가 다 사라지고 새로 지은 아파트들이 줄지어 서 있다. 집시들이 여러 가지 사회문제를 일으키기 때문에 아를 시가 집시들을 통합시키기 위해 마련한 주택 정책의 결과인 모양이다.

몇 장을 더 넘기자 〈보헤미안들의 이동 마차〉라는 작품이 나온다. 1888년 8월에 그린 이 그림 속에는 보헤미안들이 마차를 세워놓고 아이들과 함께 있는 모습이 나온다. 반 고흐가 살아 있을 당시에도 아를 변두리 지역에 집시들이 몰려와 살다가 때가 되면 떠나고는 했던 모양이다. 아를에서 멀지 않은 해변가 생트-마리-드-라-메르Saintes-Maries-de-la-Mer에서는 매년 유럽 전역의 집시들이 모여 대대적인 축제를 벌이기도 한다. 성서에 나오는 막달라 마리아가 이곳으로 사라를 찾아왔다는 이야기가 전해지고 있는데 막달라 마리아는 집시들의 숭배 대상이다.

저녁식사를 하고 나서 강변을 산책했다. 산책에서 돌아와서 오늘 오후에 산 파스칼 보나푸Pascal Bonafoux가 쓴 『반 고흐: 태양 앞에서』를 읽기 시작했다. 책을 펴서 저자 소개를 보니 작년 가을 파리의 뤽상부르 미술관에서 본 '20세기 자화상'이라는 특별전시회를 기획했던 미술비평가였다. 그는 오래전부터 화가들이 그린 자화상에 관심을 기울여 이미 1984년에 자화상에 대한 평론집을 출판하기도 했다. 오늘 내가 산 책의 표지에도 반 고흐의 자화상을 싣고 있는데 책을 펴면 1886년에서 1889년 사이에 그린 아홉 장의 자화상이 계속 이어져 나온다. 그의 자화상들은 독자에게 '반 고흐는 어떤 사람이고 어떤 그림을 남겼는가?'라는 질문을 던지게 한다. 이 책은 그에 대한 답이다. 반 고흐의 삶과 작품을 소개하는 평전 형식의 이 책은 마지막 부분에 반 고흐의 편지 발췌문과 자료사진 등을 싣고 있다.

8/17
MER

맑음

재즈에서 문학으로

크리스티앙 가이,
그는 고독을 이기기 위해
색소폰을 불기 시작했다
그리고 글을 쓰기 위해
모든 일을 감수했다

2007년 8월, 에갈리에르. 생-식스트 성당 언덕의 황량한 풍경이다. 뜨거운 햇볕과 미친 듯이 불어대는 미스트랄 바람에 시달린 늙은 올리브 나무가 말라 죽은 듯 서 있다. 그 옆으로 새로 심은 연약한 모습의 올리브 나무가 보인다.

아침에 잠에서 깨어났는데 9시가 넘어서까지 계속 침대에 머물러 게으름을 피우다가 일어났다. 라디오를 켜니 어제와 마찬가지로 '선택적 친화성' 시간이다. 크리스티앙 가이라는 처음 들어보는 이름의 작가가 초대손님으로 나왔다. 그는 1948년생으로 파리 시내 동북부에 위치한 노동자 밀집 지역인 벨빌Belleville 부근에서 태어났다. 그의 아버지는 노동자였고 어머니는 주부였다. 남동생과 여동생이 각각 하나씩 있어서 모두 다섯 식구가 좁은 집에서 살았다. 그는 당연히 집 밖 골목이나 길에서 많은 시간을 보냈다. 파리 19구의 벨빌에서 20구의 강베타Gambetta 광장 사이의 넓은 공간이 어린 시절 그의 광활한 놀이터였다. 그는 그렇게 살았던 자신의 유년기를 행복했다고 회상한다.

청년기에 들어서 그는 고독을 이기기 위해 색소폰을 불기 시작했다. 이내 재즈 음악의 세계에 매료되어 한때 재즈 연주가의 길을 걸으려고 했다. 그러나 밥 먹고 살기 위해 이곳저곳을 전전하며 사람들을 만나 밤무대 일자리를 부탁하고 손님들의 구미에 맞추어 하기 싫은 연주라도 억지로 해야 하는 생활에 회의를 느껴 재즈 연주가로서의 길을 접었다. 그러고 난 다음 글을 쓰기 시작했다. 글은 돈이 되지 않았다. 밥을 먹고 살기 위해서는 궂은일을 마다하지 않고 해야 했다. 그러나 그는 글을 쓰기 위해서 모든 일을 감수했다.

그런데 이상하게도 재즈 연주가의 길을 떠났지만 재즈는 그가 글을 쓸 때 종이 위에 얼굴을 내밀었다. 재즈는 그에게 모국어와 같은 것이었다. 어쩌다 모국을 떠나 외국에 살게 되어서 모국어를 거의 쓰지 않아도 모국어는 사라지지 않고 남아 있듯이 재즈는 그의 몸속에 떨어지지 않고 붙어 있었다. 그는 지금도 글을 쓸 때는 말할 것도 없고 시간이 날 때마다 음악 속에서 산다. 그는 책이 없는 집에서 자랐고 글쓰기를 배운 적이 없는 사람이다. 그는 언제부터인가 책을 읽으면서 동시에 글쓰기를 배웠는데 청소년 시절에 무슨 책을 어떻게 읽었는지 어떤 책에서 감명을 받았는지 전혀 기억이 나지 않는다고 말한다. 그는 요즈음도 다른 작가들의 책을 읽으면서 문체의 아름다움을 느끼고 글의 분위기 속에 빠지면서 '문장 공부'를 계속하고 있다. 다른 사람의 글을 읽는 행위는 아직까지도 단순한 '즐기기'가 아니라 '일'의 성격을 지닌다. 책을 읽다 보면 문장의 구성 방식이나 어휘 선택을 살피고 작가의 의도가 무엇인지를 추측해보는 일을 계속하고 있는 자기를 문득 발견한다는 것이다. 그러니까 그는 머리와 가슴에서 쏟아져나오는 생각을 자연스럽게 글로 쓰는 사람이 아니라 단어와 문장 하나하나를 점검하고 고려하면서 어렵게 글을 쓰는 사람이다. 사르트르처럼 책 속에서 자라고 파리 고등사범학교를 나온 엘리트 작가의 글쓰기와 가난한 노동자의 집안에 태어나 길거리에서 성장하고 독학으로 작가가 된 사람의 글쓰기 방식에는 차이가 있을 것이다.

그는 글쓰기를 시작한 이후 어렵게 살며 힘들여 쓴 첫 원고를 '미뉘Minuit' 출판사에 보냈다. 얼마 후 편집 담당자에게서 전화가 왔다. '당신의 작업은 재미있는데 한번 만나서 이야기하고 싶다'는 내용이었다. 출판사 편집 담당자는 그에게 '당신이 쓴 원고의 현재 상태는 지나치게 사뮈엘 베케트의 영향 아래 있다. 베케트를 벗어나 당신 스스로의 이야기를 당신 나름대로의 방식으로 써보라'는 주문을 했다. 그래서 그는 몇 달 동안 아파트에 처박혀 자기 이야기를 쓰기 시작했다. 긴 독백 형식으로 자신이 살아온 이야기를 계속 적어 내려갔다. 그렇게 해서 1987년 그의 첫 작품 『그는 말한다Dit-il』가 출판되었다. 그 이후 지금까지 열두 권의 소설을 썼다. 그 책들은 각각 개별적인 작품들이지만 모두 자전적 요소를 반영하고 있다. 반 고흐가 파리 시절에서 시작하여 아를과 생-레미 그리고 오베르-쉬르-우아즈 시절에 이르기까지 계속해서 여러 편의 자화상을 그렸다면, 크리스티앙 가이는 소설이라는 형식을 통해 줄곧 자화상을 그리고 있는 셈이다.

그는 자기의 참모습을 찾기 위해서 이런저런 방식으로 계속해서 글을 썼다. 그러다보면 자기가 자신을 알아볼 수 있을 때가 오리라고 생각하며 글을 썼다. 그렇게 해서 나온 열두 편의 소설은 모두 자신의 모습을 분명히 하기 위한 자기 모색과 자기 탐구의 작업이었다. 그는 지금 글을 쓰지 않고 있다. 그는 여백 속에 있다. 그 여백 속에서 새로운 생각이 떠오르기를 조용히 기다리고 있다. 자신의 모습을 더 분명히 그리기 위해서 이번에는 어떤 이야기를 쓸 것인가를 생각하면서……

어제 오후 서점에서 가져온 미뉘 출판사의 도서 목록에서 크리스티앙 가이Christian Gailly의 불어 이름과 작품 제목들을 확인했다. 미뉘 출판사의 목록에는 사뮈엘 베케트, 마르그리트 뒤라스, 클로드 시몽, 피에르 부르디외, 자크 데리다, 질 들뢰즈 등 프랑스를 대표하는 작가와 지식인 들의 저서가 사진과 함께 소개되어 있다. 모든 저자의 사진이 다 나와 있는 것은 아닌데 책장을 넘기다 보니까 크리스티앙 가이의 사진이 나와 있다. 그의 사진을 들여다보면 방송에서 들은 선입견 때문인지 몰라도 힘들었던 인생의 흔적이 남아 있다. 부르디외 식으로 말하면 그의 얼굴에서는 노동자 문화의 '아비튀스habitus'가 느껴진다. 그의 살 속에는 민중계급의 삶이 녹아들어 있다. 사진 속의 그는 안경을 끼고 있는데 안경 뒤의 시선은 날카롭기보다 부드럽게 느껴진다. 언제 기회가 오면 파리에서 내가 즐겨 찾는 벨빌 동네를 배경으로 하는 그의 소설을 한번 읽어보고 싶다.

프로방스에는 창작의 고통을 덜어주는 힘이 있다
—프로방스의 작가들

● 반 고흐에서 세잔을 거쳐 피카소와 샤갈, 마티스와 니콜라 드 스탈에 이르기까지 프로방스는 화가들의 예술적 영감을 자극했다. 작열하는 태양, 올리브 나무와 황금빛 벌판, 장엄한 황혼 풍경은 수많은 화가와 사진작가와 영화감독 들을 유혹했다. 그러나 프로방스는 눈에 보이는 풍경을 직접 이미지로 변화시키는 시각 예술가만이 아니라 풍경을 사유를 통해 글로 걸러내는 작가와 시인 들에게도 영감을 불러일으켰다. 프레데릭 미스트랄, 알퐁스 도데, 앙리 보스코, 장 지오노, 마르셀 파뇰, 알베르 카뮈, 르네 샤르…… 이들은 모두 프로방스에서 백지를 앞에 놓고 떠오르는 생각들을 글로 표현했던 사람들이다. 그러나 쓰고 싶다는 욕망, 써야 한다는 강박감이 언제나 글로 이어지는 것은 아니다. 프로방스에는 작가와 시인이 겪는 창작의 고통을 경감시키고 그들을 격려하고 용기를 주고 새로운 생각을 불러일으키는 무언가가 있다. 그렇다면 그것은 무엇인가? 프로방스에는 우선 오래된 역사가 있다. 원형경기장과 고대 극장과 개선문, 퐁-뒤-가르Pont-du-Gard 같은 거대한 조형물만이 아니라 뤼베롱 산을 넘어 압트와 카바용을 이어주는 쥘리앵 다리Pont Julien와 아를 생-트로핌 성당의 고요한 회랑도 있다. 아비뇽의 교황청으로 상징되는 중세의 역사가 있고 페트라르카로 상징되는 문예부흥기의 흔적도 있다. 오랜 세월의 흔적들은 작가와 시인의 호기심을 자극하고 상상력을 발동시킨다.

작가라면 글을 쓰는 일을 생활화하고 습관처럼 글을 써야 한다. 그러나 작가가 글을 쓰는 기계는 아니다. 책상 앞에 앉는다고 언제나 글이 강물처럼 흐르지는 않는다. 몇 시간 글을 쓰다보면 지루해지기도 한다. 그럴 때면 글쓰기를 중단하고 걸어야 한다. 산보는 지친 마음을 일으켜세우고 약해진 창작 의욕을 북돋아준다. 프로방스는 작가들에게 수많은 산책로를 제공한다. 들판으로, 언덕으로, 포도밭 사이로, 산속으로, 바람을 맞으며, 석양을 바라보며, 라방드 향기를 맡으며 몇 시간이고 걸을 수 있는 곳이 즐비하다. 장 지오노와 앙리 보스코를 비롯한 프로방스의 작가들은 모두 위대한 산보객들이었다. 산보에서 돌아오는 길에 카페에 들러 프로방스 사람들을 관찰하며 대화에 귀를 기울이다보면 삶에서 일어나는 수많은 일들에 접할 수 있다. 그곳에서는 날씨, 세금, 파리에서 이사온 사람, 마을의 역사, 고약한 이웃, 참외 가격, 이상한 외국인, 집 고치는 일 등 다양한 주제에 대한 생생한 토론이 벌어진다. 카페에서 관찰한 다양한 성격의 사람들은 어느 날 소설 속의 인물로 변형될 수도 있다.●

8/18
JEU

맑음

반 고흐가 실연당한 이유

반 고흐는
평범한 생활인의 길을 거부하고
자신의 온 존재를 걸 수 있는
'천직'을 찾았다

2007년 8월, 에갈리에르. 노년기의 헐벗은 바위산 알피유가 배경으로 보이는 에갈리에르 마을의 모습이다. 푸른색 페인트를 칠한 수영장이 달린 집은 파리지엔느들의 별장인 듯 보인다.

어제 저녁에 마리-클레르가 전화를 했다. 생-레미에 살고 있는 딸 마갈리가 자기 집에 왔는데 잠깐 만나서 함께 차라도 한잔 마시자는 것이다. 그래서 오늘 오후 3시에 볼테르 광장에 있는 카페에서 마리-클레르와 그의 큰딸 마갈리를 만났다. 마갈리의 약혼자 니콜라도 함께 왔다. 무슨 일인가 했더니 마갈리와 니콜라가 이번 가을에 결혼식을 올린다는 소식을 전했다. 건네준 엷은 미색 봉투를 여니 청첩장이 나왔다. 청첩장은 2005년 9월 17일 토요일, 에갈리에르 시청에서 열릴 결혼식을 알리고 있다. 에갈리에르는 생-레미에 가까이 위치한 작은 마을인데 알피유 산으로 둘러싸인 아름다운 마을이라고 한다. 시청에서 예식이 끝난 다음 저녁에는 에갈리에르 마을의 '팽나무 아래'라는 식당에서 아페리티프와 식사가 있을 예정이라고 한다.

장의 결혼식에 참석한 후에 마갈리의 결혼식에도 초청을 받고 나니 요즈음 나와 대화를 계속하고 있는 반 고흐가 결혼하지 못한 이유를 생각해보게 된다. 반 고흐는 세 여성을 사랑했다. 스무 살의 나이에 영국에서 화랑 점원으로 일할 때 하숙집 여주인의 딸에게 연정을 느껴 사랑을 고백했으나 받아들여지지 않아 짝사랑으로 끝났다. 이후 젊어서 과부가 된 먼 친척 여성에게 청혼했으나 다시 한번 뜻을 이루지 못했다.

반 고흐가 두 여성에게 실연당한 이유는 무엇일까? 그의 외모나 성격이 여성들에게 매력적이지 않았는지도 모른다. 그러나 내가 추측할 수 있는 이유는 다른 데 있다. 안정된 직업생활을 통해 평균적인 삶을 살아갈 사람으로 비추어지지 않았기 때문이다. 무언가 다른 사람들과 다른 것을 추구하는 사람은 어떻게 보면 매력적으로 보일 수도 있지만 그보다는 불투명한 미래에 대한 불안감을 조성한다. 그래서 많은 한국 여성들이 결혼할 남자의 조건을 물어보면 "평범한 남자가 제일 좋지요"라는 대답을 했던 것이다. 요즈음 젊은 여성들은 '튀는' 남자를 좋아하는 경향이 있지만 그것도 학벌, 직장, 가문 등에서 안정된 점수를 얻은 다음의 일이다. 마르크스도 자기의 딸과 결혼하겠다고 허락을 받으러 온 운동권 청년 라파르그에게 "내 딸을 어떻게 먹여 살릴 것인가?"라는 질문을 던졌다고 하지 않는가.

반 고흐는 평범한 생활인의 길을 거부하고 자신의 온 존재를 걸 수 있는 '천직'을 찾았다. 생활 능력을 갖추는 일은 그 다음 일이었다. 밥벌이도 못 한 채 동생에게 경제적 지원을 받으며 팔리지 않을 그림을 그리는 남자에게 선뜻 마음의 문을 열어줄 여자를 만나는 일은 쉽지 않았을 것이다. 그래서 반 고흐의 사랑은 모두 짝사랑으로 끝났다. 그러다가 그는 다섯 살 난 아이를 데리고 임신중인 매춘 여성을 자기 집으로 데려와 함께 살게 되었다. 자기가 돌보지 않으면 다시 매춘을 할 수밖에 없는 여인과 함께 살며 그녀를 모델로 〈슬픔〉 〈위대한 숙녀〉 등의 작품을 그렸다. 그는 두 아이가 있는 방에서 자신이 살아 있다는 느낌을 받았으며 그림에 더욱 매진할 수 있는 힘을 얻었다. 그러나 부모와 동생 테오를 비롯하여 주위 사람들의 눈총을 이기지 못하고 그 관계를 정리할 수밖에 없었다. 그러고 난 다음에는 오로지 그림에만 모든 에너지를 쏟았다. 그는 채워지지 않은 좌절된 욕구를 예술 창작 의욕으로 승화시켜 모든 에너지를 그림에 집중했다. 그러니까 그는 거의 사제와 같은 상태에서 그림을 그리다가 인생을 마감한 것이라고 할 수 있다. 그의 인생을 생각하면 언제나 가슴 한구석이 시리다.

2005년 8월, 생-레미-드-프로방스. 생-레미 성당의 회랑에 샐비어가 한창이다. 부모를 따돌린 아이가 꽃밭에 서 있고 회랑에 설치한 망사 너울이 바람에 흔들거리고 있다.

8/19
VEN

맑음

반 고흐의 비극적 삶

그는 가난과 절망과
고통 속에서도
인내와 집념으로
계속 그림을 그렸다

2010년 7월, 아를. 골목길 어느 집 창가에 나팔꽃이 피었다. 아침에 핀 나팔꽃이 오후가 되자 햇빛에 질려 넓은 연보라색 꽃잎을 오므리고 있다.

오전에 어제 보던 미뉘 출판사의 도서 목록을 다시 펼쳤다. 프랑스 최고 수준의 작품을 펴내는 출판사의 출판 목록을 보면서 프랑스 문화의 수준을 짚어보는 일도 재미있다. 도서 목록은 분야별로 구분되어 있는데 '비평' 부분을 넘기다보니까 '반 고흐의 영광'이라는 책 제목이 나와 있다. 저자 나탈리 에니히는 부르디외 학파에 속하는 예술사회학자인데 2002년에는 심리학자 카롤린 엘리아셰프와 함께 모녀관계에 대한 책을 펴내기도 했다. 간단한 책 소개를 보니 이 책은 왜 사람들이 반 고흐의 그림에 열광하는가라는 문제를 다룬다고 한다.

반 고흐의 삶과 예술은 현대 미술사에서 가장 널리 알려지고 사람들을 열광시키는 전설적 이야기이자 수수께끼가 되었다. 살아생전 딱 한 점의 그림이 팔린 무명화가의 그림이 오늘날에는 세계적으로 가장 비싼 그림이 되어버린 반전을 어떻게 설명할 것인가? 동네 사람들에게 위험한 광인으로 낙인찍혀 아를을 떠나야 했던 보잘것없던 가난뱅이 화가가 현대 미술의 빅뱅을 시작한 천재화가로 인정받게 된 대역전극이 일어난 까닭은 무엇인가?

점심식사를 마치자마자 아를 시립 도서관인 메디아테크로 가서 그 책을 찾기 시작했다. 예술을 주제로 하는 책과 자료를 모아놓은 서가로 가서 반 고흐에 대한 책들을 다 뒤적여보았으나 『반 고흐의 영광』은 없었다. 그 대신 1990년 반 고흐 100주기 행사로 아를에서 열린 전시회 카탈로그, 시카고 미술관이 소장하고 있는 반 고흐의 작품 16점을 소개하는 책, 윌프레드 아널드Wilfred Arnold라는 생화학자가 쓴 반 고흐의 정신적 문제와 창조성의 관계를 탐구한 책, 반 고흐의 동생 테오의 삶을 기록한 『또 하나의 반 고흐: 테오 반 고흐의 전기』 등을 찾았다. 열람실 책상에 앉아 아널드의 책을 먼저 읽기 시작했다.

반 고흐 살아생전 그의 그림에 대한 비평은 고흐가 세상을 떠나기 얼마 전에 꼭 한 번 어느 잡지에 실린 적이 있다. 반 고흐는 동생 테오에게 그 글을 쓴 비평가에게 앞으로는 자기 그림에 대해서 글을 쓰지 말아달라고 부탁하라는 내용의 편지를 쓴 적이 있다. 그런데 그가 죽은 다음에는 그의 뜻과 무관하게 그에 대한 책이 수없이 출판되었다. 암스테르담의 반 고흐 미술관, 파리의 오르세 미술관, 시카고 미술관 등 반 고흐의 그림을 소장하고 있는 미술관들은 세계 각지에서 그의 그림을 보러 오는 사람들로 넘친다. 파리 근교 그가 마지막으로 머물던 오베르 마을에는 그와 그의 동생 테오가 나란히 누워 있는 묘지를 찾아오는 순례자들이 줄을 잇고 있다. 그의 그림 〈해바라기〉는 1987년 크리스티 경매에서 호당 세계 최고 가격으로 팔렸다. 그는 국경과 계급과 나이와 인종과 성의 경계선을 넘어 세상 사람들에게 가장 친숙한 화가가 되었다. 풍경화든 인물화든 정물화든 전 세계적으로 수많은 사람들이 그의 그림을 친숙하게 느끼며 사랑한다. 사람들에게 가장 좋아하는 화가가 누구냐고 물어서 순위를 매긴다면 그는 정상의 자리를 차지할 것이다.

그렇다면 살아생전 철저하게 무시당하던 반 고흐가 사후의 영광을 누리는 까닭은 무엇일까? 이 문제에 대해 오늘 읽은 책들에서 다음과 같은 답을 찾을 수 있었다. 첫째로 그의 그림이 남다르기 때문이다. 반 고흐는 누구나 쉽게 접할 수 있되 한 번 보면 기억에서 사라지지 않을 강력한 인상을 남기는 그림을 그리고 싶어했다. 그의 가장 잘 알려진 작품의 하나인 〈아를의 빈센트의 방〉을 보기로 들어보면 그림의 표면에서 강력하고 거침없는 붓 터치가 느껴지고, 붉은색, 초록색, 노란색이 서로 어울리며 자아내는 열정적 색채감이 보는 사람의 시선과 마음을 사로잡는다. 그는 누구나 쉽게 접할 수 있는 평범한 일상의 장면들을 화폭에 담았다. 자기가 살던 집, 자기의 방, 의자, 신발을 그렸고, 자신의 얼굴과 의사와 우체부와 동네 사람들의 초상화를 그렸고, 자기가 살던 동네의 카페와 주변의 풍경을 그렸다. 탄광에서 일하는 노동자와 들판에서 일하는 농부들의 모습을 그렸고, 자신이 보던 성경책과 소설책을 탁자 위에 놓고 그렸다. 그는 사전 교양이 있어야 알아볼 수 있는 신화와 성경과 역사와 문학의 메타포를 그림에 담지 않고 누구나 쉽게 접할 수 있는 대상들을 화폭에 담았다. 그는 편지 속에서 사람들에게 '위안'과 '위로'를 줄 수 있는 그림을 그리고 싶다고 말했고 그림을 그린다는 것이 무엇인지도 모르는 가난하고 교육받지 못한 사람들을 위해서 그림을 그린다고 말했다. 한때 목사가 되려던 그는 그림을 통해 '이웃 사랑'을 실천하려 했고 가난과 절망과 고통 속에서도 인내와 집념으로 계속 그림을 그렸다. 그는 누구에게나 친숙하게 다가가기 위해 그림 한구석에 쓰는 자기 이름도 반 고흐라는 성을 쓰지 않고 빈센트라는 이름을 썼다. 이것은 누구에게나 친숙하게 불리고 싶다는 그의 의도를 표현한다.

두번째 이유는 그의 힘들고 파란만장했던 비극적 삶이다. 고갱과의 말다툼 끝에 귀를 자른 사건, 자살로 끝난 서른일곱 해의 짧은 삶, 주위 사람들의 배척과 무관심과 몰이해, 두 번에 걸친 실연과 매춘부와의 동거, 목사가 되려는 길을 저버려야 했던 가슴 아픈 체험, 아를에 화가들을 모아 '남녘 아틀리에'를 만들려던 꿈의 좌절 등 숱한 실패의 경험, 그럼에도 불구하고 그림에 전념하여 불과 8년 동안의 화가 생활에서 800여 점의 그림을 남겼다는 사실, 그리고 그의 사후에 찾아온 영광이라는 기가 막힌 반전 등은 그의 삶 자체를 소설 속의 이야기로 만든다. (사실 그를 주제로 하는 수많은 기록영화와 극영화가 만들어져서 그의 삶은 이제 사람들이 진정한 예술가의 삶을 생각할 때 떠올리는 전설적 삶이 되었다. 1948년에서 1990년 사이에 반 고흐를 주제로 하는 영화가 82편이나 만들어졌다고 한다.) 이렇게 그의 삶과 그림을 이어 볼수록 더 많은 감동을 받을 수 있다. 그가 자신의 삶 속에서 느낀 고독과 우수와 고통과 연민

이 쌓이고 쌓여 자신도 알지 못하는 사이에 그림 속에 녹아들어 사람들의 마음을 애잔하게 만들기 때문이다. 그가 동생에게 쓴 편지들은 그의 삶과 그림을 깊이 이해하는 데 중요한 자료가 되었다. 그는 그림을 그리는 화가이면서 동시에 자신의 삶과 그림에 대한 이야기를 글로 쓰는 작가이기도 했다. 도서관을 나오면서 그 앞에 있는 서점에 가서 예술 쪽 서가를 바라보니 『반 고흐의 영광』 한 권이 반 고흐에 대한 책들 가운데 꽂혀 있다. 그래서 반가운 마음으로 그 책을 사 가지고 돌아왔다.

2007년, 생-레미-드-프로방스. 골목길 한편에 작은 광장이 있고 거기에 분수대가 있다. 과거에 동네 사람들에게 물을 공급했던 분수대는 이제 본래의 기능을 잃어버리고 역사의 증인으로 남아 있다.

프로방스 올리브 나무의 기적

● 올리브 나무를 보면 반 고흐의 그림이 생각난다. 아니 반 고흐의 그림 때문에 올리브 나무에 시선을 주는지도 모른다. 반 고흐는 프로방스에서 올리브 나무 그림을 열여덟 장이나 그렸다. 그는 동생 테오에게 보낸 편지에서 바람에 흔들리는 올리브 나뭇잎의 변화무쌍한 색채를 표현하기 어렵다고 토로한 적이 있다. 반 고흐는 그래도 연두색을 사용했지만 색의 마술사로 불리던 보나르는 회색을 썼고 르누아르는 금색과 붉은색을 칠했다. 올리브 나무는 지금으로부터 약 4만 년 전에 지구상에 출현한 가장 오래된 나무의 하나이며 기원전 2000년경부터 계획적으로 경작되었다. 프로방스에는 기원전 700년경 페니키아 사람들에 의해 도입되었다. 19세기는 프로방스에서 올리브 나무 경작의 전성기였다. 올리브 나무는 크게 신경 쓰지 않아도 잘 자라서 풍성한 올리브 열매를 선사한다. 어디서나 잘 자라고 오래 살며 기후 변화에도 잘 적응한다. 그러나 올리브 나무가 잘 대처하지 못하는 강적이 하나 있다. 그건 바로 지속적인 강추위다. 1956년 1월 예외적으로 따스한 날씨가 계속되었다. 나무들은 봄이 온 줄 알고 수액을 빨아올렸다. 그러다가 어느 날 밤 기온이 영하 7도로 내려가면서 추운 날씨가 계속되었다. 올리브 나무의 대참사가 일어났다. 뿌리가 얼고 몸통이 갈라지면서 프로방스의 올리브 나무 수백만 그루가 죽었다. 그래서 농부들은 톱으로 나무의 밑동을 잘라버렸다. 그리고 50년이 흘렀다. 그런데 이게 웬일인가. 프로방스 도처에서 죽은 줄 알았던 올리브 나무의 밑동에서 새 줄기가 나오기 시작했다. 죽은 올리브 나무의 환생이었다. 올리브 나무의 줄기는 죽었지만 뿌리는 죽지 않고 살아 있었던 것이다.

매년 11월 중순 초록색 올리브 추수가 시작되며 검은색 올리브 추수는 12월까지 계속된다. 올리브 열매는 소금에 절여 전식으로 먹기도 하지만 주로 올리브유로 바뀐다. 1리터의 올리브유를 짜기 위해서는 5킬로그램의 올리브 열매가 필요하다. 루르마랭의 방앗간 자리를 개조해서 만든 물랭Moulin 호텔에 가면 올리브유를 짜던 방앗간의 장치들이 옛 모습 그대로 전시되어 있다. 올리브유 속에는 프로방스의 태양빛과 흙냄새가 들어 있다. 나쁜 콜레스테롤이 없는 향기로운 올리브유로 요리를 하면 맛도 좋지만 소화도 촉진한다. 비타민 E도 풍부하며 노화를 방지하는 여러 요소가 들어 있기도 하다. 술을 마시기 전에 한 수저 먹어두면 위장을 보호하는 기능도 한다. 프로방스 산 올리브유는 이탈리아의 토스카나 산 올리브유와 함께 질이 좋기로 유명하다. 그래서 가짜도 많다. 스페인에서 만든 올리브유에 프로방스 상표를 붙여 파는 경우가 흔하다. 건강하게 익은 올리브 열매를 가열하지 않고 압착해서 짜낸 순수한 올리브유에는 비에르주vierge(처녀)라는 이름이 붙는다. 그중에서도 가장 질이 좋은 올리브유에는 엑스트라-비에르주(최고의 처녀)라는 이름이 붙는다. 프로방스에서 나는 올리브유에는 모두 엑스트라-비에르주라는 표시가 붙어 있다. 모든 즐거움에는 치러야 할 대가가 있지만 엑스트라-비에르주 올리브유는 원하는 만큼 먹어도 아무 뒤탈이 없다.●

8/20
SAM

맑음
반 고흐의 영광

"최고 경지에 오른 대가들의
그림 속에는
신적인 요소가 들어 있다"

2005년 8월, 아를. 반 고흐가 동생에게 쓴 편지모음집의 표지이다. 자화상의 눈을 보면 무언가를 애절하게 갈구하고 있음을 느낄 수 있다. 책 위에는 내가 퐁텐-드-보클뤼즈의 산에서 주워 온 돌멩이가 놓여 있다. 반 고흐는 네덜란드 사람이었지만 동생에게 불어로 편지를 썼다.

Vincent
Van Gogh

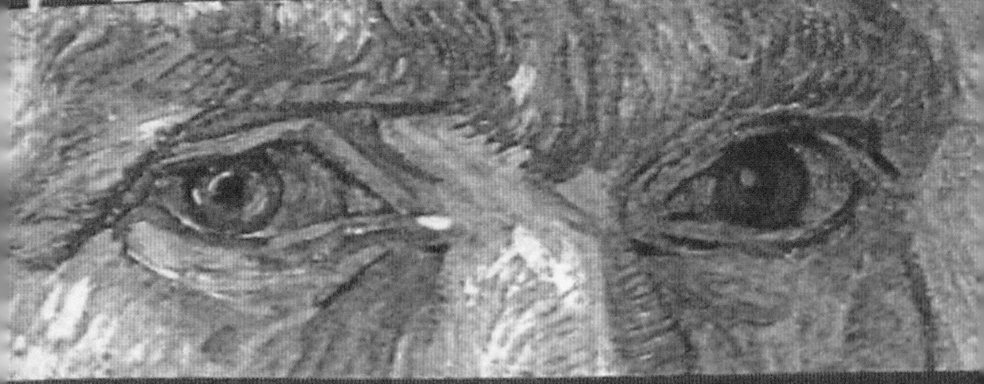

Lettres
à son frère Théo

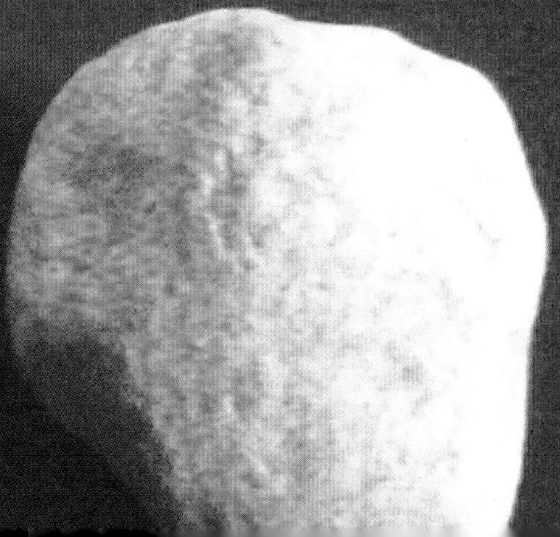

어제 저녁부터 계속해서 『반 고흐의 영광』을 읽고 있다. 반 고흐의 삶은 주위 사람들의 무관심에서 시작하여 모든 사람들의 칭송으로 역전되는 성공담이자 영웅전이 되었다. 그는 자신의 삶을 희생물로 바쳐 그림을 얻었다. 반 고흐의 전기는 당대의 이해나 성공을 바라지 않고 꿋꿋하게 자기의 길을 가며 자신만의 고유한 세계를 창조하는 예술가상을 만들었다. '존경에 대한 인류학적 논문'이라는 부제를 달고 있는 이 책은 다음과 같은 일련의 질문에 대한 대답의 시도이다. 왜 1890년에 죽은 반 고흐가 오늘에 이르기까지 그토록 칭송을 받고 있는가? 빈센트 반 고흐라는 한 개인이 어떻게 하여 차츰차츰 공적 영웅으로 만들어졌는가? 누구와도 비교할 수 없이 독특하며, 점점 더 큰 존경을 받으며 거의 성자로 칭송되는 반 고흐 현상을 어떻게 설명할 것인가? 광기, 귀 자르기, 아를, 아이리스와 해바라기, 동생 테오, 비극적 죽음, 저주받은 화가, 알려지지 않은 천재, 동시대 사람들의 몰이해, 가장 고가로 팔린 그림 등 반 고흐의 삶과 관련된 모티프들이 어떻게 전설로 바뀌었는가? 처음에는 단순한 에피소드였던 사실이 어떤 과정을 거쳐 역사적 사실이 되고 결국에 가서는 누구나 다 아는 사실이 되었는가? 어디로부터 시작하여 그의 작품들이 예술 비평가들에 의해 만장일치로 인정받게 되었는가?

반 고흐는 오늘날 예술가로서는 영웅의 반열에 올라 있다. 그는 누구도 흉내낼 수 없는 고유하고 특출한 예술가 명단의 제일 윗자리에 올라 있다. 그는 예술가란 무엇인가라는 물음에 대한 답을 제공하는 인물이 되었다. 왜 사람들은 반 고흐를 그토록 칭송하는가? 저자는 반 고흐와 관련된 글, 말, 이미지, 행동 들을 거리를 두고 바라보며 객관화하는 작업을 통해 반 고흐에 대한 칭송 현상이 어떻게 만들어지고 재생산되는지를 탐구한다. 저자는 남들처럼 반 고흐를 칭송하는 데 머무르지 않고 사람들이 왜 반 고흐를 그토록 칭송하는가를 묻는다. 그런 질문을 던지고 답하는 일이 학자의 임무이다. 그런 분석 작업이 반 고흐를 칭송하는 사람들의 기분을 상하게 할 수도 있다. 신화는 신화이지 분석의 대상이 아니기 때문이다. 그러나 그의 연구대상은 반 고흐와 그의 그림이 아니라 그를 둘러싼 칭송 현상이다. 그러므로 그의 연구 결과에 겁이나 화를 낼 이유는 아무 데도 없다. 누구라도 반 고흐의 어느 면을 좋아하고 존경하고 칭송하고 싶다면 그냥 그대로 하면 된다. 그러나 과연 남이 좋다니까, 세계적으로 유명하니까, 남의 의견을 따라서 반 고흐를 칭송하고 있는 것은 아닌가 한 번쯤 자문해볼 수는 있을 것이다. 이 책은 나처럼 그런 질문을 던지는 사람들에게 도움이 된다.

예술가에 대한 평가는 일차적으로 비평가들에 의해 만들어지고 책을 비롯한 여러 매체를 통해 일반인들에게 전달된다. 어느 화가의 작품에 대한 평가는 화가, 비평가, 화상, 미술학교 교수, 미술관 큐레이터 등으로 이루어진 예술가 공동체 안에서 이루어진다. 그리고 거기에는 다른 곳에서와 마찬가지로 권력관계에 따른 지배적 규범이 존재한다. 그래서 그 규범을 따르지 않는 사람은 배척당하고 평가의 대상이 되지 않는다. 그런데 반 고흐는 미술대학이라는 제도교육을 받은 적이 없고 개인적으로 지도를 받을 경우에도 제도교육의 기초가 되는 해부학 공부나 석고 데생을 거부했다. 그는 제도권 미술 규범의 관점에서 자신의 그림에 대해 내려지는 비판을 받아들이지 않았다. 제도권의 기준을 무시하고 자신의 방식대로 그림을 그렸다. 그는 렘브란트에서 들라크루아와 밀레를 거쳐 인상주의에 이르는 미술사를 자기 나름대로 이해하고 새로운 그림을 그리기 시작했다.

대학원 시절 읽은 책 가운데 나에게 많은 영향을 미친 책으로 『과학혁명의 구조』라는 책이 있다. 1980년대 이 책의 저자 토마스 쿤이 파리에 왔을 때 한 번 본 적이 있는데 그는 이 책에서 '패러다임'이라는 말을 썼다. 패러다임은 과학 공동체 내 구성원들이 암암리에 혹은 명시적으로 동의하고 있는 지배적 규범을 말한다. 그런데 과학의 발전은 하나의 지배적 패러다임 안에서 이루어진 지식이 누적되면서 점진적으로 발전하는 것이 아니라, 주어진 패러다임으로 도저히 설명할 수 없는 새로운 현상들을 발견하고 그것을 설명하기 위한 새로운 패러다임이 구성되는 방식으로 발전한다는 것이 그 책의 주장이다. 과학의 발전은 평상시에는 작은 발견들이 누적되면서 이루어지지만 어느 순간 패러다임이 바뀌면서 혁명적으로 발전한다는 것이다. 그런데 과학 공동체 내에서 기존의 패러다임을 따르지 않고 새로운 패러다임을 만드는 사람은 이단아 또는 위험한 인물로 취급되고 무시당하고 배척당한다. 그러나 설명하지 못하는 사실들이 늘어나면서 새로운 패러다임이 그것들을 설명하면 기존 패러다임에서 연구하던 학자들이 점차 새로운 패러다임을 선택하게 된다. 새로운 패러다임에 따라 지식이 쌓여가면서 이제까지 어둠에 가려 있던 현상들이 새롭게 설명되기 시작한다. 그렇게 되면 기성의 학문 공동체에 속한 과학자들이 대거 지배적 패러다임을 버리고 새로운 패러다임을 선택하면서 패러다임의 이동이 일어나게 된다는 것이다.

이런 과학의 패러다임 이동의 모델을 반 고흐의 그림에 적용해 보면, 과학사의 혁명적 변화와 예술사의 혁명적 변화에서 동일한 구조를 발견할 수 있을 것이다. 반 고흐는 제도권 미술의 지배적 규범을 따르지 않고 새로운 규범을 만들었다. 그래서 그는 살아생전 인정을 받지 못했다. 그는 그림이 눈에 보이는 현실을 그대로 재현하는 것이 아니라 그것을 주관적으로 느끼고 인식하고 해석하여 재구성하는 작업이라고 생각했다. 그런 생각이 바로 야수파를 거쳐 표현주의로 발전했고, 급기야 입체파와 추상화로 발전했던 것이다. 말하자면 20세기 현대미술의 원점에 반 고흐가 자리하고 있는 것이다. 칸딘스키와 몬드리안, 피카소와 니콜라 드 스탈과 프랜시스 베이컨은 모두 그의 후예들이다. 보통 사람들의 관습과 상식을 넘어 앞서 나가는 '아방가르드'라는 개념은 현대 미술사의 열쇳말 가운데 하나인데 반 고흐는 그 아방가르드의 원형이다.

그렇다면 반 고흐의 아방가르드적 그림이 어떻게 해서 현대 미술사의 중요한 기점으로 평가받게 되었는가? 공동체의 지배적 규범을 따르지 않는 예술가를 무시하던 비평가들이 어떤 과정을 거쳐 새로운 패러다임을 만드는 예술가에 주목하게 되는가? 반 고흐는 어떤 과정을 거쳐 비평가들에게 발견되고 평가받게 되었는가?

반 고흐가 세상을 떠나기 몇 개월 전 『르 메르퀴르 드 프랑스Le Mercure de France』라는 잡지에 그의 그림에 대한 비평이 한 편 실렸다. 조르주-알베르 오리에Georges-Albert Aurier가 쓴 「고립된 사람들: 뱅상 반 고흐」라는 글이다. 그때까지만 해도 그는 무명의 화가였다. 그러나 그가 세상을 떠나고 2년 후 한 비평가는 그에게 '천재'라는 칭호를 붙였고 1905년이 되면 벌써 반 고흐에 대한 전설적 이야기의 주요 요소들이 거의 다 마련된다. 프랑스 비평가들은 반 고흐의 정열, 비극적 운명, 예술에 대한 헌신, 영웅, 순교자 등의 개념을 쓰기 시작했고 다른 나라의 비평가들이 그 뒤를 이었다. 그가 죽은 지 30년이 지난 1920년에 이르면 벌써 그의 명성은 세계적인 현상이 되어 일본에까지 전달된다. (그의 삶과 그림에 매료된 일본인 화가 사에키 유조는 1920년대에 파리에 와서 오베르-쉬르-우아즈의 성당을 그리기도 하고 파리의 도시 풍경을 그리다가 반 고흐의 신화에 따라 파리 근교 정신병원에서 생을 마감했다.) 그러나 그의 명성이 미술비평계를 떠나 보통 사람들에게까지 확산된 것은 2차대전 이후이다. 1950년 시카고에서 열린 첫번째 대규모 회고전으로 반 고흐는 미국의 일반 교양층 사이에 널리 알려지기 시작했다. 1962년 암스테르담에 반 고흐 재단이 만들어지고 1973년 반 고흐 미술관이 개관하면서 그의 명성은 실체가 되었다. 이제 그의 명성은 날개를 달고 인플레 현상을 일으키고 있다. 누가 감히 '나는 반 고흐를 모른다'는 교양의 공백을 고백할 수 있을까?

지금 내가 글을 쓰고 있는 아를의 메자닌에 있는 스피커에서는 디누 리파티Dinu Lipatti의 맑고 힘찬 피아노 연주가 들리고 있다.

2002년 서울을 떠나 파리로 올 때 친구인 피아니스트 김진호가 선물로 준 CD이다. 줄리아드 음대를 나온 김진호는 2000년 금호아트홀에서 열린 연주회에서 리파티를 추모하는 의미에서 이 CD에 실린 레퍼토리를 똑같은 순서로 연주했다. 내가 김진호를 친구로 생각하는 이유는 그가 세속적 명예에 유혹되지 않고 진정한 음악 세계를 추구하기 때문이다. 그런 점에서 그는 리파티의 후예다. 리파티는 1917년생인데 1950년 12월 2일 서른세 살의 나이에 백혈병으로 세상을 떠났다. 지금 내가 듣고 있는 CD는 1950년 9월 16일 그가 죽기 전 프랑스의 브장송Besançon에서 열렸던 마지막 연주회 실황 녹음을 CD로 만든 것이다. 모든 일에서 처음도 그렇지만 마지막이라는 말도 사람의 마음을 떨리게 한다.

리파티는 마지막 연주회에서 바흐의 파르티타에서 시작하여 모차르트의 피아노 소나타 8번과 슈베르트의 즉흥곡을 거쳐 쇼팽의 왈츠곡으로 연주를 끝냈다. 리파티는 담당의사의 만류에도 불구하고 연주회를 거의 완벽하게 마쳤다. 죽음을 앞둔 사람의 음악에는 가식이 없다. 그는 피아노 앞에서 언제나 진정성을 추구했으며 거룩한 소리의 세계에 도달하려고 노력했지만 이 마지막 연주에서야 말로 초월적인 힘을 발휘하여 최고의 경지에 도달하였다. 백조는 죽기 전에 가장 아름다운 노래를 부른다고 하는데, 그의 마지막 연주회는 그야말로 '백조의 노래'였다. 그는 인간미 넘치는 사람이었으면서 동시에 초인적이었다. 이 마지막 연주회에서 리파티는 신이 선택해서 세상에 내려보낸 음악의 메신저였다.

반 고흐는 거의 모든 사람들이 삶을 영위하는 방식인 천박함을 넘어서서 고귀함에 도달하고 훌륭한 작품을 남기는 일에 목숨을 걸었다. 동생에게 보낸 편지에는 "최고 경지에 오른 대가들의 그림 속에는 신적인 요소가 들어 있다"라는 구절을 남겼다. 그런 의미에서 반 고흐를 화성畵聖이라고 말할 수 있다면 리파티는 악성樂聖이라고 할 수 있을지도 모른다. 두 사람은 모두 짧고 고통스러운 비극적 삶을 살았지만 누구도 도달할 수 없는 자기만의 작품을 남겼다. 고통과 시련 앞에 무릎 꿇지 않고 계속해서 더 높은 경지의 예술세계를 끈질기게 추구해갔다는 점에서 그들은 성자들이다.

8/21
DIM

햇살과 미스트랄 바람
아를에서 다시 파리로

그 새는 길을 잃어버린 것일까
아니면 다른 새들과
어울려 있기가 싫어서
혼자 다른 곳으로 날아온 것일까

2005년 8월, 아를. 새 한 마리가 혼자 날아와 원형경기장의 돌 아치 위에 앉아 있다. 아를 남쪽에 있는 카마르그 습지에는 홍학을 비롯하여 많은 새들이 서식하고 있다.

오늘은 아를을 떠나는 날이다. 그런데 참 이상한 일이다. 아를에서 마담 루보의 아파트에 도착한 날은 제비가 날아와 마당을 돌다 가더니 아를을 떠나는 날 오전에는 아파트 맞은편의 원형경기장 맨 위의 돌난간에 두루미가 날아와 앉았다. 한참 동안 바라보아도 날아가지 않고 자리를 지키고 있다. 그래서 카메라를 가지고 와서 사진을 찍었다. 그래도 두루미는 날아갈 생각이 없이 돌난간 위에 앉아 부리로 자기의 몸통을 휘저어 깃털을 바람에 날린다. 한 삼십 분쯤 짐을 정리하다가 창가로 가서 원형경기장 위쪽을 바라보니까 두루미는 이미 떠나고 없었다. 아를에서 멀지 않은 거리에 있는 프랑스 최대의 습지인 카마르그에서 날아온 두루미였던 모양이다. 아무리 그래도 떼를 지어 날아온 것도 아니고 혼자 날아와서 원형경기장의 햇빛을 받아 뜨거워진 화강암 돌 위에 한참이나 앉아 있다 갔다는 사실은 흔한 일은 아닐 것이다.

그 새는 길을 잃어버린 것일까 아니면 다른 새들과 어울려 있기가 싫어서 혼자 다른 곳으로 날아온 것일까. 공연히 우연한 일을 가지고 이야기를 만드는지 몰라도 아를에 도착하는 날과 떠나는 날에 나에게 나타난 새들이 무언가 전할 말을 가지고 있었던 것 같다. 그런데 그 말이 무엇인지는 아직 알 수 없다.

아를 역에서 아비뇽 TGV역 앞으로 가는 버스를 타러 가려고 택시를 불렀다. 가방 두 개를 아래층 대문 앞에 내려놓고 택시를 기다리는데 영 오지를 않아서 독촉 전화를 걸고 난 다음에도 십오 분이나 지나서 도착했다. 프랑스에 살려면 기다리는 인내심을 키워야 한다. 가는 데마다 줄이고 그 줄은 쉽게 줄어들지 않는다. '빨리빨리'를 외치며 서두르는 삶에 익숙한 한국 사람들에게 프로방스의 느린 생활 리듬은 어쩌면 답답하게 느껴질 수도 있다. 도착한 택시에 짐을 싣고 이런저런 생각을 하고 있는데 택시가 아를 기차역 앞에 도착했다.

역 대합실은 파리로 출발하는 기차를 기다리는 사람들로 가득 차 있다. 대합실 벽에 붙어 있는 출발 열차 안내판을 보니까 파리로 가는 고속열차에는 두 가지가 있다. 마르세유에서 출발하여 아를, 발랑스, 리옹을 경유하여 파리로 올라가는 기차가 있고 아를을 경유하지 않고 아비뇽 TGV역에서 한 번 선 다음 곧바로 파리로 직행하는 기차가 있다. 그런데 미란이 파리에서 예매한 기차표는 아를 역에서 타는 기차가 아니라 아비뇽 TGV역까지 가서 갈아타야 하는 표였다. 그래서 12시 20분에 출발하는 철도청에서 운영하는 셔틀버스를 타야 했다. 모르면 고생을 하게 되어 있다.

버스가 도착하기를 기다리면서 역 앞의 벤치에 앉아 줄지어 서 있는 플라타너스 나무들을 바라보았다. 미스트랄이 불어와 플라타너스 나무에 부딪쳐 소리를 내고 있었다. 아를을 떠나며 듣는 바람 소리가 시원하면서도 아쉽다. 바람에 나뭇가지와 나뭇잎 들이 흔들린다. 나뭇가지들은 김수영의 시 「풀」에 나오는 구절처럼 바람보다 먼저 쓰러지고 바람보다 먼저 일어난다. 그런데 나무의 몸통과 굵은 가지는 미동도 하지 않고 꿋꿋하게 서 있다. 나뭇잎들은 바람이 일면 파르르 떨며 윙윙 소리를 낸다. 그리고 가는 나뭇가지들도 바람에 흔들리며 출렁거린다. 역 건물 정면에 걸려 있는 프랑스 삼색기도 바람에 펄럭이며 휘휘 소리를 낸다. 벤치 옆자리에 앉아 있는 젊은 여성은 검은색의 두꺼운 표지로 장식된 수첩에 무언가를 열심히 적고 있다. 프랑스 사람들 가운데 3분의 1 정도가 언젠가 자신의 삶을 소설로 써서 책으로 출판할 꿈을 꾸고 있다는데 저 젊은 여성도 자신의 느낌과 생각을 글로 쓰면서 그런 생각을 할지도 모를 일이다.

버스가 도착했다. 이 버스로 아를에서 아비뇽 TGV역까지 가서 다시 한 시간을 기다려야 파리로 올라가는 기차를 탈 수 있다. 번거로운 일정에 약간 짜증을 내며 버스에 올랐다. 그런데 한 오 분쯤 지나자 기분이 좀 풀리기 시작했다. 버스는 570번 국도로 들어서 타라스콩Tarascon을 향하고 있었는데 창문 밖으로 펼쳐지는 풍경들이 어디서 많이 본 듯했다. 반 고흐가 그린 〈타라스콩으로 가는 길 위의 화가〉라는 그림이 떠올랐다. 멀리 아를의 모습이 희미하게 보이고 큰 플라타너스 나무가 두 그루 서 있는데 등에는 이젤과 앉은뱅이 접는 의자를 메고 한 손에는 물감통을, 다른 한 손에는 스케치북을 든 고흐가 그림자를 드리우며 혼자 길 위를 걷고 있는 모습이다. 그 화가가 걷고 있는 길과 멀리 보이는 아를 사이의 공간에는 타는 듯한 햇살을 받아 누렇게 익어가는 밀밭과 초록색으로 칠해진 야채밭이 그려져 있다. 독일의 마그데부르크 미술관에 전시되었던 그 그림은 1945년에 불이 나서 연기로 사라졌다. 그러니까 내가 본 그림은 복제본이다. 그런데 1957년 프랜시스 베이컨은 바로 그 그림과 비슷한 구도로 반 고흐 연작을 여러 작품 그렸다. 그 가운데 한 작품을 2004년 파리의 마욜 미술관에서 열렸던 프랜시스 베이컨 회고전에서 본 적이 있다.

유리창 밖으로 바라보는 풍경 속에는 사람들의 모습은 하나도 보이지 않고 가끔 자동차들만 지나간다. 길 양쪽으로 넓게 펼쳐지는 밭들을 바라보는데 반 고흐가 동생에게 보낸 편지에 쓴 한 구절이 떠올랐다.

계속해서 산책을 많이 하고 자연을 사랑해라. 왜냐하면 그렇게 하는 것이 예술을 더욱 잘 이해하는 진정한 방법이기 때문이다. 화가는 자연을 이해하는 사람이다. 화가는 자연을 사랑하며 우리들에게 자연을 바라보는 법을 가르쳐준다.

화가는 풍경을 바라보면서 풍경화를 그리지만 나 같은 사람은 풍경화를 바라보면서 풍경을 바라보는 법을 배운다. 풍경화를 그리는 화가들은 자연을 이해하고 사랑하고 그것을 그림을 통해 표현함으로써 그림을 보는 사람들에게 풍경을 바라보고 즐기는 법을 가르쳐준다. 그것은 동양화나 서양화나 마찬가지다. 그냥 무심코 지나갔을 타라스콩으로 가는 길 위의 풍경들이 반 고흐의 그림을 떠올리자 내 눈에 새롭게 다가왔다. 문화를 매개로 하여 풍경은 다른 의미를 얻는다. 12시 45분. 드디어 내가 탄 버스가 타라스콩에 도착했다. 몇 사람이 내리고 몇 사람이 탔다. 50여 명이 탈 수 있는 버스 안에 군데군데 10명 정도의 승객이 타고 있어서 한적한 느낌이다.

아비뇽 TGV 역사는 기다란 기차 모양으로 설계되어 있다. 역 앞에 조성된 정원에는 수로가 있고 수생식물들이 자라고 있다. 정원은 주변 풍경과 잘 어울린다. 역 뒤쪽에는 프로방스의 산들이 펼쳐진다. 역사로 들어가 2층으로 올라가면 아비뇽 중심부의 모습이 눈에 들어온다. 자연스러운 느낌을 주는 마루를 깐 대합실에서 한 시간 정도를 기다리자 기차가 도착했다. 기차에 올랐다. 기차 2층에 마련된 짐칸에 가방 두 개를 올리고 예약한 좌석번호를 찾아갔는데 어느 젊은 프랑스 친구가 그 자리를 차지하고 있다. 그래서 기차표를 제시하니까 그 친구는 알았다는 표정을 지으며 왼쪽 앞자리로 옮겨 간다. 그러더니 컴퓨터를 꺼내서 저장해놓은 사진들을 보고 있다. 잠시 후 이내 싫증이 나는 듯 컴퓨터를 끄고 MP3를 꺼내 이어폰을 귀에 꽂는다. 손에는 휴대폰을 쥐고 있다. 그러더니 안절부절 불안하게 열차 안을 왔다 갔다 한다. 내 자리 앞의 그물망주머니에 들어 있는 광고전단 같은 것이 신경에 거슬려서 선반 위에 던져버리고 한참 동안 유리창으로 펼쳐지는 풍경을 감상했다.

멀리 방투 산이 보였고 프로방스의 대지가 햇빛을 받아 빛나고 있었다. 그런데 이 친구가 자기 자리 밑바닥을 비롯해서 내 자리 근처까지 무언가를 찾으며 다닌다. 그러더니 나에게 혹시 여기 그물망주머니에 둔 기차표를 못 보았느냐고 물어본다. 그래서 기차표인지는 몰라도 거기에 들어 있던 무언가를 선반 위에 올려놓았다고 말하니까 얼른 선반 위의 종이봉투를 확인한다. 그게 그의 기차표였다. 검표원이 기차표를 보자고 했는데 어디다 둔지 몰라서 당황했던 모양이다. 그는 다소 안심한 얼굴로 다시 찾은 기차표를 가지고 가서 승무원에게 보이고 제자리로 돌아와 앉는다. 그러더니 또 불안하게 기차 안을 왔다 갔다 한다. 귀에 꽂은 이어폰에서는 시끄러운 음악 소리가 새어나온다. 그 앞에 앉아 있는 노년기에 접어든 부부는 각기 서로 다른 잡지를 보고 있는데 그 청년이 암만 불안하게 부스럭거려도 아무런 제재를 하지 않는다. 그런 태도가 프랑스 사람들이 공유하는 '톨레랑스'인지는 몰라도 내가 보기에는 무관심을 넘어 무시로 보이기도 한다. 아무튼 한자리에 조용히 앉아 있는 능력을 상실한 그 청년이 프랑스 젊은 세대의 초상이라면 프랑스의 미래가 그리 밝게 보이지만은 않는다.

오로지 화면에 뜨는 이미지와 귀에 들리는 청각적 자극을 통해서만 순간순간을 살아가는 세대, 조용히 앉아 자기 자신의 내면을 들여다보는 능력이 없어 휴대폰과 인터넷 이메일을 통해 외부로부터 오는 소식만 기다리는 프랑스 신세대의 모습을 보면서 인터넷 강국, 휴대폰 첨단 기술 개발국, MP3가 일반화된 한국 젊은이들의 모습이 떠올랐다. 한국의 젊은이들은 저 프랑스 청년과 얼마만큼이나 다른가? 전자통신기술을 바탕으로 한 생활문화는 세계의 공통적 문화가 되어가고 있다. 세계화는 문화적 획일성을 조장한다. 세계의 젊은 세대는 점점 더 동질화되어가고 있다. 그런데 내 바로 왼쪽 옆자리에 앉아 있는 사십대 중반가량으로 보이는 프랑스 여성은 책 한 권을 들고 꼼짝도 않고 읽고 있다. 때로 고개를 들어 유리창 밖을 쳐다볼 뿐이다. 세대에 따라 기차 안에서 시간을 보내는 방식이 다른 것이다. 나는 계속해서 오로지 유리창 밖으로 펼쳐지는 풍경화를 감상했다.

파리 리옹 역에 도착하니 7월 29일 파리로 먼저 떠났던 대인이가 마중을 나와 있었다. 택시를 타려고 이십 분 정도 줄을 섰다. 집에 도착해서 내 서재에 들어가보니까 가득 찼던 수반水盤의 물이 3분의 1 정도만 남아 있고 물 위에는 먼지가 부옇게 떠 있다. 25일 동안 사람이 살지 않은 방의 분위기는 썰렁했다. 대인이가 혼자 지내면서 청소를 제대로 하지 않아 서재는 말할 것도 없고 침실과 부엌과 응접실과 복도를 포함해 집 전체가 먼지에 쌓여 있는 듯한 느낌이다. 그래도 부모가 온다고 김치찌개를 맛있게 끓여 놓았다. 오늘은 너무 늦어서 눈에 보이는 것만 치웠는데 내일은 대대적으로 집 안 청소를 해야겠다.

반 고흐의 '장소'들을 찾아서

나는 내 작업이
내가 원하는 것과 거의 조화를 이루지 못하는 것을 생각할 때
언제나 커다란 회한을 갖게 된다.

— 반 고흐

반 고흐와의 대화

대화는 산 사람 사이에만 이루어지는 것이 아니다. 죽은 자와 산 자 사이에도 대화가 가능하다. 며칠 전부터 자꾸 반 고흐에 대한 생각이 머리를 스쳐 지나갔는데 연보를 찾아보니까 7월 29일이 반 고흐가 세상을 떠난 날이다. 사실 나와 반 고흐 사이에 대화가 시작된 것은 오래전의 일이다. 내가 삶의 의미라는 문제로 고민을 시작했던 고등학교 1학년 어느 봄날 오후의 미술시간이었다. 졸음이 쏟아지는 오후 시간에 미술 선생님이 들려준 반 고흐에 대한 이야기는 잠을 달아나게 했다. 고갱과의 다툼 끝에 자신의 귀를 자른 이야기며, 까마귀가 나는 들판에서 서른일곱 살의 나이에 자신의 가슴에 총을 쏘아 자살을 했다는 한 화가의 이야기는 감수성이 예민했던 나의 뇌리에 깊게 각인되었다. 그 당시 마침 "스태리 스태리 나이트starry starry night"로 시작하는 '빈센트'라는 제목의 팝송이 유행하고 있었고 덕수궁에서는 프랑스 인상파 화가전이 열리고 있었다. 그 노래를 들으면 가슴이 찡했고 인상파전을 보면서 프랑스를 꿈꾸기 시작했다.

창조성과 광기 사이

대학 시절 쓸쓸하거나 책이 잘 읽히지 않을 때면 학교 중앙도서관 2층에 있는 참고열람실에 가서 그곳에 배치된 화집들을 많이 보았다. 반 고흐, 파울 클레, 막스 에른스트, 모딜리아니, 샤갈 등의 그림은 나에게 많은 위안을 주었다. 그때 의대에 다니던 친구가 있었는데 나 혼자 교정의 이곳저곳을 산책하다보면 가끔 우연히 그와 마주치곤 했다. 지금은 정신과 전문의가 되어 있는 그 친구도 혼자 산책하기를 즐겼던 모양이다. 어느 날 그 친구가 옆구리에 끼고 다니던 정신의학 분야 영어 원서를 훑어보다가 나의 관심을 끄는 논문 한 편을 발견했다. 「빈센트 반 고흐: 창조성과 광기 사이」라는 글이었다. 그때 당시 나는 규범과 정상에 목매단 상투적 삶에 염증을 느끼고 있었기 때문에 외부적 규제를 거부하고 내면에서 솟아나는 창조의 강렬한 욕구를 가지고 있던 화가들에게 관심을 갖게 되었던 모양이다. 그 가운데서도 광기와 창조성 사이를 오간 반 고흐의 삶과 그림은 쉽게 나의 관심과 호기심의 대상이 되었다.

〈타라스콩 가는 길 위의 화가〉, 1888년 7월, 48×44cm
반 고흐가 홀로 이젤을 등에 지고 물감통과 캔버스를 손에 들고 아를 옆에 붙어 있는 타라스콩으로 걸어가고 있다. 독일 마그데부르크 미술관에 소장되어 있던 이 그림은 1945년 화재로 소실되었다.

파리 죄드폼 미술관

그러다가 지금으로부터 28년 전인 1982년 6월, 난생처음으로 내가 태어나고 자란 한국이라는 지리적이며 정신적인 테두리를 벗어나게 되었다. 중고등학교 시절부터 내 상상계의 지도 중심에 자리하고 있던 프랑스 파리에서 유학생활을 시작하게 된 것이다. 프랑스 유학은 나에게 축복이며 은총이었다. 내가 파리에 도착해서 처음 간 미술관은 당연히 죄드폼Jeu de Paume 미술관이었다. 오늘날 오르세 미술관에 전시되어 있는 인상파와 후기인상파 화가들의 그림이 당시에는 죄드폼 미술관에 전시되고 있었기 때문이다. 미술 교과서에 나오는 인상파 화가들의 그림 밑에 작은 글씨로 쓰여 있던 그 그림들의 소장처 죄드폼 미술관에서 인상파 화가들의 그림을 내 눈으로 직접 보면서 나는 비로소 내가 프랑스 파리에 왔다는 사실을 실감할 수 있었다. 그러나 그때까지도 반 고흐와 나 사이의 본격적인 대화가 시작된 것은 아니었다. 고흐는 마네, 모네, 드가, 로트레크, 피사로, 르누아르, 고갱 등 일군의 인상파 화가들 속에 끼여 있었다.

암스테르담 반 고흐 미술관

1982년 12월, 크리스마스 휴가 기간 동안 네덜란드의 암스테르담에 버스로 단체 여행을 떠나게 되었다. 암스테르담에서 서너 시간의 자유시간이 주어졌을 때 렘브란트 미술관과 반 고흐 미술관 둘 중 하나를 선택할 수밖에 없었다. 그때 반 고흐 미술관을 선택함으로써 그와 나 사이의 본격적인 만남이 시작되었다. 보지 못했고 상상도 하지 못했던 엄청난 수의 작품들이 새로 지은 현대식 미술관 안에 시기별로 전시되어 있었다. 전시는 반 고흐가 초기 시절 그렸던 〈감자 먹는 사람들〉을 비롯하여 어두운 톤의 그림들이 변화와 생성의 과정을 거쳐 내 눈에 익숙한 자화상들과 프로방스의 풍경들로 이어지고 까마귀가 나는 밀밭의 풍경들로 끝이 나고 있었다. 반 고흐는 어머니에게 보낸 한 편지에서 "그림은 자기 안의 세계La peinture est un monde en soi"라고 말했는데 나는 그의 그림들을 통해 그의 내면풍경을 조금이나마 짐작할 수 있게 되었다. 그의 고통과 기쁨과 좌절과 희망의 세계를…… 그때 이후 반 고흐는 내 가슴속 어느 곳에 자리를 잡고 때가 되면 나에게 소리 없이 말을 거는 친구가 되었다.

〈아를의 빈센트의 방〉, 1988년 10월, 72×90cm
아를의 '노란 집'에 있던 빈센트 반 고흐가 살던 방의 모습이다. 반 고흐는 그림 속에 나오는 두 개의 밀짚의자도 즐겨 그렸다.

오베르-쉬르-우아즈

1980년대 파리 유학 시절 나와 반 고흐 사이의 관계가 더욱 돈독해진 또 하나의 계기가 있다. 그 이야기를 하자면 그때 당시 파리에서 정치학을 공부하고 있던 유제현 선생을 떠올리지 않을 수 없다. 유선생은 1970년대에 파리에 유학을 왔다가 1972년 유신체제의 선포 이후 박정희의 독재에 반대하는 입장을 표명하고 자기 나름대로 해외 민주화 운동을 하고 있었다. 그는 진지했고 정이 많았고 교양이 있는 사람이었다. 그래서 가끔 만나 밤늦도록 이야기를 나누고 달빛이 쏟아지는 밤이면 파리 14구 국제학생기숙사 앞에 있는 몽수리 공원 근처를 산책하기도 했고 13구의 이탈리아 광장 근처 영화관을 함께 가기도 하고, 그 광장 부근 어딘가에 있던 저우언라이가 1920년대에 살던 집을 함께 가보기도 했다.

기숙사 내 방에는 유선생이 선물로 준 대나무 그림이 한 장 붙어 있었는데 그 대나무 그림은 유별나게 잎이 풍성한 모습을 하고 있었다. 그 그림을 그린 조선 시대 선비의 이름은 생각나지 않지만 유선생이 그 그림을 나에게 건네주면서 한 말은 생생하게 기억에 남아 있다. "자네도 이 대나무처럼 풍성한 학문세계를 이루게!" 그러던 어느 가을날 유선생이 나에게 전화를 했다. 고흐가 삶을 마감하기 직전에 살았던 오베르-쉬르-우아즈라는 마을에 함께 가보자는 제안이었다. 그래서 1984년 늦가을 어느 날 아침 파리의 생-라자르 역에서 기차를 타고 퐁투아즈Pontoise를 거쳐 오베르-쉬르-우아즈에 도착했다.

유선생은 일단 반 고흐에게 우리가 왔다는 인사를 드리자고 하면서 마을로 들어가는 입구의 작은 공원으로 나를 인도했다. 그곳에는 반 고흐가 화구를 등에 메고 있는 상이 서 있었다. 러시아 출신의 조각가 오십 자드킨이 심혈을 기울여 만든 작품이었다. 동상 위로 가을바람에 마로니에 마른 잎이 흔들리며 떨어지고 있었다.

공원을 나와 반 고흐의 하숙집을 찾아갔다. 큰길가에 위치한 카페 겸 식당 건물의 2층으로 올라가니 작은 방에 침대가 있고 밀짚 의자가 있고 그 앞에 서 있는 이젤 위에는 그리다 만 그림 한 점이 덩그러니 놓여 있었다. 반 고흐가 그림을 그리고 잠을 자고 동생 테오에게 편지를 쓰던 그 공간에서 나는 반 고흐의 고통받은 영혼을 조금 더 가까이 느낄 수 있었다. 방을 나와서 당시 반 고흐를 치료하던 가셰 박사의 집, 목매단 사람의 집, 마을 성당과 까마귀가 날던 밀밭을 지나 언덕 위에 있는 공동묘지에 도착했다. 작열하는 태양으로 밀밭은 황금빛으로 빛났다. 하늘은 밀밭 위에서 말이 없었다. 묘지에 들어서자 변두리의 북쪽 벽 바로 앞에 빈센트 반 고흐의 무덤이 보였고 그 바로 옆에 평생 변함없이 형을 지지하고 후원하던 동생 테오의 무덤이 나란히 자리 잡고 있었다. 서늘한 가을 하늘에는 까마귀 떼가 날고 있었다.

〈해 질 무렵〉, 1888년 6월, 73.5×92cm
넓게 펼쳐진 밀밭 넘어 아를의 전경이 보인다. 성당, 풍차, 공장의 모습이 비교적 자세하게 표현되어 있다. 검은 연기를 내뿜는 공장이 문명을 상징한다면 넓은 밀밭은 자연을 상징한다. 반 고흐는 이 그림에서 아름다운 풍경이 아니라 문명과 자연의 대립을 표현하고 있는 듯하다.

아를의 반 고흐 센터

그 이후 나는 1989년 초 박사학위 논문을 마치고 귀국하여 대학에서 강사 생활을 하며 힘든 몇 해를 보냈다. 살아남기 위한 고통스러운 적응의 기간 동안 나와 반 고흐 사이의 관계는 점점 멀어져가고 있었다. 아니 그를 거의 잊고 살았다는 표현이 더 정확할 것이다. 그러다가 1997년 여름 그와의 관계가 다시 이어지게 되었다. 주한 프랑스대사관의 주선으로 반 고흐가 머무르며 그림을 그리던 남불의 아를에서 한 달 동안 머무를 수 있는 기회를 갖게 된 것이다. 1997년 7월 여름 어느 날 오후 나는 파리 리옹 역에서 기차를 타고 어둠이 내리는 시간에 아를 역에 도착하였다. 1888년 2월 20일 눈 덮인 아를에 턱수염을 기른 반 고흐가 도착한 바로 그 역이었다.

아를에서 내가 한 달 동안 머무른 숙소의 이름이 반 고흐 센터였다. 그곳은 옛날 반 고흐가 아를 시절 치료를 받던 병원이었는데 지금은 번역센터와 도서관, 대학 강의실 등이 자리하고 있다. 나는 그곳 번역센터에 창문을 열면 정원이 내려다보이는 방을 한 칸 얻고 숙소 아래층에 있는 도서관 구석에 개인 공간을 마련하였다. 그러나 아를에서 나는 도서관에 머무르지 못하고 아를 시내를 누비고 돌아다녔다. 반 고흐가 100여 년 전에 그림으로 남긴 정원을 걸어나가 시내 곳곳에 있는 그의 발자취를 따라 순례하며 그와 많은 이야기를 나누었다. 그때 번역센터의 내 앞방에 자리 잡고 있는 멕시코에서 온 친구를 알게 되었다. 마르코 안토니오 캄포스라는 이름의 그 친구는 그해 여름 아를에서 앙토냉 아르토가 쓴 『반 고흐 또는 사회가 시킨 자살』을 번역하고 있었다. 그는 반 고흐의 정신적인 문제가 개인의 문제가 아니라 그가 살던 사회의 문제이며 결국 반 고흐는 자살한 것이 아니라 사회가 죽인 것이라는 책 내용을 이야기하면서 그 책 복사본 한 권을 나에게 건네주었다.

그러던 어느 날 저녁이 가까워오는 늦은 오후 반 고흐가 머무른 '노란 집'이 있던 라마르틴 광장의 카페 테라스에 앉아 있는데 마르코가 그 앞을 지나고 있었다. 아를에서 시외버스를 타고 아비뇽을 거쳐 반 고흐가 입원해 있던 생-레미-드-프로방스에 갔다 오는 길이라고 했다. 그곳에서 정말 좋았는데 돌아오는 길에 더워서 버스 유리창을 열어놓고 오다가 바람에 모자를 날려버렸다고 아쉬워한다. 지금 생각해보면 그때 왜 나는 생-레미에 가볼 생각을 하지 않았는지 모르겠다. 아마도 40도를 육박하는 남불의 햇빛 때문에 아를을 떠나 다른 곳으로 움직일 엄두를 내지 못했던 것 같다. 그해 여름 나는 아를에만 머물면서 원형경기장, 리스 대로에 있는 여름공원, 포럼 광장의 카페, 별이 빛나는 론 강가, 트랭크타유 다리로 올라가는 계단, 오래된 풍차, 로마 시대의 석관들이 줄지어 서 있는 알리스캉 등 아를에서 반 고흐가 그림을 그렸던 장소들을 순방하면서 반 고흐의 영혼과 알게 모르게 대화를 나누었다. 그동안 세파에 시달리느라고 멀어졌던 그와의 관계가 다시 이어지는 느낌이었다.

그후 나는 1994년부터 일하던 '크리스찬 아카데미'를 떠나 KBS

텔레비전에서 〈정수복의 세상 읽기〉라는 프로그램을 진행했고 이곳저곳 시민단체에 강연을 다녔으며 기독교방송의 〈시사자키〉라는 프로그램을 진행하기도 했다. 그리고 2001년에는 『바다로 간 게으름뱅이』라는 책의 한 장에 아를에 대한 이야기를 썼다. 그러다가 나는 2002년 1월 25일 서울 생활을 뒤로하고 다시 프랑스 파리로 삶의 근거지를 옮기게 되었다. 살 집도 정해지지 않은 불확실한 상황에서 일단 파리로 오게 된 것은 순전히 내 자신의 선택이었다. 어렵사리 16구에 있는 아파트를 하나 구했는데 입주하기까지 한 달 이상 기다려야 하는 상황이었다. 그 기다리는 한 달 동안 아를에서 머무르면 어떨까 하는 생각을 했다. 그래서 1997년 여름 반 고흐 센터에서 알게 된 친구 마리-클레르를 통해 원형경기장 옆에 있는 작은 아파트를 빌렸다. 번역가인 마리-클레르는 1997년 여름 아를에 집을 사서 이미 삶의 뿌리를 그곳에 내리고 있었다. 그렇게 해서 아를에서 다시 한 달을 지내게 되었다. 2002년에는 1997년 여름에 미처 가보지 못했던 아를 구석구석까지 샅샅이 걸어 다녔다. 그리고 아를을 벗어나 마르세유와 엑상-프로방스를 다녀오기도 하였다. 그러나 2002년 아를 체류 기간 동안에 있었던 일들 가운데 가장 기억에 남는 것은 고흐가 아를을 떠나 오베르-쉬르-우아즈로 가기 직전에 머물렀던 생-레미-드-프로방스를 다녀온 일이다.

〈잘린 귀의 자화상〉, 1899년 1월, 60×49cm
귀를 자른 사건이 있은 후 동생에게 쓴 편지에서 반 고흐는 "이제 더 이상 위험은 없다. 다만 약간의 통증과 걱정 근심이 있을 뿐이다. 그러나 기운을 차리면 그것들도 다 없어지리라 생각한다"라고 당시의 상태를 표현하고 있다.

생-레미-드-프로방스의 정신병원

생-레미를 방문하면서 나는 서울에서 내가 다니던 청파교회의 김기석 목사를 떠올렸다. 내가 어느 날 김목사에게 아를에서 반 고흐가 다녔던 교회에서 예배를 본 이야기를 하자 김목사는 "그러면 생-레미도 가보았느냐?"라고 물어보았던 기억이 난다. 그도 나 못지않게 반 고흐와 열심히 대화를 나누고 있는 사람인데 어느 일요일 예배에서는 반 고흐가 아를에서 그린 〈씨 뿌리는 사람〉이라는 그림을 언급하며 성서의 씨 뿌리는 사람의 비유를 주제로 설교를 하기도 했다. 그리고 그날 주보에는 반 고흐의 그 그림이 실리기도 했다. 김목사는 나와 아내가 함께 쓴 『바다로 간 게으름뱅이』라는 책의 표지에 "명망가가 되기보다는 참사람이 되기 위한 구도의 길 위에서 그들은 글을 쓴다"라는 과분한 글을 써주기도 했다. 그런 김목사를 떠올리며 3월 어느 날 이른 아침 아를에서 시외버스를 타고 생-레미를 향해 떠났다. 생-레미는 아를에서 멀지 않은 거리에 있다. 자동차로 가면 가까운 거리인데 버스를 이용하면 아비뇽을 거쳐 돌아가는 방법밖에 없다. 그래서 아침 일찍 버스를 타고 출발해서 10시경에 생-레미에 도착했다. 관광객도 거의 없었다. 생-레미 도심에서 1킬로미터쯤 떨어진 곳에 반 고흐가 입원해 있던 생 폴 드 모졸의 수도원 병원까지 천천히 걸어갔다. 가끔 지나가는 자동차들이 간간이 반 고흐와의 대화를 방해했지만 올리브 나무들이 서 있는 '아브뉘 반 고흐Avenue Van Gogh'를 따라 수도원에 도착했다.

1889년 5월 고흐는 건강이 악화되어 아를에서 이곳으로 옮겨왔다. 당시 이곳은 수녀들이 운영하는 정신병원이었다. 로마네스크 양식의 회랑을 지나 계단을 걸어 올라가 고흐가 머무르던 방을 재현해놓은 곳에 발을 디디게 되는 순간 나는 온몸에 심한 전율을 느꼈다. 방에서는 멀리 산이 내다보이고 가까이는 올리브 나무가 서 있는 정원의 모습이 눈에 들어왔다. 반 고흐는 이 병실에서 수녀들의 간호를 받으며 밀밭과 지푸라기 더미에 기대어 쉬는 농부, 푸른 하늘과 작열하는 태양, 석회석으로 이루어진 알피유 산의 모습을 화폭에 담았다. 오베르-쉬르-우아즈의 그가 머무르던 작은 방보다 조금 크지만 여전히 작은 그 공간에서 나는 반 고흐의 모습을 어렴풋이 떠올려볼 수 있었다.

반 고흐가 머무르던 방에서 아래층으로 이어지는 계단에는 사진과 그림 들이 걸려 있다. 모두 환자들의 작품이다. 정신과 의사이자 화가인 장-마르크 블롱Jean-Marc Blon의 주도로 이루어지고 있는 '아트테라피'의 결과물들이다. 건물 맨 아래층에는 반 고흐의 그림엽서와 함께 환자들의 작품도 판매하고 있다. 계단에 걸려 있던 그림 가운데 어느 여성 환자가 반 고흐와 나눈 영혼의 대화를 글과 그림으로 표현한 작품이 아직도 내 기억 속에 남아 있다. 그곳을 나와 반 고흐가 그림을 그렸던 장소들을 순례하듯 찾아 걸었다.

〈론 강의 별이 빛나는 밤〉, 1888년 9월, 72.5×92cm
오르세 미술관에 가면 이 그림을 볼 수 있다. 반 고흐는 "나는 지금 감히 말하건대 종교가 필요하다. 그래서 밤에 강가로 나가 별을 그린다. (…) 별들 속에 희망이 있다"고 썼다.

반 고흐와 대화하는 사람들

한 사람을 알기 위해서는 그 사람의 친구를 보면 알 수 있다는 말이 있고, 법정 스님은 생텍쥐페리의 『어린왕자』를 읽고 아무런 감명도 받지 못한 사람하고는 친구가 되기 어렵다고 말한 적이 있는데, 내가 아는 사람들 가운데는 나처럼 반 고흐의 그림을 좋아하고 그와 무언의 대화를 나누는 사람들이 많다. 옳지 않다고 생각하는 세상의 규범(한국인의 문화적 문법)에 순응하고 싶지 않은 사람들의 경우 삶의 대안을 추구하게 되고 그런 과정에서 고통스럽게 삶의 의미를 추구했던 반 고흐에게 관심을 갖게 되는 것 같다. 반 고흐는 이미 오래전에 세상을 떠났지만 많은 사람들이 오늘도 그와 대화를 나누고 있는 것이다.

1998년 여름 내가 머무르고 있던 아를에 박영신 선생님과 문은희 선생님 두 내외 분이 오신 적이 있는데 그때 문은희 선생님은 올리브 나무를 보면서 반 고흐가 그린 올리브 나무 이야기를 하셨다. (반 고흐는 동생 테오에게 보낸 편지에서 "북에서 기차를 타고 내려오다가 첫번째 올리브 나무를 만나는 곳에서 너는 프로방스에 오고 있다는 것을 알 것이다"라고 썼고 그 소용돌이치는 태양 아래 쥐어짜듯이 몸을 틀며 자라는 그 단단하고 강인한 올리브 나무들을 화폭에 담지 않았던가.) 안과 의사인 처형은 자신의 진료실에 반 고흐가 그린 아이리스 꽃이 가득 핀 정원 그림을 걸어놓고 있으며, 파리에서 유학 시절을 같이 보낸 친구 권유철은 반 고흐가 아를의 포럼 광장에서 그린 저녁 카페 그림을 걸어놓고 산다.

미국 텍사스에서 신학교수를 하는 강남순 선생도 반 고흐와 대화를 나누는 사람 가운데 하나다. 2002년 케임브리지 대학에서 포스트모던 신학을 강의하던 강남순 선생이 강의를 마치고 한국에 들어가기 전에 파리에 들렀을 때의 일이다. 그때 이런저런 이야기를 하다가 자기는 요즈음 삶의 생생한 모습을 느끼기 위해 논문보다는 서간문, 일기 등을 즐겨 읽는데 최근에는 반 고흐의 서간문을 잠자기 전에 읽고 있다는 이야기를 했었다. 고통을 언어로 형상화하는 시인 김승희도 반 고흐와 대화를 나눈다. 그녀가 쓴 「쌩 레미 요양원」이라는 시에는 다음과 같은 구절이 나온다.

> 나에게는 친구도 없다,
> 폴 고갱 같은 잔인한 족속은 더러 있었지만
> 한그루의 해바라기와 불꽃처럼 타오르는 측백나무
> 이글거리는 황토빛 보리밭과 까마귀,
> 별이 빛나는 밤이 있을 뿐이었다,

다시 오베르-쉬르-우아즈에서

2002년 여름 내내 파리 사람들이 다 떠나버려 사막이 된 파리를 낙타처럼 오가며 지켰다. 그러다가 시원한 바람이 불기 시작하는 9월 초 어느 날 불현듯 오베르-쉬르-우아즈에 가고 싶다는 생각이 들었다. 그날 오후 1시경에 비가 내리고 바람이 부는 오베르-쉬르-우아즈 역에 도착했다. 반 고흐는 오베르-쉬르-우아즈에 1899년 5월 20일에 도착해서 7월 29일 세상을 떠났다. 이 69일 동안 무려 70점의 작품을 그렸다.

관광철이 끝나고 비가 오는 날이라 사람들이 거의 없고 쓸쓸한 느낌이 가득했다. 우선 점심식사를 하고 18년 전 이 마을에 처음 왔을 때 느꼈던 감동을 되살리며 마을을 돌아다니다가 그때는 문을 닫고 있던 오베르 성에 들어가본 다음 고흐의 묘소를 참배했다. 묘지를 거쳐 언덕길을 내려오다가 고흐가 그 뒷모습을 그렸던 오베르 성당에 들어가서 한참 동안 앉아서 기도를 했다. 그동안 반 고흐가 하숙하던 '카페 라부Café Ravoux'를 개조한 '반 고흐의 집'이 생겼고 그 집 바로 위에 있는 크고 오래된 저택에는 오베르-쉬르-우아즈 관광안내소가 들어서 있었다. 세월이 그만큼 흘렀으니 변화가 있는 것은 당연하지만 자연스러운 마을의 분위기가 약해진 반면 상업화된 관광지 분위기가 강해진 느낌을 지울 수 없었다. 나는 18년 전 이곳에 처음 왔을 때의 강렬한 인상을 다시 느낄 수 없음을 아쉬워했다. 오베르-쉬르-우아즈가 변하기도 했지만 세월이 흐르면서 나 자신의 감수성도 많이 무뎌진 모양이었다. 해가 가고 나이가 많아지면서 지혜가 생기는지는 확실하지 않지만 경이와 감탄의 능력을 점차 상실하는 것은 분명한 것 같다. 그리고 사람들은 오랜 만남보다 첫번째 만남에 가장 강렬한 인상을 받는 것인지도 모른다. 설명할 수 없고 분명하게 잡히지 않는 첫 만남에서 얻은 원초적 느낌이 그 이후 이루어지는 관계의 성격에 결정적인 영향을 미치는지도 모른다.

몽마르트르 언덕

2003년 5월 어느 일요일 아침, 나는 파리의 몽마르트르 언덕을 걸어 올라가고 있었다. 지하철 블랑슈Blanche 역에서 내려 몽마르트르 서쪽 언덕으로 올라가다보니 르픽 거리Rue Lepic가 나왔다. 어디서 많이 들어본 길 이름이었다. 잘 생각해보니 반 고흐가 아를로 내려가기 전 파리에서 살던 집이 있던 곳이다. 그래서 혹시 반 고흐가 살았던 집을 알리는 표지판이 있는지 주의 깊게 살피면서 길을 따라 올라갔다. 한참 언덕길을 걸어 올라가서 그 길이 다 끝났는데도 표지판을 찾지 못했다. 그래서 다음번을 기약하며 생-뱅상 길Rue Saint-Vincent 쪽으로 들어서려고 하는데 동행했던 아내가 그러지 말고 길을 내려가면서 다시 한번 찾아보자고 한다. 오던 길을 돌아 천천히 걸어 내려다가 어느 집 벽에 석판 하나가 걸려 있는 것을 발견했다. 가까이 가서 그 석판에 쓰인 내용을 확인했다.

이곳에서 1887~1888년 사이에 반 고흐가 살았다.

나는 그 집 앞 부근을 한참 동안 오가며 그 시절 반 고흐의 모습을 떠올리려고 애썼다. 방황과 모색의 시기를 지나 화가가 되기로 결심한 고흐는 브뤼셀에서 데생을 공부하고 네덜란드에서 화가의 경력을 쌓다가 동생 테오가 살고 있는 파리 몽마르트르 언덕으로 왔다. 그때 고흐는 자신의 각오를 동생에게 보낸 편지 속에서 다음과 같이 피력했다.

내가 그림을 그릴 수 있는 시간을 비추어볼 때, 나는 내 몸이 견딜 수 있는 기간을 6년에서 10년 정도로 생각한다. 감정이나 어려움을 피해 절약할 의도는 전혀 없다. 나의 삶에서 짧게 산다는 것과 길게 산다는 것은 차이가 없다. 나는 나의 삶의 흔적을 몇 해 안에 완성해야 한다는 것을 잘 알고 있다. 30년 동안 방랑자 생활을 한 나는 더 이상 세상일에는 관심이 없다. 내 삶은 유화나 데생 속에 추억으로 남을 것이다. 내 그림은 어떤 유파나 그룹의 비위를 맞추기 위한 것이 아니다. 진지한 인간의 감정을 표현하는 것이다. 그것이 내 작품의 전부다.

그는 자신의 남은 삶을 6년에서 10년 사이로 예언했지만 6년의 절반인 단 3년 동안 자신이 하고 싶은 일에 몰두하다가 세상을 떠났다.

몽마르트르 언덕의 고흐의 모습을 떠올리다가 그가 프랑스에 와서 지낸 장소들을 하나하나 이어보았다. 그는 이곳 파리 몽마르트르 언덕(1887~1888)에서 시작하여 아를(1888~1889)과 생-레미(1889~1890)를 거쳐 오베르-쉬르-우아즈(1890) 시절에 삶을 마감했다. 그러고 보니 몽마르트르 언덕에 있는 그가 살던 아파트를 발견함으로써 네덜란드 사람 반 고흐가 프랑스 땅에서 지낸 장소 모두를 순례한 셈이 되었다. 아마도 그를 만나 마음의 문을 열고 진정한 대화를 나누고 싶다는 내 마음속의 무언의 욕구가 그가 살았던 도시와 마을, 병원과 방, 그의 그림이 걸려 있는 미술관들을 찾아다니게 했을 것이다.

반 고흐의 마지막 3년

그가 프랑스에서 보낸 마지막 3년(1887~1890)은 그의 인생에서 가장 고통스러웠던 기간이면서 동시에 왕성한 창조의 시간들이었다. 나는 이제 반 고흐가 그 기간 동안 머물렀던 거처들을 다니며 그의 희망과 절망, 창조의 고통과 기쁨을 조금은 헤아려볼 수 있게 되었다. 가끔 그가 그린 자화상들을 앞에 놓고 그 그림을 그리던 시절 그의 내면 풍경을 상상해보기도 한다.

1888년 2월 파리 몽마르트르에서 그린 자화상에 비해 1888년

9월 아를에서 그린 자화상은 훨씬 더 수척하고 강렬한 눈빛이다. 1889년 1월 자른 귀를 붕대로 싸매고 턱수염을 깎은 상태의 자화상은 불안하지만 무언가를 이루고야 말겠다는 강렬한 의지를 풍긴다. 그리고 1890년 오베르-쉬르-우아즈에서 그린 자화상은 훨씬 원숙한 모습을 보이지만 여전히 가슴속에 지니고 있는 흘러넘칠 듯 강렬한 내면을 드러낸다. 그의 마지막 자화상은 내면의 갈등으로 고통받는 영혼의 섬세한 감수성과 열정을 우주의 기를 모으는 구불거리는 붓의 터치와 단순화된 배경 그리고 무엇보다도 강렬한 눈초리를 통해 드러내고 있다. 그의 눈은 채워지지 않는 갈증으로 고통받고 있는 눈빛이기도 하고 도전과 의지의 눈빛이기도 하다. 그는 결코 자기 그림에 만족한 적이 없고 언제나 정신적 갈증에 시달렸다. 그 갈증은 들끓는 창조의 힘이 되었지만 그는 결국 채워지지 않는 내면의 갈증을 견디지 못하고 자살로 삶을 마감했다. 그 갈증의 정체는 과연 무엇인가? 그는 왜 자신과 화해하지 못하고 스스로 죽음의 길을 택했을까?

〈생-레미 정신병원 정원의 소나무들〉, 1889년 10월, 90.2×73.3cm
소나무 네 그루가 구불거리는 모습에서 강렬한 삶의 의지가 느껴진다. 반 고흐는 이 그림을 그린 다음 얼마 후 정신병원에서 퇴원하고 파리 근교의 오베르-쉬르-우아즈로 갔다.

계속되는 반 고흐와의 대화

2003년 여름 나는 찌는 듯한 더위를 이기며 카뮈의 마지막 거처가 있던 프로방스의 작은 마을 루르마랭에서 며칠을 보내고 있었다. 어느 날 그곳의 관광안내소에 갔다가 우연히 집어든 지역신문을 통해 2003년이 반 고흐 탄생 150주년이 되는 해라는 것을 알게 되었다. 신문 기사를 읽어보니 이를 기념하기 위해 남불의 아를과 생-레미-드-프로방스에서는 여러 행사가 열리고 있다.

아를의 원형경기장 옆에 위치한 '빈센트 반 고흐 재단'에서는 반 고흐의 드로잉 작품들과 편지, 고흐의 광기가 폭발했을 때 아를 사람들이 시장에게 고흐를 병원에 입원시켜달라고 요청한 청원서 원본 등을 모아 전시하고 있다. 생-레미-드-프로방스 중심가에 있는 '반 고흐 예술센터'에서도 기념행사가 열리고 있다. 여름 내내 매주 화요일 저녁에는 생-레미 시청 앞 광장에서 고흐의 정신적 후손들인 40여 명의 예술가들이 작품을 전시하고 판매하는 행사가 열리고 있다. 반 고흐가 머물렀던 생-레미와 그 부근 마을들에서 창작에 몰두하고 있는 예술가들은 고흐처럼 남불의 작열하는 태양 빛과 색채에 매혹되어 아예 삶과 작업의 근거지로 프로방스를 택한 사람들이다.

어디 생-레미의 예술가들뿐이겠는가. 고흐는 이미 한 세기도 전에 세상을 떠났지만 암스테르담의 반 고흐 미술관과 파리의 오르세 미술관에 걸려 있는 그의 그림 앞에서 많은 사람들이 매일 그와 대화를 계속하고 있다. 그와의 대화는 진품 앞에서만 이루어지는 것이 아니다. 그림엽서와 포스터, 사진 인쇄로 복제된 그의 그림들이 세상 곳곳에서 사람들에게 말을 걸고 있다. 나는 오늘도 이 글을 쓰며 그와 대화를 계속하고 있다. 나의 삶과 그의 삶의 어느 부분이 프랑스 땅에서 만나 지금까지 대화를 계속하고 있는 것이다. 나는 그를 지금보다 더 깊이 이해하고 싶다. 그가 고향마을에서 보낸 어린 시절과 청년 시절 그리고 프랑스로 오기 이전 영국과 벨기에에서 보낸 시절의 이야기를 더 듣고 싶고 그에게 내가 살아온 이야기도 하고 싶다. 그가 프로방스의 빛에 매료된 까닭을 알고 싶고 그가 왜 자신의 귀를 잘랐고 끝내는 스스로 목숨을 끊게 되었는가도 더 깊이 이해하고 싶다. 그래서 반 고흐와 나 사이의 대화는 앞으로도 계속될 것이다.

〈까마귀가 나는 밀밭〉, 1890년 7월, 50.5×103cm
반 고흐가 자살을 시도한 현장이다. 밀밭 위에 펼쳐진 하늘에 죽음을 예고하는 듯 검은 까마귀 떼가 날고 있다. 반 고흐가 스스로에게 쏜 총소리가 '탕' 하고 들리는 듯하다.

프로방스에서의 완전한 휴식

1판 1쇄 | 2011년 3월 23일
1판 4쇄 | 2011년 8월 5일
2판 1쇄 | 2015년 4월 30일

지은이 정수복
펴낸이 강병선
책임편집 이연실 | 독자 모니터 이원주
마케팅 방미연 우영희 김은지 | 홍보 김희숙 김상만 한수진 이천희
제작 강신은 김동욱 임현식 | 제작처 한영문화사

펴낸곳 (주)문학동네
출판등록 1993년 10월 22일 제406-2003-000045호
주소 413-756 경기도 파주시 회동길 210
전자우편 editor@munhak.com | 대표전화 031) 955-8888 | 팩스 031) 955-8855
문의전화 031) 955-8889(마케팅) 031) 955-2651(편집)
문학동네카페 http://cafe.naver.com/mhdn

ISBN 978-89-546-3597-4 03810

* 이 도서의 국립중앙도서관 출판시도서목록(CIP)은 e-CIP 홈페이지(http://www.nl.go.kr/ecip)에서
이용하실 수 있습니다.(CIP제어번호: CIP2015011717)

www.munhak.com